Der Schattensammler

Gerd Ruebenstrunk

Der Schattensammler

bloomoon

Bibliografische Information der Deutschen Nationalbibliothek
Die Deutsche Nationalbibliothek verzeichnet diese Publikation in der Deutschen Nationalbibliografie; detaillierte bibliografische Daten sind im Internet über http://dnb.d-nb.de abrufbar.

MIX
Papier aus verantwortungsvollen Quellen
FSC® C014496

5 4 3 2 1 18 17 16 15 14

Text: Gerd Ruebenstrunk
Lektorat: Sabine Franz
Covergestaltung: © Inkcraft, Isabelle Hirtz, München

ISBN 978-3-8458-0417-0

www.bloomoon-verlag.de

Sei vorsichtig, wenn dir jemand eine Geschichte erzählen will.
Es könnte deine eigene sein …

Prolog

Nie werde ich jene Nacht vergessen, in der Rostows Jahrmarkt in die Stadt kam.

Es war ein magischer September.

Der Sommer sträubte sich mit aller Macht dagegen, vor dem Herbst zurückzuweichen, und wenn er auch das Vordringen der Dunkelheit nicht aufhalten konnte, so gab er doch sein Bestes. Die Sonne entfaltete bereits früh am Morgen ihre Kraft und erwärmte das Land bis zur Abenddämmerung. Und die Natur zeigte ebenfalls keinerlei Anzeichen einer Vorbereitung auf den Winter. Die Bäume standen in voller Pracht, überall blühte es noch und man konnte in jedem Lufthauch den blumigen Duft des Sommers wahrnehmen.

Ich war damals vierzehn Jahre alt und bewohnte ein kleines Zimmer im Haus von Meister Bucher, in dessen Werkstatt ich arbeitete. Mein Raum lag im zweiten Stockwerk des Gebäudes, gleich unter dem Dachboden. Er bot gerade einmal genug Platz für ein schmales Bett, eine niedrige Kommode, in der sich alle meine Habseligkeiten befanden, sowie für einen Tisch und einen klapprigen Stuhl.

Viel mehr benötigte ich auch nicht, denn zwölf Stunden des Tages verbrachte ich in der Werkstatt, und wenn ich nach dem Abendbrot, das ich gemeinsam mit Bucher und seiner Frau einnahm, die Treppen zu meinem Zimmer emporgeklettert war, fiel ich meistens sofort erschöpft ins Bett.

Das Leben in der Stadt war hart zu jener Zeit, und ich war froh, einen sicheren Arbeitsplatz und ein Dach über dem Kopf zu haben. Nach dem Tod meines Vaters waren meine Mutter, meine vier Schwestern und ich zur Familie unseres Onkels gezogen, der einen kleinen Bauernhof bewirtschaftete. Es gab weder genügend Platz noch genügend Arbeit für alle. Da ich der Älteste war, wurde ich zu einem entfernten Verwandten meiner Mutter in die Stadt geschickt, um dort eine Ausbildung zu machen.

Viele Jungen, die wie ich vom Land in die Stadt gekommen waren, hatten jedoch weniger Glück als ich und waren dazu gezwungen, ihr Dasein auf einer Parkbank zu fristen. Sie verbrachten ihre Tage mit Betteln und ihre Nächte mit Frieren, immer gejagt von der Polizei und den Beamten des Jugendbüros. Wenn man sie erwischte und sie keine Arbeitsstelle oder einen festen Wohnsitz nachweisen konnten, wurden sie in eines der zahlreichen Arbeitshäuser am Stadtrand gesperrt. Dort mussten sie sieben Tage in der Woche von früh bis spät die härtesten Arbeiten verrichten, die man sich vorstellen kann: Steine klopfen, Gräben ausheben, Baumstämme zersägen, Bahnschienen verlegen. Ihr Lohn dafür waren wässrige Suppen, altes Brot, verkochte Kartoffeln und ab und zu ein zähes Stück Fleisch. Wer diese Plackerei drei Monate durchgehalten hatte, wurde zur Belohnung in einen Zug gesteckt, der frühestens nach vier Stunden zum ersten Mal anhielt, mit der Ermahnung, sich nie wieder in der Stadt blicken zu lassen.

Aber ich wollte vom Jahrmarkt erzählen.

Und wie alles begann.

Und weil der Junge, dem diese Geschichte widerfuhr, ein ganz anderer Mensch war, als ich es heute bin, berichte ich von ihm in der dritten Person. Denn in manchen seiner Gedanken und Entscheidungen ist er mir, nach so vielen Jahren, fremd geworden.

Es ist, als blättere man in einem alten Fotoalbum. Man weiß, das Kind dort auf den Fotos ist man selbst, und doch kommt es einem vor wie ein unbekanntes Wesen. Und das ist nicht ganz falsch. Denn lassen wir nicht Teile von uns auf dem Weg durchs Leben zurück, werfen sie ab wie eine Schlange ihre Haut? Und ist es nicht so, dass sich unsere Körperzellen alle paar Wochen erneuern, sodass wir nach einer gewissen Zeit ein komplett anderer Mensch sind als zuvor? Warum soll das nicht auch für unseren Geist gelten?

Dies ist also die Geschichte von Jos, dem Jungen, der ich einmal war.

~ Kapitel 1 ~

Schatten auf der Stadt

In jener Nacht wurde Jos durch ein starkes Frösteln aus dem Schlaf gerissen. Als er die Augen aufschlug, kam es ihm für einen Moment so vor, als sei sein ganzer Körper mit Raureif bedeckt, und ein paar Sekunden lang konnte er keinen Finger rühren. Dann verschwand der Spuk, wie ein Albtraum, der zu spät gemerkt hat, dass dies nicht seine Welt ist.

Benommen richtete er sich auf. Im Zimmer war es stockfinster. Jos legte den Kopf in die Hände und verharrte einige Minuten so, bevor er sich wieder auf die Matratze zurückfallen ließ.

In dem Augenblick vernahm er von draußen ein dumpfes Geräusch. Es klang wie das ferne Grollen eines Gewitters. Dabei war es den ganzen Tag nicht drückend gewesen und durch sein kleines Fenster sah Jos weder Blitze noch Wetterleuchten. Wenn es aber kein Gewitter war, was war es dann?

Jos sprang auf und tastete sich zum Fenster. Die Straßenlaternen waren ausgeschaltet und eine dunkle Wolke verbarg den Mond. Er schob die untere Scheibe hoch und lehnte sich hinaus.

Die Nacht kam ihm kälter vor als sonst, und er spürte, wie sich eine Gänsehaut auf seinen Armen ausbreitete. Natürlich wurde es abends etwas kühler, aber diese Kälte war völlig untypisch für die Jahreszeit, speziell für diesen wunderbaren Altweibersommer. Es war auch nicht die Luft selbst, die ihn frösteln ließ, sondern etwas, das sich wie eine Decke über die Nacht legte und ihm wie ein Eiseshauch in die Glieder fuhr.

Das Grollen, das er gehört hatte, wurde lauter. Jos beugte sich vorsichtig ein wenig weiter vor. Es klang wie das Keuchen von dampfgetriebenen Zugmaschinen und das Klappern von Rädern auf dem Kopfsteinpflaster.

War das ein Transport? Um diese Stunde? Und in dieser Gegend?

Er wusste wohl, dass in den Fabriken am Stadtrand häufig nachts durchgearbeitet wurde. Und manchmal vernahm er im Halbschlaf das heisere Pfeifen der Lokomotiven, die lange Reihen von Güterwagen vom Bahnhof zu den Werken rangierten.

Aber noch nie war ein großer Transport durch seine Straße gekommen.

Die Geräusche näherten sich. Keine Stimme war zu vernehmen, nur das rhythmische *Tschuka-Tschuka* der Maschinen. Und darüber der leise Hauch einer Melodie, wie von einer Drehorgel.

Ein dunkler Schatten schob sich um die Straßenecke.

Auch wenn Jos die Umrisse nur vage erkennen konnte, so sah er doch, dass es eine Zugmaschine war, allerdings von einer Größe, wie sie ihm bislang noch nicht vor Augen gekommen war. Auf vier gewaltigen Beinen stapfte sie durch die Nacht. Ungläubig riss Jos die Augen auf.

Ein Elefantion!

Er hatte zwar schon davon gehört und auch Fotos gesehen,

war aber noch nie einem begegnet. Trotzdem hegte er keinerlei Zweifel: Das musste ein Elefantion sein.

Die Maschine war gewiss doppelt so hoch wie ihre lebenden Artgenossen. Ihre Haut, wenn man ihr Äußeres denn so nennen konnte, glitzerte trotz der Dunkelheit, so als seien zahllose winzige Lämpchen in die Metallplatten eingelassen, welche die Technik in ihrem Inneren wie ein Panzer schützten. Jos vernahm das Schaben der Platten, wann immer die gewaltige Konstruktion eines ihrer Beine bewegte.

Und was waren das für Beine!

Sie mochten zwar von der Form her denen eines Elefanten gleichen, doch ihr Umfang wurde von keinem lebenden Wesen erreicht. Sie mussten einen Durchmesser von mindestens einem Meter haben. Jos sah vor seinem inneren Auge, wie darin die Kolben, Wellen und Gelenke nahtlos ineinandergriffen, um das Ungetüm in Bewegung zu versetzen. Der Gang war nicht mit dem eines echten Elefanten zu vergleichen, besaß aber seine eigene, faszinierende Eleganz.

Er empfand ungeheuren Respekt vor den Schöpfern dieser Maschinen, vielleicht, weil er selbst Tag für Tag jene Einzelteile herstellte, die dann von begnadeten Ingenieuren zu Kreaturen wie diesen zusammengesetzt wurden. Irgendwann einmal würde auch er, so hoffte Jos, zu jener kleinen auserwählten Gruppe gehören und die Welt mit neuen, nie gesehenen Schöpfungen verblüffen.

Der erste Elefantion war nun direkt unter seinem Fenster angekommen. Hinter seinen Augenöffnungen glühte ein fahler Lichtschein. Jos vermutete, dass sich dort der Leitstand des Steuermanns befand. Wie mochte es da wohl aussehen? Lehnte er in einem bequemen Stuhl, umgeben von Hebeln, Rädern und Kontrollleuchten, vor den Augen ein Periskop, durch das er die Außenwelt ringsum beobachten konnte, und vor dem Mund ein Rohr, um den Maschinisten Anweisungen zu geben? Denn von denen brauchte es mehrere, dessen war sich Jos gewiss. Vielleicht saßen sie in den gewaltigen Beinen, wo sie, nach der Taktvorgabe des Steuermanns, ebenfalls Hebel und Räder bedienten, um den Koloss zu bewegen.

Die Maschine zog vier lange, mehrstöckige Wagen hinter sich her, von denen Jos in der Dunkelheit keine Details erkennen konnte. Es folgten sechs weitere Elefantions mit gleichfalls einer solchen Anzahl Wagen. Nach einer knappen halben Stunde war der nächtliche Spuk vorüber.

Jos konnte sich nicht vom Fenster lösen. Es wunderte ihn, dass in den anderen Häusern kein Licht angegangen war. Hatte außer ihm denn niemand den Lärm gehört? Ein paar Minuten vernahm er noch das schwächer werdende *Tschuka-Tschuka* der Elefantions. Dann wurde die Nacht wieder still.

Und sie wurde schwärzer. Es war, als hätte die schweigende Prozession den allerletzten Rest von Licht mit sich genommen. Jos war überzeugt, wenn er jetzt seine Hand ausstreckte, dann würde er die Finsternis greifen können wie einen dicken Vorhang.

Aber natürlich streckte er seine Hand nicht aus. Er war Techniker und wusste, dass man die Nacht nicht anfassen konnte wie einen Gegenstand. Und dennoch – ein wenig fürchtete er in jenem Moment, es könnte doch so sein. Auch wenn er es sich niemals eingestanden hätte.

Manchmal ist es einfach besser, nicht so genau Bescheid zu wissen.

Mit einem leisen Schaudern schloss Jos das Fenster und tappte zu seinem Bett zurück. Er zog die warme Decke eng um seinen Körper, doch es fiel ihm schwer, wieder einzuschlafen. Seine Träume wurden von gewaltigen Elefantions bevölkert, die ein Eigenleben entwickelt hatten und quer durch die Stadt stapften, wobei sie alles, was sich ihnen in den Weg stellte, niedertrampelten.

Er erwachte früh und war vor der üblichen Zeit in der Werkstatt, wo Natz, der alte Geselle, bereits an seiner Werkbank saß. Meister Bucher war noch nicht da. Er erschien meistens erst gegen zehn Uhr. Vorher besuchte er seine Kunden und sammelte neue Aufträge ein.

Ursprünglich war Bucher, so wie Natz, Uhrmacher gewesen. Nachdem jedoch seit einigen Jahren immer mehr Maschinen und Automaten gebaut und immer weniger Uhren gekauft wurden, hatte er sich entschlossen umzusatteln. Jetzt nutzte er sein Talent, um winzig kleine Zahnräder, Gelenke und Kolben herzustellen, welche die Industrie für ihre Maschinen benötigte.

Außer Jos arbeiteten noch drei weitere Lehrlinge in der Werkstatt. Die Arbeit war hart, denn die mikroskopisch kleinen Bauteile mussten sämtlich mit der Hand hergestellt werden. Das bedeutete, zehn bis zwölf Stunden am Tag über eine Werkbank gebeugt zu sitzen, eine Lupe im Auge, und mit winzigen Sägen und Feilen die Werkstücke zu bearbeiten. Und das sechs Tage in der Woche.

Jos war froh, dass er Natz allein antraf. »Hast du das heute Nacht auch gehört?«, rief er, kaum dass er durch die Tür war.

Natz richtete sich auf, schob das Stirnband mit der Leuchte hoch und nahm die Lupe aus dem Auge. »Ich wünsche dir auch einen guten Morgen«, sagte er.

»Jaja, guten Morgen. Und, was hast du gehört oder gesehen?«

Natz lächelte. Er war ein großer, hagerer Mann mit einem

schmalen, lang gezogenen Gesicht, das Jos mit seiner platten Nase und den vollen Lippen immer ein wenig an ein Maultier erinnerte. Ein gutmütiges Maultier, denn Natz konnte keiner Menschenseele etwas zuleide tun.

»Tja, was habe ich gesehen?« Er kratzte sich mit seinem langen Zeigefinger hinter dem Ohr, so als müsse er ernsthaft überlegen, was in der letzten Nacht vorgefallen war.

»Komm schon«, drängte Jos ihn. »Du weißt genau, wovon ich spreche.«

Natz ließ seine Hand sinken. »Also, ich weiß ja nicht, was du gesehen hast. Ich jedenfalls habe die Ankunft des *Wunderlands* beobachtet.«

»Hast du die Elefantions denn nicht gesehen?«

»Hmm, wenn ich recht darüber nachdenke, dann waren da, glaube ich, auch Elefantions«, meinte Natz verschmitzt.

»Und was hat es mit diesem *Wunderland* auf sich?«

»So nennt sich der Jahrmarkt, den diese Monster in die Stadt geschleppt haben. *Rostows Wunderland*, um genau zu sein.«

»Woher weißt du das?«

Der Geselle tippte sich an die Nase. »Für so etwas habe ich einen Riecher, nicht wahr?«

Jos stieß ihn in die Seite. Natz liebte diese kleinen Spielchen, und manchmal war es eine echte Qual, eine Information aus ihm herauszubekommen. »Ich habe die Wagen auch gesehen, und da war nichts von einem Wunderland oder einem Rostow zu lesen. Außerdem war es viel zu dunkel.«

»Nicht für mich. Du kennst doch das Sprichwort: Der alte Natz, das ist ein Fuchs, der sieht im Dunkeln wie ein Luchs.« Dabei machte er ein so todernstes Gesicht, dass Jos grinsen musste.

»Du bist blind wie ein Maulwurf«, sagte er.

»Und wie kommt es dann, dass ich meine Arbeit so gut mache?«

»Weil deine Lupe zehnmal stärker ist als unsere. Und außerdem hast du sie bestimmt nicht im Auge, wenn du nachts am Fenster stehst.«

Natz warf die Arme in die Höhe. »Na schön, du hast gewonnen.« Er beugte sich zu Jos hin und flüsterte mit verschwörerischer Miene: »Ich bin heute Morgen schon am Kirmesplatz gewesen.«

»Und da hast du's gesehen.«

Natz nickte. »Das Eingangstor war bereits aufgebaut. Und darauf stand in großen Buchstaben *Rostows Wunderland*.«

Jos runzelte die Stirn. »Das hört sich eher nach einer Schau für Kleinkinder an.«

»Oh, das glaube ich nicht«, widersprach Natz. Sein Gesicht wurde auf einmal ernst. »Nein, mit Kleinkindern hat das ganz und gar nichts zu tun. Wohl eher das Gegenteil.«

Jos fiel der Unterton in seiner Stimme auf. »Was willst du damit sagen?«

Natz zuckte mit den Schultern. »Es ist nur so eine Ahnung«, sagte er. »Der Name *Wunderland* klingt zwar unschuldig, aber gespürt habe ich etwas anderes.«

»Nun lass diese Umstandskrämerei«, entgegnete Jos ungeduldig. Natz war sein Freund, aber er konnte einen manchmal ganz schön auf die Palme bringen mit seiner behäbigen Art. »Was genau ist dir aufgefallen?«

Bevor Natz antworten konnte, öffnete sich die Tür hinter ihnen und die drei anderen Lehrlinge kamen hereingestürzt.

»Habt ihr schon gehört? Der Jahrmarkt ist da!«, rief Lena, kaum dass sie die Werkstatt betreten hatte. Eine rote Haarsträhne löste sich unter ihrer Mütze und fiel ihr vorwitzig in die Stirn.

»Und morgen ist Eröffnung!« Sie stürmte auf Jos zu. »Gehst du mit mir hin?«

Jos musste grinsen. Lena arbeitete seit einem halben Jahr bei Bucher und Jos und sie waren schnell Freunde geworden. Er liebte ihre impulsive Art, die genau das Gegenstück war zu der Bedächtigkeit, die Natz an den Tag legte.

»Klar gehen wir hin«, erwiderte er. Morgen war Sonntag, der einzige arbeitsfreie Tag in der Woche. Meistens verbrachten Lena und er dann den Nachmittag zusammen und bummelten durch die Stadt. Gelegentlich schloss sich Natz ihnen an und lud sie zu einem Eis oder einem Stück Kuchen in einem der vielen kleinen Cafés ein, die überall zu finden waren.

»Toll!«, rief Lena und strahlte über das ganze Gesicht.

»Bis dahin muss aber noch ein wenig gearbeitet werden, meine Herrschaften«, ermahnte Natz sie und klatschte in die Hände. »Meister Bucher muss heute Nachmittag ausliefern, und dafür fehlen uns noch einige Stücke.«

»Schon gut, schon gut«, sagte Jos. »Du kannst einem aber auch jeden Spaß verderben.«

»Wie, macht dir die Arbeit denn keinen Spaß?«, zog ihn der Altgeselle auf.

»Doch«, gab Jos zurück, »sogar so viel, dass ich extra vom Land hergezogen bin, um sie machen zu dürfen.«

»Na, dann nichts wie ran, nicht wahr?«

Als Jos am Sonntagmittag vor die Tür trat, war von den dunklen Vorahnungen des vergangenen Tages nichts mehr zu spüren. Das lag vielleicht auch an der Sonne, die nach einem grauen Tag wieder hinter den Wolken hervorgekommen war und alles in ein freundliches Licht tauchte.

Er hatte seine beste Garderobe angezogen. Genauer gesagt waren es die einzigen Sachen, die er außer seiner Arbeitskleidung besaß: eine abgetragene blaue Baumwollhose, ein schlichtes weißes Leinenhemd und eine schwarze Jacke, die schon mehrfach geflickt worden war. Jos sparte schon seit einiger Zeit für neue Kleidung. Aber sein magerer Lohn reichte gerade einmal aus, um Frau Bucher Kost und Logis zu bezahlen. Das bisschen, was übrig blieb, ging für alltägliche Dinge drauf, zum Beispiel eine Limonade mit Lena, eine technische Zeitschrift oder, wie heute, ein paar Stunden auf dem Jahrmarkt.

Dieser Zustand würde hoffentlich nicht ewig so bleiben. Irgendwann einmal würde er selbst eine Werkstatt besitzen oder als Ingenieur für eine der großen Firmen neue, spektakuläre Maschinen entwerfen. Deshalb hoffte Jos, die Elefantions näher studieren zu können, denn er wollte keine Gelegenheit auslassen, sein Wissen zu erweitern. Natürlich freute er sich auch auf die Jahrmarktsattraktionen und darauf, einen schönen Tag mit Lena zu verbringen. Aber wenn man ihn vor die Wahl gestellt hätte, sich zwischen Lena und den Elefantions zu entscheiden, dann hätte er wohl die Maschinen vorgezogen.

Maschinen! Die Straße war voll davon. Mechanische Sechsbeiner in den unterschiedlichsten Formen, mal wie ein Pferd, mal wie ein Büffel und mal wie ein Kamel, zogen Kutschen in Richtung Kirmesplatz. Jos sah dampfgetriebene Kinderwagen, bei denen die Mütter lediglich mit einem kleinen Lenkrad die Fahrtrichtung bestimmen mussten, und Metallpferdchen, auf denen die etwas älteren Kinder ihre Eltern begleiteten. Gegenüber von Buchers Werkstatt befand sich eine Baustelle, auf der Mechabots ganz ohne menschliche Hilfe ihre Arbeit verrichteten und Stein auf Stein ein Gebäude in die Höhe zogen. Und dann gab es die neueste Erfindung: Maschinen, die von Energit angetrieben wurden, einem Brennstoff, der erst vor kurzer Zeit entdeckt worden war. Kleinste Mengen davon reichten aus, um selbst die größten Maschinen für lange Zeit zu bewegen.

Es war fantastisch. Jeden Tag kamen neue Maschinen auf den Markt, und der Hunger der Menschen nach ihnen war unersättlich. Selbst im Konzerthaus spielten inzwischen Maschinenorchester ganze Symphonien ohne Musiker und Dirigent. Welche Wunder lagen wohl noch vor ihnen? Alles war möglich in dieser Zeit der Entdeckungen, und er, Jos, würde zu denen gehören, die diese neue Ära mitprägten.

Wo blieb Lena nur? Eigentlich hätte sie schon vor zehn Minuten hier sein sollen! Jos stellte sich auf die Zehenspitzen und ließ seinen Blick über die Menge schweifen. Schließlich entdeckte er sie zwischen den Fußgängern und winkte ihr zu. Sie trug ein grün-weiß gestreiftes Kleid, und ihre rote Mähne flatterte im Wind, als sie auf ihn zulief. In der Werkstatt band sie ihre Haare immer zusammen und stülpte eine Mütze darüber, damit ihr die Strähnen bei der Arbeit nicht vor die Augen fielen. Auch deshalb genoss Jos die Sonntage mit ihr so, denn er konnte sich an ihrer vollen Haarpracht nicht sattsehen.

»Tut mir leid, wenn ich zu spät komme«, sagte sie. »Wir hatten nichts mehr zum Frühstück im Haus, und ich musste erst noch zum Laden laufen, um Brot und Eier zu kaufen.«

»Kein Problem«, erwiderte Jos. Lena lebte allein mit ihrem Vater, der ein stadtbekannter Trinker war. Nach dem Tod ihrer Mutter hatte er angefangen, seinen Kummer im Alkohol zu ertränken. Seinen Schnaps kaufte er von dem Geld, das er als Tagelöhner verdiente, legte dabei aber immer ein wenig Haushaltsgeld für Lena beiseite.

Jos deutete auf die Menschen, die sich durch die Straße schoben. »Mit einem ruhigen Bummel über den Jahrmarkt wird das wohl heute nichts.«

Sie reihten sich in den Strom der Passanten ein, bis sie den Platz am Stadtrand erreicht hatten. Schon aus der Ferne sahen sie das Eingangstor, das Natz beschrieben hatte. Es bestand aus zwei Säulen, die wie riesige Zuckerstangen rosa und weiß gestreift waren. Die Buchstaben des Wortes *Wunderland* waren aus Glasröhren geformt und jeder hatte eine andere Farbe. Jos vermutete, dass sich in den Röhren ein Leuchtgas befand, denn selbst bei Tageslicht sah man, wie die einzelnen Zeichen nacheinander aufleuchteten, bis am Ende das ganze Wort blinkte und der Zauber schließlich von vorn begann.

Als sie ans Tor kamen, ging er um eine der Säulen herum und suchte nach der Zuleitung für das Gas, konnte aber nichts entdecken. Hatten sie die Leitungen vergraben? Oder war das etwa eine neue Technologie, die hier angewendet wurde? Die Elefantions deuteten jedenfalls darauf hin, dass die Jahrmarktbetreiber dem Fortschritt nicht abgeneigt waren.

Jos zog einen kleinen Notizblock aus der Jackentasche, den er, zusammen mit ein paar Bleistiften, immer bei sich trug, und fertigte rasch eine Skizze des Tores an. Als er sich danach auch die Uhrmacherlupe, die er ebenfalls stets mit sich führte, ins Auge klemmen wollte, um ein Detail näher zu betrachten, zog Lena ihn weiter.

»Jetzt nicht«, sagte sie bestimmt. »Das kannst du ein anderes Mal machen.«

Jos musste schmunzeln. Lena kannte seine Leidenschaft für Technik und fürs Zeichnen, und meistens ertrug sie seine Begeisterung, ohne zu murren. Aber heute packte sie ihn ungeduldig am Ärmel und stürzte sich mit glühenden Wangen ins Getümmel.

Gleich hinter dem Tor tauchten sie in eine Wolke von Wohlgerüchen ein. Zu beiden Seiten des Weges erstreckten sich Verkaufsstände, die Zuckerwatte, gebrannte Mandeln, kandierte Äpfel, Bonbons in allen Farben des Regenbogens, Süßholz- und Lakritzstangen, Schokoladenwaffeln und andere Leckereien feilboten. Jos lief das Wasser im Mund zusammen. Er blieb stehen und kramte in seiner Hosentasche nach Kleingeld, aber Lena zog ihn unerbittlich weiter.

»Warum gehen wir auf den Jahrmarkt, wenn ich uns noch nicht mal was Süßes holen darf?«, protestierte Jos.

»Dafür ist nachher noch Zeit«, wischte sie seinen Einwand beiseite. »Du willst dich doch jetzt nicht in die Schlange stellen, oder?«

Tatsächlich drängten sich bereits Dutzende von Menschen vor den Verkaufsständen. Widerwillig ließ sich Jos von Lena davonziehen. »Ein bisschen Wegzehrung könnte nicht schaden«, maulte er.

»Davon wirst du noch genug bekommen. Ich will erst mal sehen, was es hier alles an Attraktionen gibt.«

Vor ihnen gabelte sich der Weg. Geradeaus ging es zu einem Kinderkarussell und dem Zelt eines Hypnotiseurs. Zur Linken lagen eine Wurfbude und ein Schießstand und zur Rechten zog ein Zelt mit Feuer- und Schwertschluckern die Besucher an.

»Rechts oder links?«, fragte Jos.

Lena überlegte nicht lange und deutete nach rechts.

Sie ließen sich von der Menge treiben, bis sie vor einer Bühne ankamen, auf der ein Mann in einem eng anliegenden roten Kostüm eine brennende Fackel in der Hand hielt. Neben ihm reckte ein weiterer Mann in einem hellblauen Frack, der mit zwei Reihen goldener Knöpfe besetzt war, die Arme in die Höhe. »Hochverehrtes Publikum!«, rief er. »Erleben Sie den einmaligen Diablo!« Er deutete auf den Mann im roten Kostüm. Der blähte die Backen auf, führte die Fackel vor den Mund und blies kräftig hinein. Eine große Stichflamme schoss zwischen seinen Lippen hervor. Das Publikum johlte und applaudierte.

»Danke, danke, meine Damen und Herren!«, fuhr der Ansager fort. »Doch das ist nur eine winzige Kostprobe von Diablos Können. Erleben Sie in seiner einzigartigen Show, wie er Schwerter, Dolche und lebende Tiere schluckt, zehn brennende Fackeln in wenigen Sekunden allein mit seinem Mund löscht und fantastische Flammenskulpturen erzeugt! Das gibt es auf der Welt nicht noch einmal! Treten Sie jetzt ein und werden Sie Zeuge einer Darbietung, die Sie nie vergessen werden!«

»Wollen wir?«, fragte Jos, der Lust auf das Spektakel bekommen hatte.

Doch Lena schüttelte den Kopf. »Später vielleicht.«

»Wenn du so weitermachst, dann werden wir den ganzen Tag nur herumlaufen«, murrte Jos, während Lena ihn vor sich herschob. »Und außerdem ist es Aufgabe des Kavaliers, der Dame den Jahrmarkt zu zeigen, und nicht umgekehrt.«

»Das mag für den Kavalier und die Dame zutreffen«, erwiderte Lena grinsend. »Allerdings sehe ich hier weder den einen noch die andere.«

Jos seufzte übertrieben und fügte sich in sein Schicksal. Er wusste, dass es wenig Zweck hatte, Lena zu widersprechen. Wenn sie sich einmal etwas in den Kopf gesetzt hatte, dann beharrte sie darauf oder gab erst nach langen Diskussionen nach, und darauf hatte Jos an einem Tag wie diesem keine Lust.

So schlenderten sie von Bude zu Bude. Vor jeder stand ein Ausrufer, der die darin verborgenen Attraktionen in höchsten Tönen anpries.

»Erleben Sie in unserem Haus des Horrors Schrecken wie in Ihren schlimmsten Albträumen!«

»Werden Sie Zeuge bei der Fütterung der legendären Schlangenfrau vom Amazonas mit lebenden Tieren!«

»Bestaunen Sie die furchtbaren menschenfressenden Pygmäen aus dem schwarzen Herzen Afrikas mit ihren geheimen, blutrünstigen Ritualen!«

Gegen diese Sensationen wirkte das Spiegelkabinett regelrecht bieder, das dem kreisrunden Zaun aus mannshohen Holzpflöcken, aus dem dunkle Trommelklänge nach draußen drangen, gegenüberlag. Der Ausrufer in seinem violetten Frack beugte sich zu Jos herab: »Junger Mann, führen Sie Ihre Freundin durch den Wald der Spiegel und erfreuen Sie sich tausendfach an ihrer Schönheit. Und Sie, schönes Kind«, er wandte sich zu Lena, »verdrehen Sie diesem Jungen den Kopf nicht nur einmal, sondern im Dutzend.« Aber sie winkte, wie Jos erwartet hatte, nur ab.

Die letzte Bude war mit einer zweistöckigen Holzkulisse verkleidet, auf die in leuchtenden Buchstaben das Wort *Elektrograf* gemalt war. Davor hatte sich eine größere Menge versammelt und lauschte dem Ansager, diesmal in giftgrünem Frack und Zylinder, der erklärte, welche Wunder die Besucher hier erwarteten.

»Erleben Sie die Welt, wie Sie sie noch nie gesehen haben! Nur hier, nur bei uns gibt es die sensationelle Erfindung von Professor Slapater, dem weltberühmten Wissenschaftler! Sehen Sie mit Ihren eigenen Augen das unglaubliche Wunder, wenn der Elektrograf aus dem Nichts eine Form erschafft!« Dabei zeichnete er mit seinen Händen die Kontur eines kurvigen Frauenkörpers in die Luft, was einige der Männer im Publikum mit lautem Lachen quittierten.

Jos hätte die Darbietung zu gerne gesehen, denn hier handelte es sich um eine technische Neuheit, von der er gerade erst gelesen hatte. Doch um Lenas Neugierde zu stillen, beschloss er, sich noch etwas zu gedulden.

Schließlich landeten sie auf dem großen Platz, in den alle drei Wege mündeten. Hier gab es keine Karussells oder Buden, sondern nur ein einziges Zelt mit der einfachen Aufschrift *Die Parfantis*. Der Mann auf dem Podest davor sah anders aus als die Ausrufer, die sie bislang gesehen hatten. Er trug keinen der typischen Ausruferfracks, sondern eine goldene Weste über einer ebenso goldenen Krawatte. Seine Arme steckten in einem beinahe bodenlangen feuerroten Umhang, der bei jeder Bewegung, die er machte, um seinen Körper herumwirbelte. Ein sorgfältig gestutzter Bart verbarg die untere Hälfte seines Gesichts, sodass es schwer war, sein Alter zu schätzen.

»Die Parfantis?« Lena sah Jos fragend an.

Er zuckte mit den Schultern. »Hören wir einfach mal zu«, schlug er vor. »Schließlich haben wir nun ja fast alles gesehen, was der Jahrmarkt zu bieten hat!«

Sie drängten sich durch die Schaulustigen, bis sie verstehen konnten, was der Mann auf der Bühne erzählte.

»Meine Herrschaften, das haben Sie noch nicht erlebt! Ich präsentiere Ihnen eine absolute Weltsensation: die Gebrüder Parfanti. Tauchen Sie ein in eine magische Welt voller Romantik, Wunder und Abenteuer. Und das alles ohne jegliche technischen Hilfsmittel. Es ist allein die Kraft des Wortes, mit der die Parfantis Sie in ungeahnte Welten entführen!«

Er legte eine kleine Pause ein und ließ seinen Blick über die

Menge vor sich schweifen. Dabei kam es Jos vor, als sähe er ihm direkt in die Augen. Das war natürlich Unsinn. Trotzdem überlief ihn ein Schauer und er bekam eine Gänsehaut.

»Verehrtes Publikum, seit vielen Jahren schon bereise ich die Welt, um für meine kleine Schau die besten Künstler zu verpflichten.« Aha, dachte Jos, dann musste dieser Mann also Geheimrat Rostow höchstpersönlich sein. »Im letzten Jahr führte mich meine Reise nach Pangolien, ein kleines Land am Schwarzen Meer, eingeschlossen von den mächtigen Gipfeln des Kaukasusgebirges. ›Was suchst du hier, Rostow?‹, fragte ich mich, während ich durch die elenden Gassen der Hauptstadt Vistis schlenderte, einer Stadt, das sage ich Ihnen, die anderswo nicht einmal den Ehrentitel ›Dorf‹ bekommen würde. Aber so, wie die unscheinbarste Muschel die kostbarste Perle verbirgt, so beherbergte die hässlichste Kaschemme von Vistis zwei großartige Talente. Denn dort, meine Herrschaften, stieß ich auf die Gebrüder Parfanti, die ihre wunderbaren Gaben vor betrunkenen Matrosen, halbseidenen Mädchen und kleinen Dieben und Betrügern verschwendeten.«

Rostow breitete die Arme aus. »Und jetzt, verehrtes Publikum, sind sie hier bei Ihnen. Ich habe diese begnadeten Künstler ihrem grausigen Schicksal entrissen und präsentiere sie Ihnen heute weltexklusiv: die Gebrüder Parfanti!«

»Das hört sich interessant an, findest du nicht auch?«, fragte Lena.

»Ich weiß nicht«, sagte Jos, dem dieser Geheimrat nicht ganz geheuer war. Rostow war inzwischen von der Bühne verschwunden und vor ihnen drängten sich die Schaulustigen an der Kasse.

»Also, was ist?«, bohrte Lena. »Wollen wir?«

»Später vielleicht«, sagte Jos. »Ich würde lieber noch etwas herumbummeln.«

»Na schön«, sagte Lena. »Aber die nächste Schau, die sich einer von uns aussucht, sehen wir uns an.«

»Einverstanden.«

Sie überquerten den Platz, der zu beiden Seiten des Parfanti-Zeltes mit einer Bretterwand abgegrenzt war. Dahinter ragte der Kopf eines Elefantions hervor.

Elefantions! Da musste er unbedingt hin!

Ohne auf Lena zu warten, lief Jos zum Zaun und spähte durch eine Lücke. Was er sah, verschlug ihm den Atem. Auf der einen Seite waren die Jahrmarktwagen aufgereiht, in denen das Personal lebte. Auf der anderen Seite standen sechs Elefantions.

Jos entdeckte einen schmalen Durchgang zwischen dem Zelt der Parfantis und dem Zaun. Er drehte sich zu Lena um. »Ich würde gern …«, sagte er und deutete auf die Lücke.

Lena zog gespielt die Augenbrauen hoch, so als erlebte sie seine Technikverliebtheit zum ersten Mal. »Gut«, sagte sie. »Das ist deine Wahl. Danach bin ich dran.«

Jos nickte. Doch als sie die Lücke im Zaun erreichten und gerade hindurchschlüpfen wollten, trat ihnen eine Gestalt entgegen und versperrte den Weg.

»Hier geht es nicht durch, Junge«, ertönte eine tiefe Stimme. Sie gehörte zu einem hochgewachsenen Mann in einem blauen Overall.

»Ich möchte nur einmal die Elefantions aus der Nähe sehen«, sagte Jos.

»Das ist gegen die Vorschriften«, erwiderte der Mann. »Dies ist ein privater Bereich. Du möchtest doch sicher auch nicht, dass jemand in deinem Garten herumschnüffelt, oder?«

»Bitte«, mischte sich Lena ein, »es geht wirklich nur um einen kurzen Blick.« Sie schaute dem Mann freundlich in die Augen.

»Was nützt der schönste Garten, wenn man keine Freunde einlädt?«

»Ihr seid keine Freunde«, sagte der Mann. »Aber was nicht ist, kann ja noch werden, oder?«

Jos musterte ihn erstaunt, als er zur Seite trat und eine einladende Handbewegung machte. Dabei bemerkte er die Lachfältchen um die Mundwinkel des Mannes und kam zu dem Schluss, dass er bestimmt nicht so grimmig war, wie er anfangs getan hatte. »Haben Sie etwas mit den Elefantions zu tun?«, fragte er.

Der Mann nickte. »Ich bin der Chefmechaniker. Und du?«

»Wir sind Feinmechaniker. Wir bauen die winzig kleinen Teile für die Maschinen.«

»Dann sind wir ja sozusagen Kollegen.« Der Mann streckte ihnen seine Hand entgegen. »Ich heiße Hermann.« Nachdem sich Lena und Jos ebenfalls vorgestellt hatten, führte er sie zu den Elefantions. Außer ihnen war kein Mensch zu sehen. Keine Spur von dem üblichen Leben und Treiben hinter den Kulissen eines Jahrmarkts, keine Kinder, keine Frauen, keine Wäsche auf der Leine, kein Grill.

»Wo sind denn die Leute alle?«, fragte Lena.

»Welche Leute?« Hermann blickte sie mit hochgezogenen Augenbrauen an. Dann begriff er. »Ach, du meinst die Familienangehörigen. Die gibt es bei uns nicht. Geheimrat Rostow stellt nur Mitarbeiter ein, die weder Ehepartner noch Kinder haben.«

»Und warum?«

Jos hoffte, dass Lena Hermann mit ihrer neugierigen Art nicht verärgerte. Doch der schien sich nicht daran zu stören.

»Das weiß ich nicht. Der Geheimrat ist ein merkwürdiger Mensch. Und gut Kirschen essen ist mit ihm auch nicht.«

Bevor Lena nachfragen konnte, was das bedeuten sollte, hatten sie die Elefantions erreicht. Ehrfürchtig legte Jos seine Hand auf eines der mächtigen Beine.

Hermann wusste sofort, was das Glänzen in seinen Augen zu bedeuten hatte. »Du bist ein Technikliebhaber, was?«

»Ich möchte später selbst einmal Maschinen wie diese bauen«, sprudelte es aus Jos hervor. »Nach meiner Ausbildung werde ich mich um ein Stipendium bewerben und studieren. Sind Sie auch Ingenieur?«

»Wer, ich?« Hermann lachte und schüttelte den Kopf. »Nein, ich bin nur ein einfacher Mechaniker. Ich bin erst vor einigen Monaten zu Rostows Truppe gestoßen, zusammen mit den Elefantions. Er hatte niemanden, der sich damit auskannte, und deshalb hat er mich eingestellt. Sobald einer von seinen Leuten genügend technisches Wissen besitzt, werde ich hier aufhören.« Er beugte sich ein Stück nach vorn. »Und wisst ihr, was? Ich bin überhaupt nicht unglücklich darüber«, flüsterte er.

Jos sah ihn mit großen Augen an. Wie konnte man sich nur freuen, eine so interessante Arbeit aufzugeben? Er hätte alles darum gegeben, als Betreuer der Elefantions mit dem Jahrmarkt mitzureisen.

Hermann bemerkte sein Erstaunen. Er senkte seine Stimme noch mehr. »Hier geht es nicht mit rechten Dingen zu. Aus der letzten Stadt, in der wir aufgetreten sind, wurden wir davongejagt.«

»Was ist denn passiert?«, fragte Lena.

»In der Stadt verschwanden einige Menschen spurlos, und schnell ging das Gerücht um, der Jahrmarkt hätte etwas damit zu tun. Als schließlich jemand eins unserer Zelte anzündete, sind wir noch in derselben Nacht weitergezogen.«

»Und Sie glauben, an dem Gerücht war was dran?«

Hermann zuckte mit den Schultern. »Ich weiß es nicht. Ich habe nichts gesehen und nichts gehört, aber …«

»… aber überzeugt sind Sie nicht«, beendete Lena seinen Satz.

Hermann überlegte eine Weile, dann nickte er. »Es ist mehr ein Gefühl, und ich weiß auch nicht, wie ich es in Worte fassen soll. Das war nie meine starke Seite. Vielleicht würdet ihr das verstehen, wenn ihr die Parfantis einmal kennenlernt. Nicht auf der Bühne, sondern hinter den Kulissen.«

»Das sind doch die, die Geheimrat Rostow vom Schwarzen Meer mitgebracht hat«, sagte Jos.

»Ihr glaubt ihm die Geschichte doch nicht etwa? Rostow lebt von der Illusion. Das ist bei seinen Attraktionen so und auch bei ihm selbst. Wann er die Wahrheit sagt und wann nicht, das weiß niemand hier. Nur eines weiß ich: Die Parfantis reisen schon seit Jahrzehnten mit ihm durch die Lande. Früher vielleicht unter anderem Namen, aber auch damals sind sie nicht vom Schwarzen Meer gekommen. Es sind eher ihre schwarzen Seelen, die sie und den Geheimrat verbinden.« Hermann hob die Hände. »Aber jetzt genug davon. Ihr seid schließlich nicht hier, um irgendwelche Schauergeschichten zu hören.« Er wandte sich an Jos. »Wenn du mehr von den Elefantions sehen willst, dann schlage ich vor, du kommst morgen Abend nach deiner Arbeit wieder her. Dann kannst du selbst sehen, wie sie genau funktionieren.«

»Das würden Sie tun?«, strahlte Jos. »Danke, vielen Dank.«

»Das mach ich gern. Hier interessiert sich nicht wirklich jemand für Technik, und es tut mir gut, mit einem Kollegen ein wenig zu fachsimpeln.« Er zwinkerte Jos zu.

Lena und Jos verabschiedeten sich und kehrten auf den Platz vor dem Parfanti-Zelt zurück. Die Menge hatte sich aufgelöst. Über den Platz wehte die wehmütige Melodie einer Drehorgel.

Jos stutzte. Hatte er diese Melodie nicht schon einmal gehört? Sie klang zwar so, wie sich die Töne einer Drehorgel immer anhörten, aber wenn man aufmerksam lauschte, vernahm man noch etwas anderes. Es war, als schwinge unter den deutlich hörbaren Tönen eine zweite Melodie mit. Und die hatte nichts von einem fröhlichen Kirmesklang an sich. Jos versuchte, sie zu identifizieren, doch immer, wenn er glaubte, eine Tonfolge zu erkennen, verschwand sie sofort wieder.

»Hörst du es auch?«

Erschrocken fuhr Jos herum. Hinter ihm stand Natz. »Es liegt etwas in der Luft«, sagte der Altgeselle.

»Seit wann bist du denn schon hier?«, fragte Lena.

Natz verzog das Gesicht. »Seit einer Stunde. Und das ist eine Stunde zu viel.«

»Ach, Natz, was unkst du da schon wieder herum? Das ist doch einfach nur ein Jahrmarkt!«

»So scheint es vielleicht. Aber ich spüre etwas Dunkles.« Natz blickte Jos fragend an. »Dir geht es doch genauso, oder?«

Jos trat unbehaglich von einem Fuß auf den anderen. Natz hatte recht, aber wie würde er vor Lena dastehen, wenn er ihm beipflichtete? Wahrscheinlich würde sie ihn auch für einen Spinner halten, und das wollte er nicht.

Zum Glück bewahrte ihn Lena vor einer Antwort. »Du solltest dich schämen, Natz«, schalt sie ihn. »Willst du Jos etwa Flausen in den Kopf setzen? Es reicht doch, wenn wir einen Schwarzseher in der Werkstatt haben. Und außerdem sind wir hier, um unseren Spaß zu haben. Oder willst du uns den verderben?«

Der Altgeselle machte eine beschwichtigende Geste. »Nicht mehr schießen, ich ergebe mich.«

»Dann darfst du uns als Friedensgeschenk eine Zuckerwatte

ausgeben«, sagte Lena und blinzelte Jos verschwörerisch zu. Ihre gute Laune und die Aussicht auf die Süßigkeit vertrieben Jos' finstere Gedanken.

Nachdem Natz ihnen eine Zuckerwatte und dazu noch eine Limo spendiert hatte, verbrachten sie gemeinsam noch zwei schöne Stunden auf dem Jahrmarkt. Am späten Nachmittag verabschiedeten sie sich und gingen nach Hause, denn am nächsten Morgen mussten sie wieder früh raus.

Das Leben ging seinen gewohnten Gang.

Bis die ersten Leute verschwanden.

~ Kapitel 2 ~

Geheimnisvolles Verschwinden

Mit einem Mal war der herrliche Altweibersommer vorbei.

Es war, als habe sich mit der Ankunft von Rostows Jahrmarkt ein Schatten über die Stadt gelegt. Graue Wolken zogen auf und nur selten sah man noch ein Stück blauen Himmels. Stürmische Winde fegten die Blätter von den Bäumen. Ein feiner Nieselregen legte sich wie ein Schleier über die Natur und brachte das prachtvolle Leuchten zum Erliegen.

Jeden Tag nach der Arbeit lief Jos zum *Wunderland*, um sich von Hermann in die Geheimnisse der Elefantions einführen zu lassen. Der Techniker erklärte ihm alles geduldig. Jos durfte mit ihm in den Innenraum klettern, wo er die zahlreichen Instrumente und Hebel bewunderte, mit denen das Ungeheuer bewegt wurde.

»Heute braucht man nur noch eine Person, um einen Elefantion zu steuern«, erklärte ihm Hermann. »Früher saßen noch vier zusätzliche Maschinisten in den Beinen, die einzeln gehoben und gesenkt werden mussten. Heute läuft alles über dieses Pult.«

Jos durfte sich hinter die Steuerhebel setzen und das Periskop ausprobieren, das man von oben herabzog und durch das man das Umfeld des Elefantions sehen konnte. Es war zwar auch möglich, durch die Augenöffnungen nach draußen zu blicken, aber das Sichtfeld war dann doch ziemlich eingeschränkt.

Rund um die Elefantions hatte Hermann ein paar starke Scheinwerfer aufgebaut, sodass er auch in der täglich früher einsetzenden Dunkelheit arbeiten konnte. Jos sah ihm dabei zu, wie er einzelne Platten von den Beinen nahm, und half ihm dabei, das Öl in den Gelenken aufzufüllen. Nach der Arbeit setzten sie sich in seinen kleinen Wohnwagen, und der Mechaniker erzählte Jos von all den Maschinen, die er bereits gesehen und bedient hatte.

Viel Zeit hatte Jos allerdings selten, denn er nahm sein Abendessen gewöhnlich mit Meister Bucher und seiner Frau ein. Frau Bucher legte großen Wert auf Pünktlichkeit, und Jos hatte keine Lust, es sich mit ihr zu verderben, zumal sie eine ausgezeichnete Köchin war. Nach dem Essen wurde noch ein wenig über dies und das geplaudert. Bucher berichtete von seinen Besuchen in den Fabriken, an die er lieferte, und Jos löcherte ihn mit Fragen danach, wie es in den Werkshallen aussah und welche neuen Maschinen dort gerade gebaut wurden.

Nur der Donnerstagabend war anders. Dann kam nämlich stets der Bruder von Frau Bucher zu Besuch. Er hieß Magnus Roch und war ein hohes Tier bei der Polizei. Weil er Junggeselle war, bestand Frau Bucher darauf, dass er »wenigstens ein Mal in der Woche etwas Ordentliches auf den Teller bekam«, wie sie sich ausdrückte.

Meistens verzog sich Jos nach dem Essen schnell auf sein Zimmer, denn Roch war ein ziemlicher Langweiler, der bevorzugt darüber klagte, dass seine Fähigkeiten von seinen Vorgesetzten nicht genügend gewürdigt würden und man ihm die schon längst fällige Beförderung zu Unrecht verweigerte.

An diesem Donnerstag jedoch war es anders.

Während Frau Bucher die Teller abräumte, lehnte ihr Bruder sich in seinem Stuhl zurück und zündete sich eine Zigarre an. Jos konnte nicht verstehen, wie jemand ein so übel riechendes Kraut inhalieren konnte. Noch tagelang rochen die Gardinen danach, und auch seine Kleidung nahm den Geruch schnell an, weswegen er sich gern rasch verdrückte. Auch heute wartete er nur auf einen günstigen Moment, um sich zurückzuziehen.

»Nun, was gibt es Neues auf dem Revier, Magnus?«, fragte Meister Bucher.

»Große Aufregung«, erwiderte sein Schwager und wedelte mit der Hand den Rauch vor seinem Gesicht beiseite. Dabei machte er alles andere als einen aufgeregten Eindruck. Roch war ein kräftiger Mensch und sah mit seinem eleganten Nadelstreifenanzug und der Weste, aus der die Goldkette einer Taschenuhr herabfiel, eher wie ein Unternehmer aus als wie ein Polizeibeamter.

»Aufregung? Worüber denn?« Meister Bucher schien seinen Schwager an Unaufgeregtheit noch übertreffen zu wollen. Jos hingegen spitzte neugierig seine Ohren und vergaß völlig, dass er sich eigentlich hatte verabschieden wollen.

»Ich weiß nicht, ob ich darüber sprechen soll.« Roch blickte vielsagend auf Jos. »Die ganze Angelegenheit ist hoch geheim.«

Jos verstand diesen Wink mit dem Zaunpfahl zwar, blieb aber trotzdem sitzen.

»Nun tu nicht so geheimnisvoll, Magnus«, sagte Meister Bucher. »Du willst uns doch nur auf die Folter spannen.«

Roch schüttelte den Kopf. »In diesem Fall nicht, mein lieber Schwager. Ich muss darauf bestehen, dass der Junge geht.«

Jos erhob sich. »Dann verschwinde ich mal ins Bett«, sagte er und tat so, als müsse er ein Gähnen unterdrücken. Nachdem er sich verabschiedet hatte, trat er in den Flur und stieg so laut wie möglich die ersten Treppenstufen empor, bevor er kehrtmachte und auf Zehenspitzen zurück zur Tür huschte. Er presste sein Ohr an das dunkle Holz. Zum Glück hatte Roch eine so dröhnende Stimme, dass Jos jedes seiner Worte verstehen konnte.

»... häufen sich die Vermisstenmeldungen«, hörte er ihn. »In den letzten drei Tagen sind sechs Menschen verschwunden. Unbescholtene Bürger, die sich einfach in Luft aufgelöst zu haben scheinen.«

»Davon habe ich gar nichts in der Zeitung gelesen«, sagte Meister Bucher.

»Das hat der Bürgermeister angeordnet. Er will eine Panik vermeiden. Stell dir vor, was geschieht, wenn sich so etwas herumspricht! Niemand wird mehr zur Arbeit gehen, ja, es würden sich vielleicht Bürgerwehren bilden, um den oder die Täter auf eigene Faust zu jagen.«

»Aber ist denn überhaupt sicher, dass es sich dabei um Verbrechen handelt? Manchmal machen sich Menschen einfach so auf und davon und wollen nicht gefunden werden.«

»Du bist, wenn ich mich recht erinnere, selbst einmal von zu Hause ausgerissen, Magnus«, warf Frau Bucher ein. »Nach Afrika wolltest du damals, ein berühmter Löwenjäger werden.«

Jos musste an sich halten, um nicht laut loszulachen.

»Das hat doch jetzt hiermit gar nichts zu tun«, knurrte Roch. »Wir haben das natürlich genauestens untersucht, und keiner der Verschwundenen hatte einen Grund, plötzlich unterzutauchen. Nein, da steckt etwas anderes dahinter.«

»Und, habt ihr einen Verdacht?«, fragte Meister Bucher.

»Wo denkst du hin! Das braucht alles seine Zeit. Die Polizei arbeitet gründlich. Aber wir werden den Täter schon kriegen.« Roch räusperte sich. »Wenn sie mir die Leitung der Untersuchung anvertraut hätten, dann …«

Jos hatte genug gehört. Wahrscheinlich würde sich Roch jetzt wieder stundenlang über die Ungerechtigkeit der Welt im Allgemeinen und des Polizeiapparates im Besonderen auslassen. Leise huschte er in sein Zimmer und ging zu Bett.

In dieser Nacht träumte er, er stände vor dem Eingang einer riesigen Höhle. Das Loch war so schwarz, dass es das Licht aus der Umgebung zu verschlucken schien. Vor ihm stand eine lange Reihe von Menschen, Männer und Frauen, Alte und Junge. Einer nach dem anderen betraten sie die Höhle und wurden von dem finsteren Schlund verschluckt. Jos wollte sie warnen und ihnen zurufen umzukehren, doch sosehr er sich auch mühte, er brachte keinen Ton hervor.

Schweißgebadet schreckte er auf, und es dauerte lange, bis er wieder in den Schlaf fand.

Am nächsten Morgen kam Lena mit bedrückter Miene zur Arbeit. Das war so außergewöhnlich, dass Jos sie sogleich beiseitenahm.

»Was ist passiert?«, fragte er.

»Mein Vater …« Sie schluckte, und Jos merkte, wie sie nur mühsam die Tränen zurückhalten konnte. »Er ist seit drei Tagen nicht nach Hause gekommen.«

Sofort musste Jos an das denken, was er gestern Abend gehört hatte. »Warst du schon bei der Polizei?«, fragte er.

Lena schüttelte den Kopf. »Ich will noch bis morgen warten. Es ist in der Vergangenheit häufiger vorgekommen, dass er eine Nacht weggeblieben ist, aber nie länger. Du weißt schon …«

Natürlich wusste Jos Bescheid. Lenas Vater war dem Alkohol verfallen, und wenn er einen über den Durst getrunken hatte, dann legte er sich schon mal an Ort und Stelle nieder und schlief seinen Rausch aus.

»Hat er denn irgendwas gesagt?«, fragte er. »Oder hast du eine Vermutung, wo er stecken könnte?«

Lena schüttelte den Kopf. »Das ist ja gerade so merkwürdig. Am Sonntagabend kam er fast nüchtern nach Hause und schwor mir, er werde sein Leben ändern. Jetzt sei Schluss mit dem Alkohol.« Sie blickte zu Boden. »Das hat er zwar schon häufiger versprochen, aber diesmal hatte ich das Gefühl, er meinte es wirklich ernst. Deshalb verstehe ich das Ganze umso weniger.«

»Ihm wird schon nichts zugestoßen sein«, versuchte Jos, sie zu beruhigen. »Hätte er einen Unfall gehabt, dann hätte man dir sicher Bescheid gegeben.« Er legte seinen Arm um Lenas Schultern. »Weißt du, was? Heute Abend begleite ich dich zu dir nach Hause. Dann ist dein Vater bestimmt wieder da. Und wenn nicht, dann werden wir gemeinsam herauskriegen, wo er steckt.«

»Meinst du?« Lena wischte sich die Tränen aus dem Gesicht.

Jos nickte. So sicher, wie er tat, war er sich aber ganz und gar nicht. Immerhin suchte die Polizei schon seit Tagen nach verschwundenen Menschen, ohne eine Spur zu finden. Er hoffte nur, dass Lenas Vater nicht dazugehörte.

Nach der Arbeit begleitete Jos Lena zu ihrer Wohnung. Sie hatten sich vorgenommen, das Zimmer ihres Vaters zu durchsuchen, um vielleicht einen Hinweis darauf zu finden, was mit ihm geschehen sein könnte. Noch besser wäre es natürlich, ihn dort anzutreffen.

Doch leider wurde ihre Hoffnung enttäuscht. Also machten sie sich an die Arbeit. Das Zimmer von Lenas Vater war klein, aber aufgeräumt. Ein Wandregal enthielt ein paar Dutzend Bücher, und auf einem schmalen Tisch stand ein Holzkasten, in dem sich Briefe und Dokumente befanden. Die nahmen sie sich zuerst vor.

Es dauerte nicht lange und sie hatten alles durchsucht, ohne eine Spur zu finden. Mutlos ließ sich Lena auf das Bett sinken, als der Blick von Jos auf die Bücher fiel. Er zog eines heraus, hielt es mit dem Rücken nach oben und schüttelte es. Dann stellte er es wieder zurück und nahm sich das nächste Buch vor. Lena begriff sofort, was er machte. Sie sprang auf und half ihm.

Es war das vorletzte Buch, das ihnen schließlich einen Hinweis lieferte. Als Lena es schüttelte, segelte ein buntes Stück Papier heraus und fiel zu Boden.

Es war eine Eintrittskarte zur Schau der Parfantis.

Jos studierte die Karte. Sie trug das Datum vom letzten Sonntag.

»Wusstest du, dass dein Vater letzten Sonntag auch auf dem Jahrmarkt war?«, fragte er.

Sie schüttelte den Kopf. »Er hat mir nichts gesagt.«

»Er war also bei den Parfantis«, murmelte Jos. »Vor denen uns Hermann gewarnt hat.«

»Meinst du etwa, das hat etwas mit seinem Verschwinden zu tun?« Lena starrte auf die Eintrittskarte.

»Zumindest würde es nicht schaden, wenn wir dort ein paar Nachforschungen anstellen.« Jos erzählte ihr von dem, was Meister Buchers Schwager berichtet hatte. »Und hat Hermann nicht erwähnt, dass Rostows Truppe die letzte Stadt fluchtartig verlassen musste?«

Lena runzelte die Stirn. »Der Jahrmarkt? Glaubst du wirklich, da gibt es einen Zusammenhang?«

»Zumindest hatte ich ein komisches Gefühl, als wir am Sonntag da waren«, gestand Jos.

»Das kommt nur daher, weil Natz dich mit seiner Unkerei beeinflusst hat. Mir kam alles ganz harmlos vor.«

Jos schüttelte den Kopf. »Ich bin jetzt jeden Abend da gewesen, um mir von Hermann die Elefantions erklären zu lassen. Solange ich mich bei ihm aufhalte, ist alles in Ordnung, aber immer wenn ich am Zelt der Parfantis vorbeigehe, fühlt es sich so an, als ob etwas in der Luft liegt, das jedes Leben ersticken will.«

»Na schön«, willigte Lena ein. »Ich glaube zwar nicht, dass es was bringt, aber von mir aus sehen wir uns den Jahrmarkt mal genauer an. Wo fangen wir an?«

Jos überraschte sich selbst mit seiner Antwort: »Indem wir morgen Abend die Vorstellung der Parfantis besuchen.«

~ Kapitel 3 ~

Die Gebrüder Parfanti

Jos und Lena betraten das Zelt.

Die Stühle waren in einem Halbkreis rund um eine niedrige Bühne aufgestellt. Darauf stand rechts und links jeweils ein roter Ohrensessel und in der Mitte dazwischen ein großer Glaszylinder, der rundum mit einem transparenten Stoff verkleidet war. Im Inneren des Gebildes konnte man unscharf einen dunklen Umriss wahrnehmen.

Fast alle Plätze waren bereits besetzt. Sie fanden noch zwei freie Stühle in der letzten Reihe, und kaum hatten sie sich gesetzt, da ging auch schon das Licht im Zelt aus. Das Getuschel der Zuschauer verstummte.

Ein Scheinwerfer sprang an und richtete sich auf den Vorhang im Bühnenhintergrund. Der Stoff teilte sich und ein Mann kam heraus. Der Lichtkegel folgte ihm bis zum Rand der Bühne, wo er stehen blieb und das Publikum betrachtete.

Der Mann trug einen schwarzen Anzug und ein schwarzes Hemd. Seine grauen Haare waren nach hinten gekämmt und seine hohe Stirn mündete in lange Geheimratsecken. Selbst hier, in der letzten Reihe, glaubte Jos, seinen prüfenden Blick zu spüren, als er die vor ihm Sitzenden musterte.

Es war derselbe Mann, den sie bei ihrem ersten Besuch vor dem Zelt gesehen hatten. Rostow, der Besitzer des *Wunderlands*. Über seinen Schultern lag erneut der feuerrote Mantel.

Im Zelt war es mucksmäuschenstill. Der Mann strich sich über seinen Vollbart und nickte zufrieden. Er hob seine rechte Hand, an der im Licht des Scheinwerfers mehrere Ringe funkelten.

»Verehrtes Publikum«, begann er. »Wir leben in einer Zeit der Wunder. Jeden Tag beschert uns die Wissenschaft neue Maschinen, von denen die eine unglaublicher ist als die andere. Gewaltige mechanische Zugtiere lassen die Erde erzittern und bewegen Lasten, die sonst nur Lokomotiven befördern könnten. Flugmaschinen ziehen über das Firmament hinweg und steuern lautlos auf Ziele in fernen Ländern zu, die wir nur vom Hörensagen kennen. Dampfboote verbinden die Kontinente miteinander. Und bald schon, so habe ich sagen hören, werden die ersten furchtlosen Reisenden in einer gigantischen Rakete in das Weltall reisen. Und doch …«

Er legte eine Pause ein und ließ seinen Blick über das gebannt lauschende Publikum schweifen. Seine Stimme besaß einen hypnotischen Klang. Sie war tief und wohltönend, und es war nahezu unmöglich, sich ihrer Wirkung zu entziehen. Auch Lena starrte ihn mit offenem Mund an, wie Jos bemerkte.

»Und doch«, fuhr er fort, »scheint uns allen etwas zu fehlen. Die Maschinen arbeiten für uns, sie transportieren uns von einem Ort zum anderen und helfen uns dabei, viele alltägliche Aufgaben einfacher zu verrichten. Aber gelingt es ihnen, die Leere zu füllen, die wir in unseren Herzen spüren? Schaffen sie es, unserem Leben einen Sinn zu geben? Machen sie uns glücklicher, als wir es vorher waren?«

Der Mann legte sich die rechte Hand aufs Herz, um seine Worte zu unterstreichen. Aus dem Publikum waren Laute der Zustimmung zu vernehmen: »Genau.« – »So ist es.« – »Wie wahr.«

»Verehrte Herrschaften, mein Name ist Rostow.« Er verbeugte sich. »Geheimrat Rostow. Ich habe an den führenden Universitäten der Welt studiert, in Oxford und St. Petersburg, in Osaka und Istanbul. Ich habe die Naturwissenschaften ebenso kennengelernt wie die Theologie, die Medizin und die Philosophie. Doch eines hat mich keiner lehren können: die Bildung des Herzens. Und dabei ist sie es gerade, an der es in unserer Zeit mehr denn je mangelt.«

Jos warf Lena erneut einen Blick zu. Sie lauschte Rostows Ausführungen mit höchster Aufmerksamkeit, so wie alle anderen Zuschauer auch. Er selbst schien der Einzige im Zelt zu sein, der nicht von den Worten des Geheimrats gefesselt wurde. Es hatte ein paar Minuten gedauert, aber dann war es so gewesen, als hätte sich ein Schatten von seinem Geist gehoben und ihm freie Sicht auf Rostow erlaubt. Er war ein begnadeter Redner, soviel war sicher. Er wusste, wie man die Leute anzupacken hatte, um sie in seinen Bann zu ziehen. Aber wenn man genau hinhörte, dann stellte man schnell fest, dass er bislang eigentlich noch gar nichts gesagt hatte. Es war mehr die Art, *wie* er sprach, als das, *was* er sagte.

Wie hatte Hermann es ausgedrückt? »Rostow lebt von der Illusion.«

Jos stieß Lena leicht in die Seite. Sie machte eine abwehrende Bewegung mit der Hand und beugte sich vor, um beim Zuhören nicht gestört zu werden.

»Keine Maschine ist in der Lage, Ihr Herz zu erreichen«, sagte Rostow. »Auch wenn Maschinen heute Musikinstrumente mit mehr technischer Perfektion spielen, als es ein Mensch je könnte, so ist das Ergebnis doch kalt und ohne jedes Empfinden. Genauso wie unsere Gesellschaft. Niemand kümmert sich um seinen Nächsten. Wünsche und Sehnsüchte haben keine Bedeutung, Gefühle interessieren nicht. Doch ich …«

Wieder legte er eine seiner bedeutungsschweren Pausen ein. Erneut kreiste sein stechender Blick über seine Zuhörer. Aber diesmal blieb er auf Jos haften. So empfand der es jedenfalls, denn mit einem Mal durchfuhr ihn ein Kälteschauer. Er senkte seinen Kopf und schielte von unten herauf nach vorn. Das Licht ruhte auf Rostow und im Zuschauerraum war es ziemlich dunkel. Also konnte er ihn eigentlich nicht ansehen, zumal ihm der Scheinwerfer direkt in die Augen strahlte. Trotzdem hatte Jos das Gefühl, von ihm als der einzige Besucher ausfindig gemacht worden zu sein, der seiner Magie nicht erlag.

Magie! Das war genau das richtige Wort. Rostow war kein Zauberer, das nicht, aber er beherrschte die Kunst, aus Wörtern ein Netz zu weben, das sich um sein Publikum legte und es daran hinderte, sich daraus zu befreien. Was offenbar nicht bei jedem funktionierte, dachte Jos grimmig.

Endlich nahm Rostow seinen Blick von ihm und fuhr mit seiner Ansprache fort. »Doch ich habe mir zum Ziel gesetzt, diesen Zustand zu ändern. Und dabei, verehrtes Publikum, ist mir nicht die Wissenschaft zu Hilfe gekommen, sondern – der Zufall. Denn auf einer meiner Reisen bin ich zwei ganz außerordentlichen Individuen begegnet. Zwei Menschen, die, das darf ich wohl so sagen, mein Leben verändert haben. Und die, dessen bin ich mir sicher, auch Ihr Leben verändern werden. Meine Damen und Herren! Lassen Sie sich verzaubern von ... den Gebrüdern Parfanti!«

Er schwang die Hände in die Höhe. Zugleich leuchteten zwei weitere Scheinwerfer auf, die auf die beiden Ohrensessel gerichtet waren. In jedem davon saß eine Person. Das mussten die Parfantis sein. Die beiden schmächtigen Burschen schienen kaum älter als zwanzig Jahre zu sein. Das war merkwürdig, denn hatte Hermann nicht erzählt, sie reisten schon seit Jahrzehnten mit Rostow durch die Lande?

Ihr blondes Haar reichte den beiden bis über die Schultern, dazu trugen sie bunt gemusterte Jacketts, die ihnen eine Nummer zu groß waren. Mit einem freundlichen Lächeln nickten sie dem Publikum zu, das jetzt in einen stürmischen Applaus ausbrach.

Der Scheinwerfer, der auf Rostow gerichtet war, erlosch. Alle Blicke waren auf die Parfantis gerichtet. Nur Jos behielt Rostow im Auge, der nicht sofort von der Bühne abging, sondern in seine Richtung blickte. Er hatte den Kopf leicht nach hinten gelegt und seine Nasenflügel bebten. Jos hatte den Eindruck, als schnuppere der Mann nach ihm, so als könne er ihn an seinem Geruch erkennen, wie ein gut dressierter Jagdhund. Oder wie ein Wolf, der seine Beute wittert. Unwillkürlich duckte er sich tiefer in seinen Sitz. Wenig später verschwand der Geheimrat in den Kulissen.

Jos schüttelte sich. Für den Bruchteil einer Sekunde hatte er den wahren Rostow erblickt, den Mann hinter der Illusion, ein Raubtier unter der Maske des kultivierten Plauderers.

Oder war es lediglich seine Fantasie, die mit ihm durchging?

Inzwischen hatte sich der Glaszylinder zwischen den beiden Sesseln langsam zu drehen begonnen. In seinem Inneren leuchtete ein Licht auf. Und mit einem Mal befand Jos sich nicht mehr in dem Zelt, sondern an einem langen, sonnigen Sandstrand und blickte auf das azurblaue Meer! Er spürte den warmen Sand zwischen seinen Zehen und schmeckte die salzige Luft auf den Lippen. In der Ferne erblickte er ein Segel am Horizont, während über ihm die Möwen kreisten.

Jos, der noch nie zuvor in seinem Leben das Meer gesehen hatte, wollte sich gerade in den Sand fallen lassen, als hinter ihm eine Stimme ertönte. Er fuhr herum. Ein junger Mann kam laut rufend eine Düne herabgelaufen und wedelte aufgeregt mit den Armen. Er trug eine grüne, eng anliegende Hose, braune Stiefel, die ihm bis zum Knie reichten, und ein bauschiges weißes Hemd.

»Herr!«, hörte Jos ihn rufen. »Edler Herr! Eine Nachricht vom König!«

Jetzt erst bemerkte Jos, dass neben ihm ein Pferd stand. Es war ein Rappe, der keinen Sattel trug, sondern lediglich eine Decke über seinem Rücken, die mit einem goldenen Symbol bestickt war. Er tänzelte hin und her und streckte dem Neuankömmling den Kopf entgegen.

»Herr«, keuchte der Junge, der kaum älter war als Jos, »Ihr müsst sofort zum Schloss zurückkehren! Euer Vater, der König, wünscht Euch in einer dringenden Angelegenheit zu sprechen.«

Jos kannte den Jungen. Aber woher? Er versuchte, sich zu erinnern. Richtig, es war sein Knappe! Aber wieso hatte er einen Knappen? Und wo war er hier überhaupt?

Das Pferd neben ihm schnaubte leicht. Der Knappe war inzwischen herangekommen, und Jos wollte ihm gerade eine Antwort geben, als ihn mit einem Mal eine Benommenheit ergriff. Er schüttelte den Kopf, kniff die Augen zusammen – und befand sich plötzlich wieder im Zelt, inmitten der anderen Besucher. Vorne auf der Bühne saßen die Gebrüder Parfanti vorgebeugt in ihren roten Ohrensesseln und sprachen gleichzeitig auf das Publikum ein. Auf dem Zylinder in der Mitte jagten sich Farbflecken, die immer wieder zerfielen, um sich gleich darauf zu neuen Formen zusammenzusetzen.

Was ging hier vor? Jos starrte auf die zuckenden Farben, und sofort war er wieder am Strand. Diesmal ging er neben dem Jungen her, der das Pferd am Zügel führte. Sie stapften die Düne hinauf. Jos wollte anhalten, aber seine Beine gehorchten ihm nicht, sondern marschierten unaufhaltsam weiter. Dann verschwamm die Szenerie vor seinen Augen und er fand sich auf seinem Stuhl wieder.

Jos blickte sich um, vermied es aber, den Zylinder zu betrachten. Die anderen Besucher starrten wie hypnotisiert auf die sich bewegenden Farben. Er war scheinbar der Einzige, der dem Zauber nicht erlag. Das musste das Werk der Parfantis sein!

Jos schüttelte erneut den Kopf, um den letzten Rest von Benommenheit zu vertreiben. Warum funktionierte die Illusion bei ihm nicht so wie bei den anderen? Er warf einen Blick auf Lena. Sie starrte mit weit aufgerissenen Augen auf den Zylinder. »Ich danke Euch, Herr«, sagte sie in diesem Moment mit solcher Inbrunst, dass Jos ein Schauer über den Rücken lief.

Und doch war er einen Moment lang versucht, auch wieder in jene Fantasiewelt zurückzukehren. Sie war so echt! Das Gefühl des warmen Sandes unter seinen Füßen war einfach wunderbar gewesen. Und er war ein Königssohn! Was hätte ihn wohl im Palast seines Vaters erwartet? Diener, die ihm jeden Wunsch von den Lippen ablasen? Feine Kleidung und gutes Essen? Was für ein Gegensatz zu dem Leben, das er in Wirklichkeit führte!

Ein vielstimmiges Gemurmel riss ihn aus seinen Gedanken. Alle Männer im Zelt sprachen gleichzeitig. Es hörte sich so an wie »Reicht mir die Hand, holdes Fräulein«. Worauf alle Frauen antworteten: »Aber gern, mein Prinz.«

Jos seufzte. Ein Teil von ihm wünschte sich, er könnte dieses fantastische Märchen auch miterleben. Ein anderer Teil hingegen wehrte sich dagegen. War das der Grund, warum bei ihm die Illusion nicht richtig funktionierte?

Viel mehr interessierte ihn aber noch, wie die Parfantis diesen Zauber bewerkstelligten. Es hatte gewiss etwas mit dem Zylinder und seinen Farben zu tun. Ob er eine Art Hypnosegerät war? Denn das, was hier passierte, war ein Werk der Wissenschaft, davon war Jos überzeugt. Mochte sich Rostow noch so abfällig darüber äußern und die Parfantis als Wunderknaben loben – sie waren in erster Linie wahrscheinlich ausgezeichnete Techniker, die es verstanden, das Publikum in ihre Illusion hineinzuziehen.

Doch sosehr er auch darüber nachgrübelte, er fand keine Antwort. Außer dem Zylinder konnte er auch keine weiteren Vorrichtungen entdecken. Da waren lediglich die Parfanti-Brüder in ihren Sesseln. Ihre Hände lagen deutlich sichtbar auf den Lehnen. Ob Rostow hinter den Kulissen an dem beteiligt war, was hier vorging? Aber wie sollte er das anstellen?

Nach wie vor vermied Jos es, den Zylinder direkt anzusehen. Gerade hatte er bei einer Kopfbewegung seine Augen den Bruchteil einer Sekunde zu lange darauf verweilen lassen, und sofort verspürte er den magischen Sog jener märchenhaften Welt. Bevor sie ihn erneut hineinziehen konnte, kniff er die Augen zu.

Neben ihm murmelte Lena Worte vor sich hin, Fetzen eines imaginären Dialogs, den sie mit einer Person in einer Fantasiewelt zu führen glaubte, so wie auch die anderen Besucher um ihn herum.

Und dann wurde es wieder hell im Zelt.

~ Kapitel 4 ~

Ertappt!

Mehrere Minuten geschah nichts. Die Menschen erwachten aus ihrer Trance und schüttelten die Köpfe. Sie brauchten eine gewisse Zeit, um sich wieder zurechtzufinden in ihrer Alltagswelt. Auch Lena rieb sich die Augen und blickte sich um, so als könne sie nicht glauben, in diesem Zelt zu sitzen anstatt im Thronsaal eines Königsschlosses.

Schließlich erhoben sich die Gebrüder Parfanti von ihren Plätzen und verneigten sich vor dem Publikum, das in donnernden Applaus ausbrach. Wie aus dem Nichts tauchte Geheimrat Rostow auf der Bühne auf und blieb vor dem Zylinder, dessen Licht erloschen war, stehen. Er trug jetzt statt des schwarzen Anzugs erneut die goldene Weste.

»Verehrtes Publikum!«, rief er mehrfach, bis das Klatschen nachließ. »Verehrtes Publikum! Darf ich noch einen Augenblick um Ihre Aufmerksamkeit bitten!« Mit einer Behändigkeit, die Jos ihm nicht zugetraut hatte, sprang er von der Bühne und winkte die Parfantis zu sich. Als sie neben ihm standen, fuhr er fort.

»Sie haben soeben die Magie dieser unvergleichlichen Geschichtenerzähler erleben dürfen. Eine Magie, die auf der ganzen Welt einzigartig ist. Könige und Fürstenhäuser reißen sich darum, die Märchen der Gebrüder Parfanti zu hören.« Er legte eine Kunstpause ein. »Aber ich, Geheimrat Radomir Rostow, habe gesagt: Diese Märchen sind viel zu schön, als sie den fleißigen und ehrlichen Menschen unseres Landes vorzuenthalten. So kann auch das einfache Volk dieses königliche Vergnügen genießen.«

Aus dem Publikum erschallten Beifallsrufe und Klatschen. Rostow hob die Hände. »Meine Herrschaften, ich bitte Sie. Das ist eine Ehrensache für mich. Und nicht nur das: Ich biete Ihnen etwas, das Sie nirgendwo sonst auf der Welt bekommen können! Als Dank für Ihre Treue und Ihre Unterstützung bin ich mit den Parfantis übereingekommen, dass sie einem aus Ihrer Mitte ein ganz persönliches Märchen aufschreiben.«

Sofort drängte das Publikum nach vorne. Hände fuhren in die Höhe und Rufe erklangen. Nahezu jeder der Anwesenden wollte das Privileg haben, ein persönliches Märchen zu erhalten. Auch Lena rief laut »Hier!«, und Jos hatte Mühe, sie zurückzuhalten.

»Meine Herrschaften, bitte, beruhigen Sie sich!« Rostow schwenkte die Arme in der Luft, bis wieder einigermaßen Stille eingekehrt war. »Ich verstehe Ihre Begeisterung, aber so kommen wir nicht weiter. Wir werden das Los entscheiden lassen.«

Auf der Bühne tauchte ein Gnom auf, der vor sich auf einem Rollwägelchen einen großen Eimer herschob. Mit seinem roten Frack sah er wie eine Miniaturausgabe Rostows aus.

»In diesem Eimer, meine Herrschaften, befinden sich Lose«, verkündete Rostow. »Eines davon ist Ihre Einladung zu einem persönlichen Märchen der Brüder Parfanti. Und weil ich heute meinen großzügigen Tag habe und Sie so ein hervorragendes Publikum waren, kostet jedes Los heute nur einen Credit statt, wie sonst, zwei.«

Er hatte die Worte kaum ausgesprochen, als die Besucher auch schon nach vorne drängten, die Geldstücke in der ausgestreckten Hand. Rostow kassierte die Münzen und warf sie in den Eimer, aus dem der Gnom die Lose zog und sie nach unten reichte. Bald war der Boden mit Papierfetzen übersät.

Jos merkte Lena an, dass sie drauf und dran war, ebenfalls ein Los zu ergattern. »Es ist nur ein Geschäft«, sagte er. »Du wirst sehen, einen Gewinner gibt es erst, wenn fast alle Lose verkauft sind.«

Er sollte recht behalten. Die Besucher, die eine Niete gezogen hatten, drängten erneut nach vorn, um ihr Glück noch einmal zu versuchen, bis der Gnom schließlich fast im Eimer versank, um eines der letzten verbliebenen Lose herauszufischen. Dann tönte ein Freudenschrei durch das Zelt, und die, die gerade noch Rostow ihre Münzen entgegengestreckt hatten, zogen ihre Hände so schnell zurück, als habe sie eine Wespe gestochen. Der Gnom schob den mit Geldstücken gefüllten Eimer in den Schatten der Vorhänge, und Rostow begrüßte mit strahlender Miene die glückliche Gewinnerin, eine Frau in mittleren Jahren, die einfach gekleidet war.

»Verehrtes Publikum«, rief er, »gewinnen kann leider nur einer. Aber auch Sie haben die Möglichkeit, sich Ihre persönliche Geschichte von den Parfantis erzählen zu lassen. Für den Preis von nur hundert Credits sind Sie dabei! Oder beehren Sie uns morgen wieder, unternehmen Sie eine neue Reise in die fantastischen Welten der Gebrüder Parfanti und versuchen Sie erneut Ihr Glück bei unserer Verlosung.«

Die Zuschauer drängten zum Ausgang. Rostow fasste die Frau, die in der Lotterie gewonnen hatte, am Arm und dirigierte sie auf die Bühne, wo er mit ihr durch den Vorhang verschwand.

Lena und Jos standen unschlüssig herum. Er merkte, dass sie noch immer benommen war von ihren Erlebnissen in der Fantasiewelt.

»Und, wie fandst du's?«, fragte sie schließlich.

»Unheimlich«, erwiderte er.

»Das stimmt. Aber es war zugleich auch sehr schön.« Ihre Augen nahmen einen sehnsüchtigen Ausdruck an. »Stell dir vor, wir könnten wirklich ans Meer reisen.«

»Das wäre toll. Aber dann ohne diesen Prinzenkram.«

Sie stupste ihn in die Seite. »Ich fand es gar nicht schlecht, einmal eine Prinzessin zu sein.«

Jos blieb ernst. »Zumindest ist es sehr verführerisch.«

»Komm schon, hat es dich überhaupt nicht beeindruckt?«

Er zuckte mit den Schultern. »Ich habe nicht viel davon mitbekommen.« In knappen Worten berichtete er, wie er die Vorstellung erlebt hatte.

»Vielleicht bist du einfach nur zu verkrampft«, meinte Lena.

»Ich behalte einfach nur gern die Kontrolle«, erwiderte Jos gereizt.

»Kein Grund, sich gleich aufzuregen.«

Jos verbiss sich eine Antwort. Lena hatte recht. Woher kam diese plötzliche Gereiztheit? War vielleicht doch ein wenig Neid dabei, nicht an dieser Traumreise teilgenommen zu haben? Oder ärgerte er sich darüber, dass Lena ihn als verkrampft bezeichnete? Er war nicht verkrampft, er war nur besorgt! Verstand sie das denn nicht? Schließlich ging es um ihren Vater!

Lena ließ nicht locker. »Was ist schon dabei, sich ein paar Minuten in einer Traumwelt zu verlieren? Das ist doch der Sinn eines Jahrmarkts.«

Jos brummte etwas Unverständliches. Er wollte keinen Streit mit Lena, auch wenn sie offenbar vergessen zu haben schien, warum sie überhaupt in die Vorstellung der Parfantis gegangen waren. So stark war die Macht der Illusion.

Inzwischen war außer ihnen nur noch eine Handvoll Menschen im Zelt.

»Was machen wir jetzt?«, fragte Lena.

»Ich schlage vor, wir warten, ob die Frau wieder auftaucht«, sagte er.

»Warum?«

»Nun, wenn dein Vater ebenfalls die Lotterie gewonnen hat und wenn er ebenfalls mit Rostow hinter der Bühne verschwunden ist …«

Jos führte den Gedanken nicht zu Ende. Noch während er ihn aussprach, kam er ihm unwahrscheinlich vor. Klar, der Geheimrat war ihm nicht geheuer, aber das hieß nicht, dass er Leute verschwinden ließ. Oder?

»Du meinst, diese Frau ist die Nächste, die spurlos verschwindet? Aber warum sollten sie so etwas tun?«

Jos schüttelte den Kopf. »Ich weiß es auch nicht. Es ist nur eine Idee. Eine andere Spur haben wir schließlich nicht.«

In diesem Augenblick erschienen Rostow und die Frau auf der Bühne.

»So viel zu deiner Theorie«, kommentierte Lena.

Aber so schnell wollte Jos nicht aufgeben. »Das heißt gar nichts. Es wäre viel zu auffällig, die Frau jetzt verschwinden zu lassen. Schließlich haben die Besucher gesehen, wie Rostow sie mit hinter die Kulissen genommen hat.«

»Du hältst ihn also nach wie vor für verdächtig?«

Jos wusste nicht, was er sagen sollte. Sein Verdacht war nicht auf Tatsachen begründet, sondern lediglich auf einem Gefühl. Statt einer Antwort ergriff er Lenas Arm und schob sie aus dem Zelt. Rostow musste nicht unbedingt mitbekommen, dass sie hier herumlungerten. Und ein wenig, so gestand sich Jos ein, war es vielleicht auch die Angst vor dem Blick des Geheimrats, der ihn vorhin so hatte erschauern lassen.

Obwohl es schon spät war, war der Platz vor dem Zelt noch voll mit Menschen. Jos zog Lena vom Zelteingang weg. Sie blickte ihn fragend an.

»Ich schlage vor, wir folgen der Frau«, sagte Jos.

»Warum?«

»Nun, dein Vater war hier. Und dann ist er verschwunden. Und der Gewinner der Verlosung ist der Einzige, der persönlichen Kontakt zu Rostow hat.«

Jos merkte Lena an, dass sie nicht wirklich überzeugt war. »Die Frau ist doch wieder rausgekommen«, wandte sie ein.

»Wenn der Geheimrat tatsächlich hinter dem Verschwinden der Leute steckt, dann wird er nicht so dumm sein, das vor aller Augen zu machen. Vielleicht hat er sich mit ihr an einem anderen Ort verabredet.«

»Und wenn sie nun einfach nach Hause geht?«

»Dann warten wir dort. Schlimmstenfalls schlagen wir uns eine Nacht um die Ohren.« Jos merkte, wie dünn und wenig überzeugend das klang. »Ich wüsste nicht, was wir sonst tun könnten.«

Lena überlegte einen Moment. »Na schön«, willigte sie schließlich ein, ohne dabei übermäßig begeistert zu klingen.

Sie mussten nicht lange warten. Mit einem strahlenden Lächeln auf dem Gesicht kam die Frau aus dem Eingang und überquerte den Platz. Lena und Jos folgten ihr in einiger Entfernung. Die Frau ging zielstrebig zum Ausgang und verließ den Jahrmarkt.

In den Straßen der Stadt herrschte noch immer reges Treiben. Arbeiter kamen aus der Fabrik zurück oder waren auf dem Weg zur Nachtschicht, Theaterbesucher strömten nach den Vorstellungen in Cafés oder Bars, Gruppen von jungen Männern und Frauen flanierten die Gehwege entlang. Die Fahrbahnen waren gefüllt mit Radtaxis und anderen Fuhrwerken, die mit Dampfkraft betrieben wurden und das Licht der Gaslampen mit den Wolken, die sie hinter sich herzogen, vernebelten.

Bei diesem Trubel fiel es ihnen leicht, der Frau unentdeckt zu folgen. Weit mussten sie nicht gehen, denn schon nach einer Viertelstunde bog sie in eine kleine Seitenstraße ein und betrat das erste Haus. Kurz darauf leuchteten im zweiten Stockwerk die Fenster auf.

»Und was machen wir nun?«, frage Lena. »Sollen wir wirklich die ganze Nacht hier warten?«

Jos zuckte ratlos mit den Schultern. »Wenn wir jetzt weggehen, sind wir keinen Schritt weiter. Vielleicht können wir uns ja abwechseln, dann müssen wir nicht beide hier herumstehen.«

»Kommt nicht infrage. Wenn wir bleiben, dann zusammen.«

»Gut.« Jos lächelte sie an. »Aber eine Bitte habe ich. Buchers werden sich Sorgen machen, wenn ich nicht bald zurückkomme. Es wäre gut, wenn du ihnen Bescheid gibst. Erzähl ihnen einfach, ich würde heute bei Natz übernachten.«

»Und wenn die Frau in der Zwischenzeit weggeht?«

»Das glaube ich nicht«, beruhigte sie Jos. »Du bist in spätestens einer halben Stunde wieder hier. Falls sie sich wirklich noch einmal mit Rostow trifft, wird das noch ein Weilchen dauern. Momentan ist viel zu viel Betrieb, um jemanden spurlos verschwinden zu lassen.«

Nachdem Lena losgelaufen war, hockte Jos sich auf die Stufen eines Hauseingangs, von wo aus er die Wohnung der Frau gut im Blick hatte. Ab und zu sah er ihren Schatten hinter den erleuchteten Fenstern vorbeihuschen. Und er fragte sich, ob das, was sie hier taten, nicht völlig sinnlos war. Machte er Lena nicht vielleicht nur falsche Hoffnungen? Doch was konnten sie sonst tun? Es war nur eine Nacht, die sie opferten, wenn nichts bei der Sache herauskam. Das war kein besonders hoher Preis.

Ihn fröstelte und er zog seine Jacke enger um sich. Nachts wurde es jetzt schon merklich kühler, und er hatte keine Lust, sich eine Erkältung einzufangen. Also stand er wieder auf und ging auf dem Bürgersteig auf und ab.

Als Lena zurückkehrte, hatte sich an der Situation nichts geändert. In der Wohnung der Frau brannte noch immer Licht. Schweigend liefen Lena und Jos nebeneinander her, jeder in seine Gedanken vertieft. Das ging wohl eine Stunde lang so und die letzten Passanten waren inzwischen längst verschwunden.

»Was hast du denn für eine Geschichte in der Fantasiewelt erlebt?«, brach Jos das Schweigen.

»Ich war eine Prinzessin am Königshof«, erzählte Lena und Jos konnte die Begeisterung in ihrer Stimme hören. »Es war ein riesiges Schloss mit ungezählten Bediensteten. Es wurde gerade ein großes Fest vorbereitet. Ein anderer König war mit seinem Sohn zu Besuch gekommen, weil mein Vater wollte, dass wir uns kennenlernen.«

»Um ihn dann zu heiraten?«

Lena nickte. »Er sah nicht nur toll aus, er war auch feinfühlig und humorvoll.«

Jos spürte einen Stich im Herzen. Der Prinz, den Lena so schwärmerisch beschrieb, hatte alle die Eigenschaften, die er selbst nicht besaß. War das der Freund, den sie sich wünschte? Aber dann machte er sich klar, dass es die Parfantis waren, die diesen Traumprinzen erschaffen hatten, und nicht Lena selbst. Wahrscheinlich hatten sie alle guten Eigenschaften, die ein Mensch haben konnte, in einer Person vereint. Nur so konnten sie jeden im Publikum zufriedenstellen.

»Und dann?«, fragte er.

»Dann hat er einen Drachen erschlagen, der das Königreich bedrohte, und anschließend bin ich mit ihm an den Hof seines Vaters zurückgekehrt.« Sie blieb stehen und lachte. »Es war nichts weiter als ein einfaches Märchen. Wenn mir das jemand erzählen würde, würde ich darüber wohl nur lachen. Aber wenn man selbst drinsteckt, ist es was ganz anderes.«

Jos wollte gerade darauf antworten, als er sah, wie die Lichter in der Wohnung der Frau ausgingen. Er zog Lena mit sich in den Schatten eines Hauseingangs. Es war kurz vor Mitternacht.

Vielleicht war die Frau nur zu Bett gegangen. Aber vielleicht …

Es dauerte keine Minute, als die Tür ihres Hauses sich öffnete und eine Person auf die Straße trat. Zum Glück stand genau vor dem Haus eine Straßenlaterne. Es war tatsächlich die Frau, die bei Rostows Verlosung gewonnen hatte.

»Siehst du?«, flüsterte Jos. »Ich hatte recht mit meiner Vermutung.«

»Warten wir's ab«, erwiderte Lena.

Sie folgten ihr in sicherem Abstand. Eine unnötige Vorsichtsmaßnahme, denn die Frau drehte sich kein einziges Mal um. Warum sollte sie auch damit rechnen, verfolgt zu werden? Mit schnellen Schritten steuerte sie in Richtung *Wunderland*.

Der Jahrmarkt lag verlassen da. Ohne die Lichter und Besucher, die Musik und den Trubel wirkte er unheimlich und bedrohlich, und Jos spürte, wie sein Herz heftiger zu pochen begann. Er musste an seinen Traum denken, in dem die Menschen von der dunklen Höhle verschluckt wurden. So kam ihm auch der Jahrmarkt vor. Er war wie ein lauerndes Raubtier, das nur darauf wartete, dass ihm jemand in die Falle ging.

Der halb volle Mond spendete genug Licht, um zu erkennen, wie die Frau zielgerichtet auf das Zelt der Parfantis zusteuerte. Sobald sie darin verschwunden war, liefen Lena und Jos über den Vorplatz und Jos zog vorsichtig die Plane ein Stück beiseite und lugte hinein.

Das Zelt wurde vom fahlen Schein des Drehzylinders erhellt. Die Frau war schon fast an der Bühne angekommen und blickte sich suchend um. Wie aus dem Nichts tauchte zwischen den Vorhängen einer der Parfantis auf und winkte sie zu sich. Er fasste sie bei der Hand und zog sie mit sich. Fast zeitgleich erlosch das Licht.

»Was immer wir auch suchen, es liegt hinter diesem Vorhang«, flüsterte Jos.

»Und wie bekommen wir das heraus?«

»Indem wir einen Blick dahinter werfen.« Jos schlüpfte ins Zelt.

Lena folgte ihm zögernd. »Was ist, wenn sie zurückkommen?«, wisperte sie.

»In dieser Dunkelheit wird uns keiner sehen.« Jos nahm Lenas Hand und legte sie auf seine Schulter. »Halt dich an mir fest, damit wir uns nicht verlieren.« Er tastete sich am Rand der Stuhlreihen entlang vor bis zur Bühne. Das ging nicht so schnell, wie er es sich gewünscht hätte, aber er wollte kein Risiko eingehen.

Schließlich erreichten sie die Bühne. Jos lauschte in die Dunkelheit, und als er nichts hörte, zog er sich hoch und half dann Lena hinauf. Wenn jetzt jemand kam und das Licht anmachte, konnten sie sich nirgendwo mehr verstecken.

Vorsichtig schlichen sie über die Bühne, bis Jos mit seinen ausgestreckten Händen den Vorhang ertastete. Sie hatten sich gerade zu dem Durchlass vorgearbeitet, der hinter die Bühne führte, als sie von dort das Geräusch einer zufallenden Tür hörten.

Sie erstarrten.

Jos spürte sein Herz schneller pochen. War da jemand?

Die Sekunden verstrichen, aber nichts passierte. Schließlich gab sich Jos einen Ruck und drückte sich langsam durch den Spalt zwischen den Vorhängen. Lena, die noch immer ihre Hand auf seiner Schulter liegen hatte, folgte ihm.

Hinter der Bühne war es ebenfalls stockfinster. Jos fühlte, wie Lena seine Schulter losließ. Einen Augenblick später flammte ein helles Licht auf. Instinktiv machte er einen Schritt nach hinten, aber es war nur Lena, die ein Streichholz entzündet hatte.

Sie standen in einem schmalen Gang zwischen Bühne und Zeltwand. Von dem Parfanti oder der Frau war nichts zu sehen. Vor ihnen war eine Tür in einen Stahlrahmen eingelassen, an dem rundherum die Stoffbahnen des Zelts befestigt waren. Jos legte ein Ohr dagegen, konnte aber nichts hören. Vorsichtig drückte er die Klinke herunter.

Die Tür war nicht verschlossen. Er zog sie einen Spalt auf. Im Mondlicht vor ihnen lag ein Zaun. Zwischen ihm und dem Zelt befand sich ein Durchgang, gerade breit genug, dass eine Person bequem dazwischen passieren konnte.

Jos reckte den Kopf vor und spähte in beide Richtungen. »Weg«, konstatierte er. »Einfach verschwunden.«

»Aber das ist unmöglich«, sagte Lena. »Wir haben sie doch gesehen und gerade noch die Tür gehört.«

»Vielleicht waren sie schneller als wir.«

Lena warf einen Blick über ihre Schulter. »Es ist unheimlich hier«, flüsterte sie. »Lass uns gehen.«

»Und die einzige Spur verlieren, die wir haben?«

»So, wie es aussieht, haben wir sie schon verloren.«

Aber Jos war noch nicht bereit aufzugeben. »Dann lass uns zumindest noch bei den Wohnwagen nachgucken«, schlug er vor.

Leise schlüpften sie nach draußen und schlossen die Tür hinter sich. Dann liefen sie hinter dem Zelt entlang an den Elefantions und Hermanns Wohnwagen vorbei, bis sie zu den Unterkünften des Jahrmarktpersonals kamen.

Alle Wagen waren dunkel – bis auf einen. Während die meisten der Wohnanhänger drei oder vier Stockwerke hoch und mindestens zehn Meter lang waren, war dieser, wie auch der daneben, ein einfacher, kleiner, einstöckiger Holzwagen, wie man ihn seit Jahrhunderten auf Jahrmärkten fand.

Jos und Lena schlichen sich an. Eines der Fenster war geöffnet und sie konnten Stimmen hören. Sie drückten sich mit dem Rücken an die Außenwand unter dem Fenster und versuchten zu verstehen, was in dem Wohnwagen gesprochen wurde. »Die Parfantis«, wisperte Lena. Jos nickte stumm. Das waren eindeutig die Stimmen der beiden Erzähler, von denen einer gerade noch die Frau im Zelt in Empfang genommen hatte. Wie hatte er es geschafft, so schnell hierherzukommen? Und war die Frau jetzt mit da drin?

Es gab nur einen Weg, das herauszufinden.

»Ich hebe dich hoch und du guckst durchs Fenster«, flüsterte Jos Lena zu und verschränkte seine Hände vor dem Körper zu einer Hühnerleiter. Dann ging er leicht in die Hocke, damit sie ihren Fuß hineinsetzen konnte. Gerade als sie ihre Hände auf seine Schultern gelegt hatte und er sich langsam wieder aufrichtete, ertönte eine Stimme neben ihm: »Es ist unhöflich, anderen Leuten bei ihren Gesprächen zuzuhören, wusstet ihr das nicht?«

~ Kapitel 5 ~

Der Spiegelschatten

Lena spürte, wie Jos zusammenzuckte und seine Finger öffnete. Sie sackte an ihm herab und wäre gewiss gestürzt, wenn er sie nicht gerade noch festgehalten hätte.

An der Ecke des Wohnwagens stand Geheimrat Rostow. Er war dunkel gekleidet und verschmolz fast völlig mit der Nacht, und doch konnte sie ihn so klar sehen, als sei es helllichter Tag. Wie war das möglich?

»Nun?«, fragte Rostow und seine Stimme jagte Lena einen Schauer über den Rücken. Ausreden hatten in dieser Lage keinen Sinn, das war ihr sofort klar.

Jos musste es genauso sehen, denn er sagte mit entschlossener Stimme: »Wir suchen die Frau, die heute bei der Verlosung gewonnen hat. Wo ist sie?«

Das Licht über der Wohnwagentür ging an und einen Moment lang waren sie geblendet. Rostow zog die Augenbrauen spöttisch in die Höhe. »Warum fragt ihr mich das? Woher soll ich das wissen?«

»Weil wir ihr gefolgt sind und gesehen haben, wie sie vor wenigen Minuten mit einem der Parfantis hinten im Zelt verschwunden ist«, sprang Lena Jos zur Seite.

»So? Davon weiß ich nichts. Aber fragen wir die beiden doch selber, was meint ihr?«

Er klopfte an die Tür des Wohnwagens und einen Augenblick später standen die Gebrüder Parfanti neben ihm. Sie trugen noch dieselbe Kleidung wie bei der Vorstellung und glichen sich wie ein Ei dem anderen. Sie lächelten Jos und Lena an, aber es lag keine Spur von Freundlichkeit darin.

»Diese Herrschaften behaupten, einer von euch habe die Gewinnerin unserer Lotterie vorhin im Zelt empfangen«, sagte Rostow. Lena hatte das Gefühl, dass er eine Komödie spielte und dass er wusste, dass sie es wusste. Das konnte sie an seinem Gesicht ablesen.

»Ich bin seit dem Ende der Vorstellung hier«, antwortete der eine der Zwillingsbrüder. »Ich kann es also nicht gewesen sein.«

»Ich ebenfalls nicht, denn ich war auch hier«, sagte der andere.

»Wen von den beiden wollt ihr denn beobachtet haben, Pietro oder Paolo?«, fragte Rostow.

Jos warf die Hände in die Luft. »Wir verschwenden hier nur unsere Zeit. Wir haben genau gesehen, wie die Frau zu einem Ihrer Geschichtenerzähler gegangen ist. Wenn Sie uns keine Auskunft geben wollen, wo sie nun ist, dann müssen wir das eben der Polizei melden.«

Rostow lächelte hinterhältig. »Nun, daran will ich euch nicht hindern. Mal sehen, ob sie den Worten von zwei auf frischer Tat ertappten Einbrechern Glauben schenken werden.«

»Na gut«, lenkte Lena ein, auch wenn sie Jos' Empörung gut verstehen konnte. »Das ist ein Argument. Aber sagen Sie mir wenigstens, ob mein Vater am Sonntagabend bei Ihrer Verlosung gewonnen hat.«

Rostow tat so, als müsse er nachdenken. »Es war ein Mann, das steht fest«, erwiderte er schließlich, »aber ob er dein Vater war, weiß ich natürlich nicht.«

»Wie sah der Gewinner denn aus?«, fragte Lena und ärgerte sich über den flehenden Ton in ihrer Stimme. Ihr Gefühl, dass der Geheimrat und die Parfantis mit ihnen ein Spiel spielten, verstärkte sich. Waren das dieselben Menschen, die noch vor wenigen Stunden eine so wunderbare Traumwelt erschaffen hatten?

Rostow blickte die Parfantis an. Die schüttelten die Köpfe. »Wir sehen täglich so viele Menschen, da können wir uns unmöglich an jedes Gesicht erinnern.«

»Tut mir leid. Ich kann euch nicht weiterhelfen.« Er legte die Hände auf die Schultern von Jos und Lena und schob sie langsam, aber bestimmt zum Zaun. Dabei mussten sie durch den Lichtstrahl der Lampe am Wohnwagen gehen.

Plötzlich stutzte Rostow.

Er ließ Lena los, fasste Jos am Oberarm und drehte ihn zur Seite. Dabei sah er ihm nicht ins Gesicht, sondern blickte über seine Schulter. Seine Gesichtszüge veränderten sich schlagartig. Seine Augen weiteten sich und seine Lippen formten sich zu einem freudigen Lächeln.

»Vielleicht war ich etwas voreilig, euch abzuweisen«, sagte er. »Wir sollten die ganze Angelegenheit noch einmal in Ruhe besprechen, findet ihr nicht auch?«

Lena versuchte, den Punkt zu finden, auf den Rostow gestarrt hatte, bevor sich seine Stimmung so plötzlich gewandelt hatte, konnte aber nichts entdecken. Auch Jos hob ratlos den Arm und kratzte sich am Kopf.

Da sah sie es!

»Dein Schatten!«, rief sie ungläubig.

Jos blickte auf den schwarzen Umriss hinter sich. »Was ist damit?«

»Er ist seitenverkehrt!«

Jos runzelte die Stirn und blickte sie fragend an.

»Heb mal den rechten Arm hoch«, forderte ihn Lena auf.

Er zögerte einen Moment, bevor er ihrer Anweisung folgte.

Lena konnte es kaum fassen. Sie hatte richtig gesehen! Sein Schatten hob den linken Arm.

Jos ließ den rechten Arm sinken und hob den linken.

Sein Schatten hob den rechten Arm.

Erstaunt sah er Lena an. »Das ist mir bis jetzt noch nie aufgefallen.«

»Ein Spiegelschatten«, ertönte Rostows Stimme hinter ihnen. »Eine ganz außergewöhnliche Laune der Natur. Sie zeigt sich ab dem vierzehnten Geburtstag.«

»Das verstehe ich nicht«, sagte Jos. »Wie kann sich ein Schatten denn auf einmal umdrehen? Das widerspricht doch sämtlichen Gesetzen der Naturwissenschaft!«

»Nun, junger Mann, die Gesetze der Naturwissenschaft sind nicht alles, was zählt in dieser Welt. Du warst doch heute in unserer Vorstellung. Hast du nicht gehört, was ich gesagt habe? Das war durchaus ernst gemeint. Aber wir sollten unsere Unterhaltung in etwas angenehmerer Umgebung fortführen.«

Er machte eine Geste in Richtung des Wohnwagens der Parfantis. Lena zögerte. Noch vor wenigen Minuten wollte sie nichts sehnlicher, als einen Blick in den Wagen werfen, doch jetzt war ihr ziemlich mulmig zumute. Da drin konnte alles Mögliche geschehen! Andererseits schien Rostow von dem Spiegelschatten aufrichtig begeistert zu sein. Lena vermutete, er versprach sich etwas davon. Er würde ihnen also wohl nichts antun. Jos warf ihr einen fragenden Blick zu, den sie mit einem Schulterzucken quittierte.

Zögernd folgten sie den Brüdern die Stufen hinauf. Gleich hinter der Tür lag ein großer Wohnraum mit Teppichen, einem Sofa, drei Sesseln, Bücherregalen, mehreren Schränken und kleinen Tischen. Überrascht blieb Lena auf der Schwelle stehen. Wie konnte das alles in diesen winzigen Wagen passen? Entweder war es eine optische Illusion oder – ja, was oder? Es konnte nur eine Illusion sein, alles andere war unmöglich.

»Bitte, bitte.« Rostow deutete auf das Sofa. »Nehmt Platz.«

Lena und Jos ließen sich auf der Sofakante nieder, bereit, sofort aufzuspringen, sollten die Dinge eine unerfreuliche Entwicklung nehmen. Rostow und die Parfantis machten es sich in den Sesseln bequem.

Lena rümpfte die Nase. Wonach roch es hier? Es war ein schwerer, süßlicher Duft, der den Wagen erfüllte. Aber darunter verbarg sich etwas anderes, etwas Rauchiges, so als habe es hier vor Kurzem ein Feuer gegeben, vermischt mit einem fauligen Geruch, den man allerdings nur ahnen konnte.

Der Geheimrat legte die Hände zusammen und stützte sein Kinn darauf. »Der Spiegelschatten ist eine ausgesprochen seltene Erscheinung. Wer ihn besitzt, verfügt über besondere Eigenschaften. Leider habe ich, trotz all meiner Nachforschungen, bislang nicht herausbekommen können, warum das so ist. Aber schon vor vielen Tausend Jahren ist in Legenden davon berichtet worden. Es soll, so heißt es, zu jeder Zeit dreizehn Menschen auf der Erde geben, die über diese außergewöhnliche Eigenschaft verfügen.«

Er ließ die Hände sinken und starrte Jos an. Seine Augen glühten, und für einen Moment erschien er Lena wie ein Raubtier, das im nächsten Augenblick zum Sprung ansetzt, um seine Beute zu reißen. Fröstelnd schlang sie die Arme um ihren Oberkörper.

»Und ich bin einer dieser dreizehn?«, fragte Jos. Lena konnte die Skepsis in seiner Stimme hören. »Ist das nicht nur eine weitere Illusion Ihrer Parfantis?«

Sie verstand ihn nur zu gut. Einen spiegelverkehrten Schatten konnte es einfach nicht geben. Und doch hatte sie ihn mit eigenen Augen gesehen. Aber warum sollte ausgerechnet Jos einen besitzen? Und damit wie zufällig auf Rostow treffen?

»So sieht es aus.« Rostow beugte sich vor. »Aber ich kenne zumindest eine Eigenschaft, die Menschen mit Spiegelschatten haben.«

Sein Blick gefiel Lena immer weniger. Egal, was jetzt kam, es konnte nichts Gutes sein. Doch zu ihrer Überraschung lehnte Rostow sich zurück und lächelte. »Aber zuerst einmal wollen wir über den Vater dieser jungen Dame sprechen.« Er deutete auf Lena.

»Da gibt es nicht viel zu sagen«, erwiderte sie knapp. »Er ist seit Sonntagabend verschwunden.«

»Und ihr meint, wir hätten etwas damit zu tun.«

Lena beschloss, alles auf eine Karte zu setzen. »So ist es«, sagte sie. »Wir haben gesehen, wie sich die Frau vorhin praktisch in Luft aufgelöst hat. Und ich bin sicher, dass sie morgen nicht mehr aufzufinden sein wird. So wie mein Vater.«

»Nun«, Rostow strich sich über den Bart, »ich denke, dass wir da ein wenig Licht ins Dunkel bringen können. Auch wenn euch die Erklärung nicht besonders gefallen wird. Ihr sucht Bösewichte, aber das sind wir nicht. Im Gegenteil, wir erfüllen den Menschen ihre sehnlichsten Wünsche. Also wäre es richtiger, uns als Wohltäter zu bezeichnen.«

Er blickte zu den Parfantis hinüber, die zustimmend nickten. »Wir tun nur Gutes«, sagte Paolo Parfanti (oder war es Pietro? Lena konnte die beiden nicht auseinanderhalten). Das Grinsen auf seinem Gesicht sprach dabei allerdings eine andere Sprache.

»Es gibt nichts Gutes, außer man tut es«, sagte sein Bruder.

»Man tut es oder man tutet.«

»Oder man tutet Gutes.«

»Weil gutes Tuten sich auszahlt.«

»Und gute Taten Gutes tuten.«

Lena warf Jos einen fragenden Blick zu, doch der blickte genauso irritiert drein wie sie.

»Schluss!«, herrschte Rostow die Brüder an, die sofort verstummten. Der Geheimrat wandte sich wieder Jos und Lena zu. »Es ist ganz einfach«, erklärte er. »Ihr habt die Magie der Gebrüder Parfanti selbst erlebt. Und sicher denkst du, junger Mann«, er richtete einen Finger auf Jos, »das sei alles nur eine große Illusion. Stimmt's?«

Jos konnte sein Erstaunen nicht verbergen. »Können Sie Gedanken lesen?«

Rostow lächelte. »Leider nicht. Aber ich habe dich gesehen, wie du dich mit Hermann, meinem Mechaniker, unterhalten hast. Und dein Interesse an den Elefantions bemerkt.«

Jos nickte wortlos.

»Ich muss dich enttäuschen«, fuhr der Geheimrat fort. »Das, was wir zeigen, wäre selbst mit der fortgeschrittensten Technik nicht möglich. Nein, es ist eine spezielle Gabe, welche meine beiden Freunde besitzen. Die Gabe, Träume wahr werden zu lassen.«

Lena musterte die Brüder skeptisch. Sie sahen nicht so aus, als ob sie über spezielle Gaben verfügten, schon gar nicht so eine. Und doch – welche Technik konnte eine solche Illusion erschaffen? Sie war zwar wissenschaftlich nicht so bewandert wie Jos, aber so viel wusste sie immerhin: Was die Brüder hier veranstaltet hatten, war mit der Technik auf dem gegenwärtigen Stand nicht möglich.

Rostow bemerkte die Zweifel seiner Besucher und hob die Hand. »Bevor ihr Einwände erhebt, lasst mich erklären. Und ihr solltet wissen, dass nur eine Handvoll Eingeweihter auf der Welt dieses Geheimnis kennt. Ihr könnt euch also geehrt fühlen. Ab jetzt gehört ihr zu einem kleinen, exklusiven Klub.«

Er beugte sich wieder vor. »Wenn Paolo und Pietro eine Geschichte erzählen, dann ist das kein Märchen. Sie erschaffen dabei eine neue Welt. Das, was ihr vorhin im Zelt erlebt habt, war keine Einbildung, sondern ihr habt euch wirklich dort befunden und das erlebt, was ihr erlebt habt.«

Lena konnte nicht mehr an sich halten. »Wie soll das denn funktionieren?«

»Wie funktioniert ein Spiegelschatten?« Rostow sah ihr in die Augen. »Und doch gibt es ihn.«

Lena zuckte mit den Schultern. »Aber trotzdem …«

Jos legte ihr eine Hand auf den Arm. »Lass ihn ausreden«, sagte er. Lena schwieg erstaunt. Sonst war Jos immer derjenige, der alles hinterfragte.

»Was ihr vorhin erlebt habt, war ein kurzer Einblick in eine Fantasiewelt mit Rittern und Burgfräulein«, fuhr Rostow fort. »Jeder männliche Besucher war dabei ein Prinz und jedes weibliche Wesen eine Prinzessin. Es ist eine Geschichte, die für alle dieselbe ist und die nicht lange dauert. Aber während dieser Zeit ist sie wirklich, denn die beiden holen diese Welt hierher in unser Zelt. Aber das ist nur bessere Gaukelei.«

Er sprang aus seinem Sessel auf und breitete die Arme aus. »Denn meine beiden Freunde hier können weitaus mehr. Sie können eine komplette Welt entstehen lassen, so, wie sie sich jemand in seinen kühnsten Träumen wünscht. Und dann können sie ihn – oder sie – dorthin bringen.«

Er schaute Jos und Lena triumphierend an, so als erwarte er, dass sie nun in Beifallsstürme ausbrachen. Als nichts dergleichen geschah, ließ er die Arme sinken und setzte sich wieder. »So ist das«, schloss er.

»Also haben Sie für meinen Vater eine Welt erschaffen, wie er sie sich gewünscht hat, und ihn dann in diese Welt versetzt«, konstatierte Lena.

»So ist es«, wiederholte Rostow. »Ihr seht, wir tun nichts Unmoralisches. Jeder, der zu uns kommt, tut das vollkommen freiwillig. Die Parfantis erzeugen mit ihrer Gabe eine ganz neue Welt, wie sie unsere Besucher haben möchten, und geleiten sie dann dorthin.«

»Und wie kehrt man aus dieser Welt wieder zurück?«, fragte Lena.

»Tja, das ist der Haken bei der Sache.« Rostow legte die Fingerspitzen zusammen und führte die Hände erneut zum Kinn. »Eine Rückkehr ist leider nicht möglich.«

Die Worte des Geheimrats trafen Lena wie ein Peitschenhieb. Entsetzt sprang sie auf.

»Aber das ist auch nicht nötig«, fügte Rostow schnell hinzu. »Es will ja niemand zurückkommen. Warum auch? Schließlich leben unsere Gewinner jetzt in ihrem Paradies. Was sollte sie da in diese Welt zurücklocken?«

Lena lief zweimal zur Tür und zurück. Konnte es wirklich sein, dass ihr Vater freiwillig in eine Fantasiewelt entschwunden war und sie hier zurückgelassen hatte? Warum hatte er ihr vorher nichts erzählt? Wahrscheinlich, weil er Angst gehabt hatte, sie würde ihn davon abbringen. Sie wusste, ihr Vater war ein unglücklicher Mensch, aber dass er so unglücklich war, hätte sie nicht gedacht.

Sie blieb vor Rostow stehen. »Das heißt, ich werde meinen Vater nie mehr wiedersehen?«, fragte sie mit zitternder Stimme.

Er nickte. »Das ist ein ehernes Gesetz, wenn man unsere Welt verlässt und in eine andere eintritt.«

Sie ließ sich aufs Sofa fallen und vergrub den Kopf in ihren Händen. Die Tränen flossen ihr übers Gesicht. Wie hatte ihr Vater ihr das nur antun können? Wie sollte sie denn jetzt die Miete für die Wohnung aufbringen? Das karge Lehrlingsgehalt reichte dafür nicht aus. Ihr Vater hatte zwar nicht viel verdient, aber dennoch deutlich mehr als sie.

Die Gedanken in ihrem Kopf wirbelten durcheinander. Das alles war nur die Schuld dieser Märchenerzähler! Wenn es allerdings wirklich so war, wie Rostow sagte, dann war den Parfantis nichts vorzuwerfen. Zumindest dann nicht, wenn die Menschen, für die sie eine Traumwelt erfanden, vorher darüber informiert wurden, dass ein Rückweg unmöglich war. Lena wischte sich verstohlen die Tränen von den Wangen.

Wie aus dem Nichts tauchte vor ihren Augen eine Hand mit einem weißen Damasttaschentuch darin auf. Sie gehörte zu Rostow.

»Aber, aber, wer wird denn gleich weinen?«, sagte er. »Das kommt davon, wenn man den anderen nicht ausreden lässt. Eine sehr unschöne Sitte.«

Lena lugte zwischen ihren Fingern hindurch, griff aber nicht nach dem dargebotenen Tuch.

»Jedes Gesetz hat eine Ausnahme, sonst wäre es ja kein Gesetz«, sagte Rostow lächelnd. »Und in deinem Fall, junges Fräulein, wäre es vielleicht möglich, eine solche Ausnahme zu machen. Allerdings nur, wenn dein Freund dabei mithilft.«

Lena blickte auf und nahm das Taschentuch aus Rostows Hand. »Und was muss er tun?«, fragte sie leise. Sie spürte wieder ein Fünkchen Hoffnung in sich aufsteigen, fürchtete sich aber vor einer neuen Enttäuschung.

»Nun, das ist ganz einfach«, sagte der Geheimrat. »Ich habe doch vorhin erklärt, dass niemand aus den Welten der Gebrüder Parfanti zurückkehren kann. Und das trifft auch zu – zumindest für normale Menschen.«

Er legte eine Pause ein und blickte Jos vielsagend an.

Lena überlegte fieberhaft, worauf Rostow wohl hinauswollte. Dann fiel es ihr wie Schuppen von den Augen.

»Der Spiegelschatten!«, rief sie.

Rostow nickte befriedigt, so wie ein Lehrer, wenn ein Schüler eine gute Antwort gegeben hat. »Genau. Menschen mit einem Spiegelschatten sind die Einzigen, die die Welten der Parfantis betreten und nach Belieben wieder verlassen können.«

»Und was hat das mit meinem Vater zu tun?«, fragte Lena.

»Nichts«, antwortete er, »und alles. Denn ich könnte meine beiden Freunde hier vielleicht überreden, deinen Vater in unsere Welt zurückzuerzählen. Das ist schwierig und anstrengend, und es gibt auch keine Garantie, dass es funktioniert. Aber wenn dein Freund mir drei Wünsche erfüllt, dann werden wir es versuchen.«

»Wie ist das doch gleich im Märchen?«, fragte Paolo (oder Pietro) Parfanti und lächelte seinen Bruder vielsagend an.

»Drei Wünsche hat einer frei«, erwiderte Pietro (oder Paolo) Parfanti, ebenfalls lächelnd.

Rostow blickte Jos prüfend an. »In diesem Fall bist du es, der mir meine Wünsche erfüllen kann«, sagte er.

»Und was für Wünsche sind das?«, fragte Jos.

Das Unbehagen in Jos' Stimme war nicht zu überhören, und als der Geheimrat sich vorbeugte und ihrem Freund etwas ins Ohr flüsterte, zog sich Lenas Herz schmerzhaft zusammen.

~ Kapitel 6 ~

Jottweh

Wenig später verließen Jos und Lena in Begleitung Rostows und der Parfantis den Wohnwagen und gingen zum Zelt hinüber. Die Parfantis, von denen jeder einen Stab in der Hand hielt, der wie von selbst zu leuchten schien, leiteten sie zielgerichtet durch den Zuschauerraum und zu der Tür hinter der Bühne.

Jos war immer noch dabei, die Informationen zu verdauen, die ihm Rostow ins Ohr geflüstert hatte. Natürlich war er sofort bereit gewesen, dabei zu helfen, Lenas Vater wiederzufinden. Aber als er gehört hatte, was der Geheimrat dafür erwartete, war er sich schon nicht mehr so sicher. Ein Blick in Lenas Gesicht hatte ihn jedoch davon abgehalten, seine Zweifel laut zu äußern.

»Dies ist der Eingang in die Welt der Märchen«, sagte Paolo (oder war es Pietro?).

Jos verzog den Mund. »Wollen Sie mich auf den Arm nehmen? Die Tür führt nach draußen, hinter das Zelt.«

»Glaubst du?« Pietro (oder Paolo) machte eine auffordernde Geste. »Dann mach sie doch mal auf.«

Jos zögerte einen Moment. Warum? Er wusste es nicht. Vielleicht war er sich doch nicht mehr so sicher, wie er tat. Er warf einen Blick auf Lena. Sie nickte ihm aufmunternd zu. Jos konnte die Hoffnung in ihren Augen erkennen, und so sträubte er sich nicht länger, als einer der Parfantis seine Hand ergriff und sie auf die Türklinke legte. Unwillkürlich drückte Jos die Klinke herunter und zog die Tür auf. Überrascht trat er einen Schritt zurück.

Vor ihm lag nicht, wie er erwartet hatte, der Zaun am Rand des Jahrmarktplatzes, sondern ein schier endloser Flur, der von einem diffusen Licht erleuchtet wurde. Auf beiden Seiten des Gangs erstreckten sich zwei ebenfalls endlos scheinende Reihen von Türen.

»Was ... was ist das?«, stieß er hervor.

Die Parfantis lachten, aber es hörte sich nicht wirklich fröhlich an.

»Das sind die ungezählten Welten der Gebrüder Parfanti«, sagte Rostow. »Hinter jeder dieser Türen – von denen es übrigens unendlich viele gibt – liegt eine ganze Welt. Darunter auch die, in der dein Vater jetzt glücklich lebt«, fügte er an Lena gewandt hinzu.

Sie machte einen Schritt nach vorn. »Ich komme mit dir«, sagte sie zu Jos.

Rostow hob die Hand. »Das ist nicht möglich. Nur Menschen mit einem Spiegelschatten können in unsere Welt zurückkehren. Und selbst dann ...«

»Was ist dann?«, wollte Jos wissen. »Was haben Sie uns verheimlicht?« Sein Unbehagen wurde immer stärker. Die ganze Sache war ihm von Anfang an nicht geheuer gewesen.

»Nur eine Kleinigkeit, die im Grunde keine große Rolle spielt«, sagte Rostow und wischte mit der Hand durch die Luft. »Es ist nur so, dass du nicht mehr als vierundzwanzig Stunden in den Welten der Parfantis verbringen darfst. Denn danach schützt dich auch dein Spiegelschatten nicht mehr.«

Nur eine Kleinigkeit? Jos glaubte seinen Ohren nicht zu trauen. Fast hätte er den Gang betreten, ohne über diese Gefahr Bescheid zu wissen! Hätte er nicht gezögert … Er fragte sich, worauf er sich hier eingelassen hatte. Was verschwiegen ihm Rostow und die Parfantis noch?

»Und was genau passiert nach vierundzwanzig Stunden?«, fragte er mit heiserer Stimme.

»Du wirst deinen Schatten verlieren. Und ohne Schatten wirst du für immer in der Welt gefangen sein, in der du dich gerade befindest.«

»Eine fremde Welt«, sagte Paolo (oder Pietro?) Parfanti.

»Eine Welt, die für jemand anders gemacht wurde«, ergänzte Pietro (oder Paolo).

»Und in der du keine Rolle spielst.«

»Und auch keine Freunde hast.«

»Eine Welt, in der du für immer ein Ausgestoßener sein wirst.«

»Und …«

»Genug!«, donnerte Rostow. Die Brüder schwiegen.

Lena zog Jos beiseite. »Du musst das nicht machen, wenn du nicht willst«, sagte sie.

»Ich weiß.« Jos musste unwillkürlich an Lenas Traumprinzen denken, der einen Drachen erschlagen hatte. Dagegen schien das hier doch lediglich ein Spaziergang zu sein. Ein Spaziergang mit Risiken, gewiss, aber längst nicht so gefährlich wie ein Kampf mit einem Untier. Zumindest hoffte er das. »Aber es wird mir schon nichts geschehen. Schließlich hat Rostow ein Interesse daran, dass ich zurückkomme.«

Lena nickte. »Danke.« Sie nahm ihn in die Arme und drückte ihn. Ihre Umarmung half ihm dabei, den Knoten, der sich in seinem Magen gebildet hatte, zu ignorieren.

Hinter ihnen räusperte sich der Geheimrat. Jos schob Lena behutsam weg. »Ich möchte, dass du jetzt gehst«, flüsterte er. »Und morgen früh erzählst du alles Natz und bittest ihn, dir zu helfen. Ihr müsst herausbekommen, was es mit diesem Jahrmarkt auf sich hat. Irgendetwas stimmt hier nicht. Vielleicht war Rostow früher schon mal hier und du kannst was über ihn herausfinden. Oder ihr nehmt Hermann in die Mangel.«

»Schluss mit dem Wispern, junger Mann«, rief Rostow. »Die Tür bleibt nicht ewig offen. Gehst du nun oder nicht?«

»Erst, wenn ich weiß, dass Lena sicher daheim ist«, erwiderte Jos und verschränkte die Arme. Innen drin fühlte er sich längst nicht so stark, wie er tat, aber er wollte Lena auf keinen Fall allein mit Rostow und den Parfantis zurücklassen.

»Sie kann gehen.« Rostow wedelte abfällig mit der Hand. »Und du kannst sie direkt begleiten, wenn du noch weiter auf Zeit spielst.«

Im Schatten hinter Rostow kicherten die Parfantis.

Jos spürte, wie Lena mit sich rang. Aber dann siegte die Vernunft. Sie winkte ihm kurz zu, machte kehrt und ging zum Zeltausgang.

Jos trat erneut an die immer noch geöffnete Tür. Mit gerunzelter Stirn studierte er den endlosen Gang.

»Und welche der Türen muss ich nehmen?«, wollte er wissen.

»Das musst du schon selbst herausfinden«, erwiderte der Geheimrat lächelnd.

»Ich dachte, Sie wollen, dass ich Ihnen etwas mitbringe? Wie kann ich das, wenn ich nicht weiß, wo ich danach suchen muss?«

Alles in ihm sträubte sich dagegen, den Gang zu betreten. Es kam ihm vor, als würde er dann das Reich der Lebenden verlassen und eintauchen in das Reich der – ja, wessen Reich war es denn? Das Reich der Toten? Nein, das traf es nicht. Der Nicht-Lebenden? Schon eher. Das geheimnisvolle Licht, dessen Ursprung er nicht ausmachen konnte, die Farbe, die eigentlich keine war, sondern eher eine Abwesenheit jeglichen Farbtons, und die Eintönigkeit der in gleichen Abständen aufeinanderfolgenden Türen riefen in Jos das Gefühl eines ewigen Stillstands hervor, eines Nicht-Raums ohne Zeit. Es kam ihm so vor, als würde seine Lebensenergie sofort erlöschen, sobald er einmal dort war, aufgesaugt von diesen Wänden wie ein Tropfen Wasser von einem riesigen Schwamm.

»Nun?«, drängte Rostow. »Willst du deiner Freundin doch nicht helfen? Dann lass uns hier nicht unsere Zeit verschwenden.« Er machte eine Bewegung, als wolle er die Tür wieder zustoßen.

Jos hob die Hand, um ihn aufzuhalten, und trat entschlossen über die Schwelle.

Mit einem dumpfen Klacken fiel die Tür hinter ihm ins Schloss.

Das Erste, was ihm auffiel, war die Stille.

Es war eine so absolute Stille, dass er sich unwillkürlich räuspern musste, so als wolle er sich seiner Existenz versichern. Das Geräusch wurde sofort verschluckt wie von einem dichten Nebel.

Der Flur sah in beide Richtungen identisch aus. Die Wände und Türen besaßen dieselbe Farbe (falls es denn eine Farbe war). Alles war in einem gleichmäßigen Licht ausgeleuchtet, obwohl er nirgendwo eine Lampe entdecken konnte.

Jos bemerkte eine Linie am Boden und ging in die Hocke. Prüfend fuhr er mit seinem Finger daran entlang. Es war eine Rille. Ihre Oberfläche war so glatt und sie war so ebenmäßig geformt, dass es sich dabei nur um Menschenwerk handeln konnte. Auf der gegenüberliegenden Seite des Gangs verlief eine ebensolche Spur. Ob das die Führungen für ein Gefährt waren, mit dem man den Gang hinunterfahren konnte? Jos spitzte die Ohren. Es war nichts zu hören. Und sosehr er seine Augen auch anstrengte, er konnte nirgends ein Fuhrwerk entdecken. Sollte er danach suchen? War das Teil seiner Aufgabe? Und was war das überhaupt für eine Aufgabe, bei der ihm Rostow nicht einmal den kleinsten Hinweis darauf gab, wie er sie erfüllen sollte?

Jos zermarterte sich das Gehirn. Er wollte eigentlich nur eins: so schnell wie möglich wieder raus hier. Und das bedeutete, sich nicht allzu weit vom Ausgang zu entfernen. Jede Minute, die er hier verbrachte, ging von seiner Zeit ab. Er musste sich entscheiden!

Er richtete sich auf und wollte sich gerade auf den Weg machen, als ihn eine schreckliche Erkenntnis überfiel.

Wie sollte er jemals wieder den Weg zurückfinden?

Der Knoten in seinem Magen zog sich erneut zusammen. Jos drehte sich um und studierte die Tür, durch die er soeben gekommen war, genauer. Sie unterschied sich in nichts von den Türen zur rechten und zur linken Seite. Wenn er erst einmal fortgegangen war, würde er sie nicht mehr wiederfinden.

Er würde für ewig hier gefangen sein.

War das der teuflische Plan, den Rostow und die Gebrüder Parfanti geschmiedet hatten? Wollten sie sich lediglich einen grausamen Spaß mit ihm erlauben?

Mit einem verzweifelten Seufzer lehnte Jos sich gegen die Tür und ließ sich zu Boden sinken. Das ganze Unternehmen war unmöglich! Wenn er die endlose Reihe der Türen betrachtete, dann war seine Chance, die richtige zu finden, so groß wie die auf einen Hauptgewinn in der Lotterie.

Und warum wollte Lena ihren Vater eigentlich unbedingt zurückholen? Wenn er jetzt in einer Welt lebte, die ihm gefiel, wollte er vielleicht gar nicht mehr heimkehren. Was erwartete ihn hier denn schon? Ein Leben in Armut, voller harter Arbeit und mit wenig Aussicht auf Besserung. War das Leben in einer Märchenwelt dem nicht vorzuziehen?

Einen Augenblick lang erwog Jos, einfach in seine Welt zurückzukehren. Er musste nur die Hand ausstrecken und die Klinke herunterdrücken. Aber dann stellte er sich Lena vor und ihren enttäuschten Blick, wenn er unverrichteter Dinge zurückkehrte. Er würde sein Leben lang nicht mehr in den Spiegel schauen können.

Dann hatte er eine Idee.

Er stand auf und wühlte in seinen Hosentaschen herum, bis er den Bleistiftstummel mit der dicksten Mine ertastete. Zum Glück hatte er seine Stifte immer dabei! Er malte ein Kreuz auf die Tür und zog die Linien mehrfach nach, damit er es auf keinen Fall übersehen konnte. Zur Sicherheit band er noch ein Stück roten Faden, den er ebenfalls in seiner Tasche fand, um die Klinke. So würde er den Ausgang sicher wiederfinden.

Mit neuer Zuversicht machte er sich auf den Weg. Auf gut Glück ging er nach rechts. Durch das Licht, das alles gleichmäßig ausleuchtete, erschien die Umgebung unwirklich, denn wo man auch stand, nie hatte man den Eindruck, sich von der Stelle bewegt zu haben. Und Jos fiel noch etwas auf: Er warf keinen Schatten.

Unter anderen Umständen hätte er dieses Phänomen aus wissenschaftlicher Sicht analysiert: Wie konnte man einen Raum so ausleuchten, dass keine Schatten sichtbar waren? Aber in diesem Moment kümmerte ihn das nicht.

Er blieb vor jeder Tür kurz stehen und legte sein Ohr daran. Aber entweder war dahinter nichts, oder die Türen waren so gut isoliert, dass man nichts hören konnte. Es hing ja auch davon ab, wohin die Tür führte. Mündete sie in einen gut besuchten Gasthof, dann würde man sicher das Stimmengemurmel von Menschen oder das Klappern von Gläsern vernehmen können. Lag dahinter aber ein verlassener Hof, so konnte er sein Ohr so lange daran pressen, wie er wollte, er würde nichts hören.

Komisch nur, dass alle Türen auf einen verlassenen Hof zu führen schienen.

Nachdem er so vielleicht ein Dutzend Türen auf beiden Seiten des Gangs durchprobiert hatte, entschloss er sich, die nächste zu öffnen. Sie sah nicht anders aus als die anderen. Vorsichtig drückte er die Klinke herunter und dachte dabei an Rostows Worte, die der ihm vorhin ins Ohr geflüstert hatte: »Die Tür, die du öffnest, durch die musst du auch gehen. Es gibt keine zweite Wahl.«

Mit klopfendem Herzen stieß Jos die Tür auf.

Dahinter lag ein holzgetäfelter Raum mit einem mächtigen Schreibtisch in der Mitte, hinter dem ein Mann in einem altmodischen Anzug und mit hochgebundenem Kragen saß. Eine Wand wurde von einem deckenhohen Regal beherrscht, in dem Hunderte von Aktenordnern aneinandergereiht standen. Hinter dem Mann tat sich ein Gang auf, der auf beiden Seiten von Regalen gesäumt wurde, die ebenfalls voller Akten waren. Ein Ende des Gangs war nicht in Sicht.

»Schließe Er bitte die Tür. Es zieht«, schnarrte der Mann. »Wir haben keine Lust, Uns Seinetwegen eine Erkältung einzufangen.

In all unseren Dienstjahren haben Wir noch keinen einzigen Tag gefehlt, und das soll auch in Zukunft so bleiben.«

Jos war von dem Mann und seiner merkwürdigen Sprache so verdutzt, dass er automatisch die Tür hinter sich zuschob. Sie fiel mit einem satten Schmatzen ins Schloss. Es war ein Geräusch, das eine gewisse Endgültigkeit signalisierte.

»Komm Er, komm Er, Wir haben nicht ewig Zeit!«, rief der Mann. Jos trat näher heran. Der Mann deutete auf einen Hocker vor dem Schreibtisch. »Setz Er sich.«

Vorsichtig ließ Jos sich auf dem wackeligen Gestell nieder. Er saß so tief, dass er gerade noch das Gesicht des Mannes sehen konnte. Dieser trug eine randlose Brille. Sein Kopf war in der Mitte kahl und die Haare über den Ohren waren wie zwei kleine Flügel zu beiden Seiten hochgekämmt. Er hatte einen dünnen Mund und seine Backen hingen wie zwei Beutel über den Kiefer hinab. Am Rand des Schreibtisches stand eine Holztafel mit der Inschrift »J.W.«. Ob das sein Name war? Jottweh. Klang irgendwie komisch, war aber leicht zu merken.

Ein Hamster, schoss es Jos durch den Kopf, und trotz seiner misslichen Lage konnte er nur mit Mühe ein Kichern unterdrücken. Schnell hob er die Hand vor den Mund und tat so, als müsste er husten.

»Er ist doch nicht etwa krank?« Der Kopf seines Gegenübers schob sich vor und die wässrigen blauen Augen musterten ihn scharf.

»Nein, nein«, beteuerte Jos. »Ich habe mich nur verschluckt.«

»Aha. Nun denn …« Der Mann schraubte eines von drei Tintenfässern auf, die auf dem Schreibtisch standen, und zog eine Schreibfeder hervor. Er tunkte die Feder in die Tinte und sah Jos erwartungsvoll an.

Was war das für eine Farce? Sollte diese Amtsstube etwa der Ort sein, zu dem ihn Rostow geschickt hatte? »Du wirst auf einen Mann stoßen«, hatte er Jos ins Ohr geflüstert. »Ich weiß nicht genau, wie er aussieht, denn es ist lange her, dass ich ihn persönlich getroffen habe. Er ist der Hüter einer riesigen Menge von Akten. Auf einer von ihnen steht mein Name. Ich will, dass du sie einsteckst und mir bringst. Wie du das anstellst, ist deine Sache.«

Die Stimme des Mannes riss ihn aus seinen Gedanken.

»Wenn Er nichts zu sagen hat, warum verschwendet Er dann Unsere Zeit?«, tadelte Jottweh ihn. »Wir haben genug zu inspizieren, protokollieren, verifizieren und autorisieren.« Sein linker Arm ruderte durch die Luft und deutete in Richtung des Aktenregals. Der Jackenärmel war abgewetzt und ein gutes Stück zu kurz. Erneut verspürte Jos den Drang zu kichern, aber er riss sich zusammen. Wenn der Mann eine Erklärung haben wollte, dann sollte er eine bekommen. Wer weiß, vielleicht gelang es ihm sogar, Lenas Vater ohne Rostows Hilfe aufzuspüren. Aber zuerst musste Jos wissen, wer dieser Mann war und worin seine Arbeit bestand.

»Was inspizieren, protokollieren, verifizieren und autorisieren Sie denn?«

Die Frage schien Jottweh zu überraschen. Er ließ den Arm, der noch immer in der Luft schwebte, sinken. »Nun, alles«, erwiderte er.

»Alles?« Jos starrte sein Gegenüber entgeistert an. Wollte der Mann ihm einen Bären aufbinden?

»Begreift Er nun, warum Wir keine Zeit zu verschwenden haben?« Jottweh kniff die Augenbrauen zusammen. Es sollte wohl streng wirken, hatte aber bei Jos den genau entgegengesetzten Effekt. Der Mann kam ihm nur noch lächerlicher vor. Und doch musste mehr dahinterstecken. Als Rostow von ihm gesprochen hatte, klang es nicht so, als handele es sich bei Jottweh um einen unbedeutenden Bürokraten. Und immerhin hatte er eine Akte über den Geheimrat, woher auch immer.

Und die sollte meine dringlichste Sorge sein, ermahnte sich Jos. Seine Neugier im Hinblick auf Jottweh konnte er später noch stillen.

»Ich bin hier, weil ich jemanden suche«, sagte er.

»Aha.« Der Mann machte eine Notiz. Jos hörte seine Feder über das Papier kratzen. »Er heißt Walter Bernstein«, fügte er hinzu.

Erneut fuhr die Feder über das Papier. »Mit ›a‹ oder ›e‹?« Der Mann blickte auf.

»Wie bitte?«

»Schreibt sich dieser Bernstein mit e und i oder mit a und i?«

»Ist das wichtig?«, fragte Jos erstaunt.

»Wir arbeiten hier genau, junger Mann. Er mag das für unerheblich halten, aber für Uns ist Exaktheit die Essenz Unserer Existenz.«

Jos schüttelte ungläubig den Kopf. Es war nicht zu glauben! Anstatt in einer Märchenwelt war er in einer Amtsstube mit einem peniblen Beamten gelandet! »Er schreibt sich mit ›e‹«, sagte er und sein Ton war nicht mehr ganz so höflich wie zuvor.

Jottweh runzelte missbilligend die Stirn und blies dabei seine Hamsterbacken auf. »Das ist kein Grund, gleich ungehalten zu werden«, schnarrte er. Er legte die Feder beiseite, nahm das Blatt auf und erhob sich ächzend aus seinem Stuhl. »Wir wollen sehen, was Wir tun können. Es kann aber eine Weile dauern.«

Er schlurfte den Gang zwischen den Regalreihen hinunter. Jos sah ihm nach. Jottwehs Figur wurde in der Ferne immer kleiner, und irgendwann war er plötzlich verschwunden, offenbar in einen Quergang. Das Archiv schien unendlich groß zu sein.

Jos wartete noch ein paar Sekunden, und als Jottweh nicht wieder auftauchte, trat er ebenfalls in den Gang. Die Regale zu beiden Seiten reichten weit in die Höhe, so hoch, dass Jos Mühe hatte, die oberste Reihe ausfindig zu machen. Sollte Rostows Akte irgendwo dort oben sein, wie sollte er an sie herankommen? Eine Leiter war nirgendwo zu entdecken.

Hastig begann er, die Akten zu seiner Linken zu studieren. Es waren schmale Bändchen, dünner als sein kleiner Finger. Auf den Rücken waren Namen notiert, aber sie schienen keiner Systematik zu folgen. Sie waren weder nach Vornamen noch nach Familiennamen sortiert. Hinter jedem Namen stand eine lange Folge von Zahlen, bestimmt jeweils mehrere Dutzend davon.

Jos unterdrückte ein Stöhnen. Wie sollte man da eine einzelne Akte finden? Nach welchem geheimnisvollen System waren sie sortiert? Nach Geburtsdatum? Oder dem Geburtsort? Oder gab es vielleicht gar keine nachvollziehbare Ordnung, und nur Jottweh wusste, wo welche Akte stand?

Zum ersten Mal seit seinem Eintreten fiel Jos auf, dass das Licht hier nicht so gleichförmig war wie im Flur. Sein Körper warf nun wieder einen Schatten. Und der tat etwas Merkwürdiges. Er wies mit seinem Schattenarm den Gang hinunter, obwohl Jos' Arm an seinem Körper herabhing. Jos blinzelte ungläubig. Entwickelte sein Spiegelschatten jetzt auch noch ein Eigenleben? Zur Überprüfung hob er den rechten Arm in die Höhe. Sein Schatten folgte ihm nicht. Er wies unbeirrt nach vorn.

Ob das der Grund war, warum Rostow diesen Handel mit ihm gemacht hatte? Wusste er, dass der Schatten ihn leiten würde?

Jos lauschte, ob von Jottweh irgendetwas zu hören war. Doch es war totenstill um ihn herum. Der Mann war in den Tiefen des Archivs untergetaucht. Entschlossen lief Jos den Gang hinunter.

Schon nach wenigen Metern stieß er auf den ersten Quergang, und sein Schatten, der vor ihm auf dem Boden entlangglitt, wies nach rechts. Erneut sah er schier endlose Regalreihen vor sich. So folgte er seinem Schatten, der ihn kreuz und quer durch das Archiv lotste, bis er völlig die Orientierung verloren hatte.

Jos befand sich gerade mitten in einem der Gänge, als sein Schatten plötzlich zur rechten Seite wies. Er blieb stehen. Langsam wanderte die Hand am Regal empor, bis sie schließlich innehielt. So unheimlich Jos die eigenwillige Schattenhand auch war, so neugierig musterte er die Akten, die dort standen. Und tatsächlich, da stand sie: die Akte mit der Aufschrift *Radomir Rostow*.

Zum Glück war die Akte nicht viel dicker als ein Schulheft. Schnell zog er sie aus dem Regal, rollte sie zusammen und steckte sie in die Innentasche seiner Jacke. Jetzt konnte er nur hoffen, dass ihn sein Schatten auch wieder zurückführen würde, ohne dass er dabei Jottweh über den Weg lief.

Seine Befürchtungen waren zu Jos' Erleichterung grundlos. Der Schatten geleitete ihn ohne Umwege zurück in Jottwehs Büro, der etwa fünf Minuten nach Jos aus seinem Irrgarten auftauchte. Unter seinem Arm trug er mehrere Akten, die er mit einem Seufzen auf seinen Schreibtisch fallen ließ, bevor er in seinen Stuhl glitt.

»Wir haben ein kleines Problem«, sagte er und pochte mit einem knochigen Finger auf die Akten vor sich. »Offenbar hat es eine gewisse … äh … Unachtsamkeit beim Anlegen dieser Akten gegeben. Das ist unverzeihlich und bislang noch nie vorgekommen! Nun begreift Er vielleicht, warum Wir solchen Wert auf ordnungsgemäße Abwicklung legen.«

»Hat einer Ihrer Mitarbeiter gepfuscht?«

»Wir haben keine Mitarbeiter. Wir selbst waren ungenau. Die

Arbeitsbelastung ist manchmal einfach zu hoch.« Er machte eine müde Geste mit der Hand.

»Wollen Sie mir etwa sagen, dass Sie das hier alles ganz allein verwalten?«, fragte Jos ungläubig.

Jottweh nickte. »Wir hatten früher einmal Personal, aber das geht inzwischen anderen Aufgaben nach. Wer will schon sein Leben hier verbringen?« Er machte eine kleine Pause. Dann ging ein Ruck durch seinen Körper. »Genug geklagt. Schließlich erwartet Er eine Antwort.«

Er schlug den Aktendeckel auf, der oben auf dem Stapel lag. »Der Verbleib des von Ihm gesuchten Bernstein ist leider nicht ganz klar.«

Das wäre ja auch zu einfach gewesen. »Was heißt das?«

»Es ist offenbar zu einer Mehrfachablage gekommen. Ein äußerst bedauerlicher Zwischenfall. Aber in den letzten Tagen hatten Wir ein außerordentlich hohes Aufkommen an Weltenwechslern zu bearbeiten, da können Fehler passieren.«

Jos horchte auf. Es waren also offenbar noch mehr Menschen von Rostow und den Parfantis in eine Fantasiewelt geschickt worden als nur Lenas Vater und die Frau, der sie gefolgt waren. Erneut fragte er sich, was sie damit wohl bezweckten. Er konnte einfach nicht glauben, dass sie es nur aus reiner Nächstenliebe taten.

»Wir haben hier«, Jottweh zog die Aktenordner auseinander, »fünf mögliche Welten, in denen sich der Besagte aufhalten könnte.« Mit einer schnellen Bewegung schob er die Akten wieder übereinander und richtete sie exakt aneinander aus, indem er mit den Fingern an den Seiten entlangstrich.

»Muss denn jeder, der in eine neue Welt wechselt, sich bei Ihnen melden?«, fragte Jos.

Jottweh nickte. »Jeder muss von Uns erfasst werden. Schließlich behalten Wir nur dann den Überblick, wenn alles ordnungsgemäß katalogisiert ist.« Er hob den Zeigefinger. »Glaube Er nicht, dass Wir das gerne tun. Dieses Weltenwechseln ist eine Mode, die Wir ganz und gar nicht billigen.«

»Warum schicken Sie die Leute dann nicht einfach wieder zurück?«

Jottweh seufzte. »Sie haben sich entschieden, diesen Weg zu gehen. Ist es Unser Recht, sie daran zu hindern?«

»Wenn ich etwas nicht gut finde und es ändern kann, dann würde ich es tun«, erwiderte Jos.

»Das sagt sich so leicht dahin, junger Mann. Wieso glaubt Er, dass Sein Wille mehr wert ist als der Wille derjenigen, die sich für einen Wechsel entschieden haben, so unklug ihre Entscheidung auch sein mag?«

»Weil …« Jos stockte. »Weil es richtig ist?«

»Wer will entscheiden, was richtig und was falsch ist? Wer will den Richter geben? Ist nicht der, der sich anmaßt, über das Schicksal der anderen zu entscheiden, ebenfalls auf dem falschen Weg?«

Jos war verwirrt. Und er wusste nicht, ob er Jottweh glauben konnte. Der hatte behauptet, jeder Weltenwechsler käme durch sein Büro. Aber warum sollte jeder, der von den Parfantis in den Gang geschickt wurde, ausgerechnet diese Tür öffnen? Wie viele Wechsler mochte es wohl geben, die Jottweh nicht erfasst hatte? Und was war eigentlich, wenn er Feierabend hatte? Blieb seine Bürotür dann verschlossen?

Aber Jos stellte keine dieser Fragen, weil er keine Zeit mehr verschwenden wollte. »Welchen Rat geben Sie mir also? In welche Welt soll ich gehen?«

»Wir geben keine Ratschläge«, erwiderte Jottweh. »Was Er tun will, muss Er selbst entscheiden.«

»Na gut«, sagte Jos kurz entschlossen. »Ich gehe in die Welt aus der obersten Akte.«

Jottweh nahm seine Feder, tunkte sie in das Tintenfass und kritzelte etwas auf den Deckel der Akte. Dann deutete er auf die Tür, durch die Jos gekommen war. »Bitte.«

»Da geht es zurück in den Gang«, sagte Jos.

»Bitte«, wiederholte Jottweh.

Mit einem Kopfschütteln ging Jos zur Tür und zog sie auf.

Vor ihm lag nicht der Gang, wie er erwartet hatte.

Sondern die Bühnenrückseite im Zelt der Parfantis.

~ Kapitel 7 ~

Im Archiv

Nachdem sie das Zelt der Parfantis verlassen hatte, war Lena nach Hause gelaufen, um ein paar Stunden zu schlafen. Am nächsten Tag war Sonntag, aber sie wusste, dass Natz trotzdem in der Werkstatt war. Er räumte auf, was in der Woche liegen geblieben war, und bereitete, gemeinsam mit Meister Bucher, die Arbeiten für die kommende Woche vor.

Als sie die Werkstatt betrat, war der Altgeselle gerade dabei, winzige Zahnräder der Größe nach in verschiedene Kisten einzuordnen. Er blickte erstaunt auf, als er sie bemerkte. Mit knappen Worten weihte Lena ihn in das, was geschehen war, ein.

Natz zögerte keine Sekunde. Er sprach mit Meister Bucher, der in seinem Büro Rechnungen sortierte, und kurz darauf verließ er mit Lena die Werkstatt. »Und du willst wirklich zurück zu diesen Gebrüdern?«, fragte Natz, während er mit ihr durch den Nieselregen, der seit den frühen Morgenstunden fiel, hastete.

»Ich muss mehr über sie herausbekommen«, antwortete sie. »Mir geht es da wie Jos – ich traue ihnen nicht.«

›er sie kennen dich. Es ist viel zu auffällig, wenn du dich im *rland* herumtreibst, nicht wahr? Ich glaube, das ist eher ei-ne Aufgabe für den alten Natz.«

»Und was soll ich in der Zeit machen?«, wollte Lena wissen. Seit Jos hinter der geheimnisvollen Tür verschwunden war, hatte sie eine quälende Unruhe erfasst.

»Nun, du könntest ins Stadtarchiv gehen. Vielleicht findest du ja ein paar Informationen über diesen Geheimrat Rostow.«

»Aber heute ist Sonntag!«, rief Lena. »Vielleicht hat das Archiv gar nicht geöffnet!«

»Das wirst du wohl nur herausfinden, wenn du hingehst, nicht wahr?«, sagte Natz. »Wir treffen uns dann heute Mittag wieder in der Werkstatt.«

Lena sagte der Vorschlag des Altgesellen nicht besonders zu. Sie wäre lieber selbst zu den Parfantis gegangen. Aber sie sah ein, dass er recht hatte. Zögernd verabschiedete sie sich von ihm.

Der Himmel war stahlgrau und hing fast auf den Dächern, und durch die Straßen wehten Windböen, die schon einen Hauch des bevorstehenden Winters mit sich führten. Lena brauchte einige Zeit, bis sie das städtische Archiv gefunden hatte. Es befand sich in einem abgelegenen Viertel der Stadt, versteckt zwischen einem verlassenen Reparaturwerk der Eisenbahn und einer Müllhalde.

Das Gebäude machte keinen besonders einladenden Eindruck. Die Fenster waren kaum größer als Schießscharten, braune Wasserflecken zogen sich an den ehemals weiß gekalkten Wänden herab und die Treppen zur Eingangstür bröckelten an mehreren Stellen ab.

Lena seufzte. Es sah nicht so aus, als würde hier heute gearbeitet. Mutlos stieg sie die paar Stufen zum Eingang hoch und drückte gegen die Tür. Zu ihrer Überraschung war sie nicht abgeschlossen.

Mit einem mulmigen Gefühl betrat Lena den düsteren Vorraum, wo sie eine einsame Empfangstheke begrüßte. Es roch muffig. Sie wartete einige Sekunden, und als niemand kam, öffnete sie kurz entschlossen die erste Tür zu ihrer Rechten. Dahinter lag ein Saal mit einem Dutzend Lesepulten und drei Tischen mit Stanzmaschinen. An einem Schreibtisch daneben saß eine Frau mit grauen Haaren, die zu einem Dutt zusammengebunden waren. Außer ihr war nur noch eine weitere Person im Raum, ein älterer Mann, der an einem der Lesepulte über eine Art Mikroskop gebeugt war.

Als Lena näher kam, blickte die Frau von ihrer Zeitungslektüre auf und musterte sie unfreundlich.

»Guten Tag«, sagte Lena.

»Wir haben geschlossen«, erwiderte die Frau.

»Aber die Tür war offen, und da dachte ich …«

»Es ist Sonntag, falls du das noch nicht gemerkt haben solltest. Und sonntags haben alle städtischen Einrichtungen geschlossen.«

»Und der Mann da?« Lena deutete auf den Alten.

»Quod licet Iovi, non licet bovi«, entgegnete die Archivarin.

Lena starrte sie verständnislos an. »Was Jupiter erlaubt ist, ist dem Ochsen noch lange nicht gestattet«, sagte eine Stimme hinter ihr. Es war der Mann, der gerade noch an seinem Pult gesessen hatte. Er hatte ein freundliches Gesicht mit vielen kleinen Lachfalten um Mund und Augen unter einem weißen Schopf Haare, die ungekämmt in alle Richtungen abstanden. »Mildred will damit sagen, dass ich hier ein paar Sonderrechte genieße, die anderen Besuchern nicht zustehen.«

»Aha.« Lena war immer noch etwas verwirrt. »Sie dürfen also und ich nicht.«

»So ist es«, meldete sich Mildred zu Wort. »Herr Rump hat eine Sondergenehmigung, auch sonntags hier seinen Forschungsarbeiten nachzugehen, du hingegen nicht, wie ich annehme.«

Lena schüttelte den Kopf. »Können Sie nicht eine Ausnahme machen?«

»Das wird sie, da bin ich sicher«, sagte der Mann, bevor die Archivarin etwas erwidern konnte. »Oder, Mildred?«

Mildred wollte nicht, das sah Lena ganz deutlich. Aber die alte Dame verkniff sich eine Antwort und wandte ihre Aufmerksamkeit wieder ihrer Zeitung zu.

Der Mann zuckte mit den Schultern und begleitete Lena zu einer der Stanzmaschinen.

»Ich heiße Theodosius Rump«, sagte er leise. »Und du?«

»Ich bin Lena.«

Rump legte einen Finger an die Lippen. »Nicht so laut«, wisperte er. »Mildred legt großen Wert darauf, dass in ihrem Reich Ruhe herrscht.« Wie zur Bestätigung warf ihnen die Archivarin von ihrem Schreibtisch aus einen bösen Blick zu.

Lena hatte schon einmal Bilder von Stanzmaschinen gesehen, aber noch nie selbst eine bedient. Ratlos starrte sie auf den großen Metallkasten mit der Tastatur auf der Oberseite. Er hatte an beiden Seiten Schlitze und an der Vorderseite befanden sich zwei geriffelte Rädchen. Daneben lag ein Stapel schmaler brauner Pappkarten.

Rump nahm eine der Pappkarten und steckte sie in den Schlitz an der rechten Seite. Dann drehte er am Rädchen an derselben Seite, bis das Kärtchen ganz in dem Metallgehäuse verschwunden war. »Jetzt gibst du deine Suchworte ein«, erklärte er. »Am besten gleich mehrere. Nach jedem Wort drückst du auf diese Taste hier. Und wenn du fertig bist, dann drehst du die Karte mit dem Rad auf der linken Seite raus und bringst sie Mildred.«

»Vielen Dank«, sagte Lena. »Und was passiert dann?«

»Mildred wird dir die zu deiner Suchanfrage passenden Mikrobilder geben, die du dann unter dem Magnifikator betrachten kannst.«

»Sind das diese Geräte auf den Tischen?«

Rump nickte. »Das erkläre ich dir, wenn du so weit bist.«

Lena hockte sich vor die Stanzmaschine, während der Alte zu seinem Pult zurückkehrte. Sie nahm eine der Pappkarten vom Stapel neben der Tastatur, schob sie in den Schlitz und drehte sie ein.

Was sollte sie eintippen? Den Namen des Jahrmarkts oder den von Rostow und den Parfantis? Am besten alle drei und zusätzlich noch die Begriffe ›Jahrmarkt‹ und ›Verschwinden‹. Sie drückte Taste um Taste herunter, und bei jedem Buchstaben stanzte die Maschine mit einem dumpfen Geräusch ein oder mehrere Löcher in die Pappkarte.

Als sie fertig war, rollte sie die Karte aus der Maschine. Die Pappe war auf halber Länge durchlöchert. Für Lena ergab die Anordnung der Löcher keinen Sinn, aber Mildred warf einen missbilligenden Blick darauf, so als könne sie das, was Lena eingestanzt hatte, lesen. Vielleicht konnte sie das auch? Schließlich hatte sie jeden Tag mit Anfragen zu tun und wusste, welche Löcher welche Buchstaben abbildeten.

Die Archivarin nahm die Karte und verschwand damit durch eine Tür, die vom Lesesaal abging, um wenig später mit einer kleinen Metallschachtel zurückzukehren, die sie Lena wortlos überreichte.

In der Schachtel lagen postkartengroße Papierhüllen, die jeweils eine glänzende Karte enthielten, auf der mit bloßem Auge allerdings nichts zu erkennen war. Doch auch hier half Rump ihr weiter.

»Das sind die Mikrobilder, Dokumente, die auf einem Mikrografen wieder und wieder verkleinert wurden, bis Hunderte von ihnen auf eine dieser Karten passen«, erklärte er. »Du nimmst eine davon, legst sie auf die Arbeitsfläche des Magnifikators, knipst das Licht an und kannst die Bilder dann mit diesen Rädchen hin- und herbewegen, um die Dokumente zu lesen.«

Es war wirklich ganz einfach. Nach wenigen Versuchen hatte Lena den Dreh heraus. Es waren fast ausschließlich Tageszeitungen, die sich auf den Mikrobildern befanden. Gleich auf dem ersten Bild stieß sie auf eine Ausgabe, die vor fünfzig Jahren erschienen war. Darin fand sie einen Bericht über einen Jahrmarkt mit dem Namen *Zauberland*, der in der Stadt Station gemacht hatte. Sein Inhaber wurde als Doktor Rostoff bezeichnet. Von den Parfantis war allerdings nicht die Rede.

Erwartungsvoll sah Lena die Zeitungen der folgenden Tage durch, fand dort aber keinen Hinweis auf Menschen, die spurlos verschwunden waren. Allerdings fiel ihr auf, dass mehrere Ausgaben fehlten. Das Muster wiederholte sich bei den anderen Mikrobildern. Entweder wurde über einen Jahrmarkt berichtet oder über das rätselhafte Verschwinden von Menschen aus der Stadt, aber nie über beides zusammen.

Nachdem sie alle Mikrobilder durchgesehen hatte, lehnte Lena sich zurück und rieb sich die Augen. Welche Schlüsse ließen sich aus den Zeitungsberichten ziehen? Es zeichneten sich jedenfalls zwei klare Muster ab: Seit über zweihundert Jahren wurde die Stadt mindestens alle zwanzig Jahre von einem Jahrmarkt besucht, der von einem Direktor mit den Namen Rostoff, Rostock, Bostow, Brostow oder ähnlich geleitet wurde. Und mindestens alle vierzig Jahre wurde die Stadt von einer merkwürdigen Welle heimgesucht, während der spurlos Menschen verschwanden und die nach zwei bis drei Wochen wieder abebbte. Und nie hatte man einen der Verschwundenen wiedergefunden.

Lena musste an ihren Vater denken. Ob Jos ihn wohl finden würde? Oder würde er für immer verschollen bleiben und sie war auf sich allein gestellt? Dass Jos sich bereit erklärt hatte, nach ihrem Vater zu suchen und dafür Rostow einen Gefallen schuldig war, gefiel ihr immer weniger. Zumal sie immer mehr überzeugt war, dass es hier nicht mit rechten Dingen zuging.

Seufzend packte Lena die Mikrobilder wieder zurück in die Schachtel. Das alles brachte sie nicht weiter. Gut, die Jahrmärkte wurden alle von Leuten geleitet, die einen ähnlichen Namen wie Rostow hatten. Aber das konnte wohl kaum er selbst sein, denn die Besuche reichten zweihundert Jahre zurück in die Vergangenheit. Vielleicht war es ein Familienunternehmen, überlegte sie, und die Vorfahren Rostows waren hier zu Gast gewesen. Aber warum hatten sie dann andere Namen als er? Über die Parfantis hatte sie außerdem nicht eine Silbe gefunden. Und das Verschwinden der Leute? Das war in der Tat seltsam, vor allem, weil es sich in regelmäßigen Abständen wiederholte. Aber auch dafür konnte Rostow nicht verantwortlich sein, denn der erste dieser Vorfälle reichte weit über die Lebenszeit eines Menschen zurück.

»Nun, gefunden, wonach du gesucht hast?«, fragte Rump vom Nachbarpult.

»Teils, teils«, erwiderte Lena. »Es sieht so aus, als seien nicht alle Zeitungsausgaben auf den Mikrobildern.«

Rump nickte. »Ich weiß. Ich war einer derjenigen, die damals mitgeholfen haben, alles zu verkleinern.« Er lächelte verschwörerisch. »Aber der alte Rump kann dir vielleicht weiterhelfen.«

»Und wie?«

»Komm mit«, sagte er und ging in Richtung Ausgang.

Lena folgte ihm bereitwillig. Sie traten in den Vorraum, gefolgt von Mildreds missbilligendem Blick, und Rump öffnete die Tür auf der gegenüberliegenden Seite. Am Ende eines schmalen Gangs traten sie durch eine weitere Tür in ein enges Büro, dessen Wände bis auf den letzten Zentimeter mit Regalen bedeckt waren, die von Pappkartons förmlich überquollen.

»Mein kleines Reich«, sagte Rump.

»Sie haben ein Büro?« Lena sah den alten Mann erstaunt an.

»Ein Privileg, das ich mir als Vorgänger von Mildred verdient habe«, erwiderte er. »Was genau suchst du denn?«

Lena zögerte einen Moment. Ob sie Rump vertrauen konnte? Andererseits war er ihre einzige Hoffnung, ein wenig Licht in die Sache zu bringen. Sie blickte auf den Zettel mit den Notizen, die sie sich gemacht hatte, und erklärte Theodosius die merkwürdige Abfolge zwischen Berichten über den Jahrmarkt und das Verschwinden von Stadtbewohnern.

Rumps Blick verdüsterte sich, dann nickte er vielsagend. »Ja, ich weiß. Das war vor zwanzig Jahren. Ich war damals Archivdirektor und gerade war die neue Technik für die Mikrobilder auf den Markt gekommen. Wir begannen mit der Verkleinerung der Dokumente im Archiv, als eines Tages dieser Rostow hier auftauchte.«

»Geheimrat Rostow?«, unterbrach ihn Lena. »Der Besitzer des *Wunderlands*?«

»Genau der. Allerdings hieß seine Schau zu jener Zeit anders.« Er legte die Stirn in Falten. »*Märchenland*, glaube ich. Und auch er selbst war kein Geheimrat, sondern schlicht der Direktor.« Rump streckte den Zeigefinger in die Luft. »Jetzt fällt's mir wieder ein. Direktor Rostowski nannte er sich damals.«

»Und was wollte er im Archiv?«, fragte Lena aufgeregt.

»Das ist ja gerade das Merkwürdige«, erwiderte Rump. »Er hatte eine Vollmacht dabei, die ihm erlaubte, sich alte Zeitungen herauszusuchen und sie mitzunehmen.«

»Eine Vollmacht von wem?«

»Vom Bürgermeister. Ich habe ihn natürlich erst mal rausgeworfen und bin sofort zum Rathaus gegangen, um dagegen zu protestieren. Die Zeitungen waren noch nicht mikrografiert worden, und ich wollte zumindest erreichen, dass sich Rostowski geduldete, bis wir damit fertig waren. Aber der Bürgermeister machte mir unmissverständlich klar, dass ich seinen Anweisungen zu folgen hatte. Sonst, so betonte er, könnte ich mir sofort einen neuen Job suchen.«

»Also haben Sie ihm die Zeitungen gegeben?«

»Was blieb mir anderes übrig? Als ich ins Archiv zurückkehrte, saß er noch immer da, obwohl ich bestimmt zwei Stunden unterwegs gewesen war. Er gab mir eine Liste, auf der die Zeitungen, die er haben wollte, aufgeführt waren, und trug mir auf, diese bis zum nächsten Morgen zusammenzusuchen.«

»Was Sie auch getan haben.«

»Natürlich. Aber der alte Theodosius ist ja nicht ganz dumm.« Rump lächelte und klopfte sich an die Schläfe. »Nachdem ich alle Ausgaben rausgesucht hatte, habe ich die Nacht damit verbracht, sie abzufotografieren.« Er deutete auf die Pappkartons, die im Regal hinter ihm standen. »Und das war auch gut so. Denn kaum dass wir am nächsten Morgen geöffnet hatten, da tauchte Rostowski auch schon auf. Diesmal hatte er einen Begleiter dabei, eine Art Faktotum. Dem lud er sämtliche Kisten mit den Zeitungen auf, nachdem er sich vergewissert hatte, dass ich ihm auch keine Ausgabe vorenthalten hatte. Und dann geschah das Allermerkwürdigste. Ich war den beiden bis zur Tür gefolgt. Da sah ich, dass sie keinerlei Karren oder Fuhrwerk dabeihatten. Stattdessen liefen sie auf die Müllkippe nebenan, wo Rostowskis Begleiter die Kisten ausleerte. Wenige Minuten später ging alles in Flammen auf.« Für einen Moment hing der alte Mann seinen Erinnerungen nach. »Er wollte die Zeitungen gar nicht für sich haben, sondern lediglich verhindern, dass sie archiviert werden.«

Rump drehte sich um, zog einen der Kartons aus dem Regal und stellte ihn auf den Schreibtisch. »Bitte sehr. Da dürftest du finden, wonach du suchst. Obwohl ich annehme, dass du die Antwort auf deine Frage bereits weißt.«

Lena nickte. Rumps Erzählung ließ nur einen Schluss zu. Und der bestätigte sich, als sie die Fotos der Zeitungen durchsahen. Sie waren zwar ein wenig vergilbt, aber noch gut genug, um erkennen zu können, dass jenes merkwürdige Verschwinden von Menschen immer nur dann auftrat, wenn sich der Jahrmarkt in der Stadt befand.

Was bedeutete das? Die Ähnlichkeit der Namen legte nahe, dass es sich um ein und dieselbe Familie handelte. Aber warum waren die Namen dann ständig anders? War es, weil sie ihre Spuren verwischen wollten? Das machte doch nur jemand, der etwas zu verbergen hatte.

Ihr Magen krampfte sich zusammen. Auf was hatten sie und Jos sich da nur eingelassen? Rostow und die Parfantis waren gefährliche Gegner, die auf eine lange Geschichte zurückblicken konnten. Was sollten sie dagegen ausrichten? Selbst wenn es Jos gelingen sollte, die Aufträge des Geheimrats auszuführen, würde er dann wirklich ihren Vater zurückbringen? War es nicht besser, das Vorhaben aufzugeben, bevor Jos noch etwas zustieß? Aber was wurde dann aus ihr?

Die Gedanken in Lenas Kopf fuhren Karussell, doch ganz gleich, wie sie es auch drehte, sie konnte keine Lösung finden. »Vielen Dank«, sagte sie zu dem Alten. »Sie haben mir sehr geholfen.«

»Nein, du hast mir geholfen«, wehrte Rump ab. »Zwanzig Jahre habe ich darüber nachgegrübelt, warum er wohl diese Zeitungen haben wollte. Jetzt weiß ich es. Aber du solltest vorsichtig sein. Dieser Rostowski oder Rostow ist ein gefährlicher Mann.«

»Ich bin zum Glück nicht allein. Und dass er gefährlich ist, haben wir bereits gemerkt.«

»Wenn ich euch irgendwie helfen kann, mach ich das gerne«, sagte Rump, während er Lena zur Tür brachte. »Für Abenteuer bin ich leider zu alt, aber wenn es um Informationen geht …«

»Dann komme ich wieder zu Ihnen«, versprach Lena. »Vielen Dank für Ihre Hilfe!« Eilig lief sie die Stufen hinab, denn es war schon fast Mittag. An der nächsten Ecke warf sie noch einmal einen Blick zurück und sah Rump, der immer noch vor der Tür stand und ihr zuwinkte.

Was sie nicht sah, war die Gestalt, die in eine Einfahrt des alten Eisenbahnreparaturwerks gedrückt stand und sie beobachtete.

Zu dieser frühen Morgenstunde und im Nieselregen sah das *Wunderland* alles andere als märchenhaft aus. Es waren die Lichter, die den Jahrmarkt bei Einbruch der Dunkelheit in eine große Illusion verwandelten, dachte Natz. Wie eine Frau, die Schminke aufträgt, um ihre Falten zu überdecken. Und Falten hatte Rostows Unternehmen jede Menge, wie Natz feststellte. Die Zelte und Buden, die bei Nacht voller Verheißungen erschienen, waren nicht viel mehr als hässliche graue Bretterbuden und Verschläge aus verblichenen Stoffbahnen, die sich ebenso grau in den Pfützen widerspiegelten, die sich überall gebildet hatten.

Und noch etwas anderes spürte der alte Geselle. Etwas, das ihm bereits bei seinem ersten Besuch aufgefallen war. Dies war nicht irgendein Jahrmarkt. Trotz aller modernen Technik war das *Wunderland* alt. Älter als er selbst. Ja, wenn er so die matschigen Wege zwischen den fadenscheinigen Buden entlangstapfte, dann hatte er fast das Gefühl, mehrere Jahrhunderte in der Zeit zurückgereist zu sein. Das Gefühl war so stark, dass er sich umdrehen und mit den Augen den Wasserturm in der Ferne suchen musste, um sich zu vergewissern, dass er nicht aus seiner Welt gefallen war.

Natz schüttelte den Kopf, um die trüben Gedanken zu vertreiben. Er betrat den Platz, auf dem die kleine Wohnwagenstadt des Jahrmarkts aufgebaut war. Hier herrschte zumindest ein wenig Leben. Einige Gestalten huschten zwischen den Wagen hin und her, darunter eine Frau mit einem Vollbart und eine weitere mit einem dicken Schal um den Hals, der sich bei näherem Hinsehen als eine Riesenschlange entpuppte.

»Kann ich Ihnen helfen?«, fragte eine Stimme hinter Natz.

Der Geselle drehte sich um und machte vor Entsetzen einen Schritt zurück. Vor ihm stand ein spindeldürrer Mann, der seinen Kopf unter dem Arm trug. So sah es zumindest im ersten Moment aus. Beim zweiten Hinsehen erkannte Natz, dass der Mann lediglich den Nacken so gebogen hatte, dass er mit seinem Kopf unter seiner Achsel hervorschaute. Es war faszinierend und abscheulich zugleich. Kein Mensch konnte derart gelenkig sein!

Mit einer fließenden Bewegung zog der Mann seinen Kopf unter dem Arm hervor und beförderte ihn wieder an den angestammten Platz. Er lächelte Natz an: »Man muss immer üben, um in Form zu bleiben«, sagte er.

»Sehr überzeugend«, antwortete der Geselle. »Ich kann meinen Kopf nicht einmal auf die Schulter legen.«

»Nun, wenn das jeder könnte, wäre es ja auch keine Attraktion«, meinte der Mann lächelnd. Dabei musterte er Natz von Kopf bis Fuß. »Und was suchen Sie hier?«

»Den Direktor«, erwiderte Natz. »Geheimrat Rostow.«

»Oh.« Der Kopflose zog fragend die Augenbrauen hoch, als erwarte er eine nähere Erklärung. Aber Natz hatte keine Lust, ihm Auskunft zu geben. Einen Moment standen sie sich schweigend gegenüber, und obwohl der Mund des Kopflosen immer noch lächelte, sah Natz nichts davon in seinen Augen. Sie waren kalt, und mit den leicht herabhängenden Augenlidern erinnerten sie Natz an die trägen, lauernden Augen einer Schlange, die ihr Opfer mustert.

Schließlich hob der Mann den Arm. »Der rote Wagen dort drüben«, sagte er. »Und wenn Sie ihn da nicht finden, gehen Sie zu dem grünen Wagen daneben.«

Natz bedankte sich, machte sich aber nicht sofort auf den Weg. Ihm schoss plötzlich der Gedanke durch den Kopf, der Mann würde sich, sobald er sich umdrehte, in etwas Grauenvolles verwandeln, in ein Wesen, das nur darauf wartete, seine Zähne in seinen Hals zu schlagen.

Der Kopflose schien sich an der Furcht seines Gegenübers zu weiden. Natz stand da wie versteinert, bis der Mann schließlich Erbarmen zeigte, sich mit einem knappen Kopfnicken verabschiedete und davonging.

War das nun Einbildung? Oder hatte er hinter den Augen des Mannes wirklich etwas gesehen, was es auf dieser Welt nicht geben durfte? Erneut schüttelte Natz den Kopf, machte sich aber erst dann auf den Weg zu Rostows Wagen, als der Kopflose weit genug von ihm entfernt war.

Die Tür des roten Wohnwagens war geschlossen. Natz pochte zweimal dagegen. Er wollte schon wieder kehrtmachen, als sich die Tür wie von Geisterhand öffnete.

»Hallo?«, rief der Altgeselle.

»Eintreten!«, befahl eine Stimme von innen.

Vorsichtig schob Natz die Tür auf und spähte hinein. Vor ihm lag ein großer Raum, der länger schien, als der Wagen von außen vermuten ließ. Am anderen Ende saß ein Mann hinter einem blank polierten Schreibtisch aus dunkelrotem Holz und schrieb etwas auf ein Blatt Papier.

Natz räusperte sich.

Ohne aufzublicken, winkte der Mann mit der linken Hand. »Komm her, komm her.«

Langsam ging der Altgeselle zum Schreibtisch. Dabei schaute er sich immer wieder misstrauisch um. Hier drinnen wirkte der Wohnwagen noch einmal viel größer, und hinter dem Mann konnte er durch eine angelehnte Tür in einen weiteren Raum blicken, der voller Bücherregale war.

Etwas ging hier nicht mit rechten Dingen zu!

Als er den Schreibtisch erreicht hatte, erhob sich der Mann und kam um das Möbelstück herum. Natz erkannte Rostow wieder, den er ein paar Abende zuvor vor dem Zelt der Parfantis gesehen hatte. Allerdings sah er völlig anders aus. Offenbar war er eben erst aufgestanden, denn er trug einen langen blutroten Morgenmantel und Pantoffeln.

Rostow streckte Natz die Hand entgegen. »Was kann ich für dich tun?« Seine Stimme klang freundlich, aber seine Augen zeigten keine Gefühlsregung.

»Ich wollte fragen, ob ich bei Ihnen arbeiten kann.«

Rostow strich sich mit der Hand über den Bart. »Du siehst mir nicht gerade wie ein Arbeitsloser aus.«

»Kann man das denn sehen, Herr?«, entgegnete Natz.

»Meistens schon. Hast du also Arbeit oder nicht?«

»Ich habe eine Stelle als Mechaniker, das stimmt.«

»Und warum willst du dann bei mir arbeiten?«

»Ich verstehe mich nicht besonders gut mit meinem Meister. Und außerdem ist mir die Arbeit langweilig geworden.«

»Und du glaubst, hier auf dem Jahrmarkt ist es interessanter?«

»Nun, man reist herum, nicht wahr? Man sieht etwas von der Welt, trifft neue Leute, blickt nicht immer auf dieselbe Szenerie vor dem Fenster.«

»Hmm …« Rostow runzelte die Stirn. »Du bist Mechaniker, sagst du?«

»Jawohl«, antwortete Natz. »Feinmechaniker.«

»Wir haben bereits einen Mechaniker, aber Hermann wird uns bald verlassen. Du solltest dich einmal mit ihm unterhalten. Wenn du glaubst, seine Aufgabe übernehmen zu können, dann komm morgen wieder her, und wir werden sehen, was sich machen lässt.«

»Vielen Dank, Herr Geheimrat.« Natz wandte sich zum Gehen.

»Ach, noch etwas«, sagte Rostow, als Natz schon beinahe an der Tür war. »Was ist mit deiner Familie?«

»Ich bin alleine, Herr. Meine Eltern sind schon lange tot und Geschwister oder eine Ehefrau habe ich nicht.«

»Auch keine Cousins, Cousinen, Onkel oder Tanten?«

»Wenn es sie gibt, dann kenne ich sie nicht.«

»Gut, gut«, sagte Rostow zufrieden. »Also, bis morgen.«

Natz war froh, den Wohnwagen wieder verlassen zu können. Er hatte sein Interesse an einer Arbeitsstelle nur vorgetäuscht, um sich frei und ohne Verdacht zu erregen auf dem Gelände bewegen zu können. Das war ihm geglückt. Viel schlauer war er allerdings immer noch nicht. Vielleicht konnte ihm dieser Hermann weiterhelfen, sozusagen von Kollege zu Kollege.

Als Natz das etwas abseits gelegene Areal erreichte, fand er einen Mann vor, der gerade mit dem Oberkörper in der Beinöffnung eines Elefantions hing und mit seiner rechten Hand nach einem Werkzeug tastete, von denen mehrere neben ihm lagen.

»Maulschlüssel?«, fragte Natz. »Welche Größe?«

»Zwölfer«, tönte es aus dem Bein.

Natz suchte den passenden Schlüssel heraus und drückte ihn dem Mann in die Hand, die damit im Bein verschwand.

Fünf Minuten und zwei Schlüsselwechsel später schob sich der Mann ächzend aus dem Bein heraus. Er war groß und kräftig und musterte Natz mit unverhohlenem Blick. »Danke«, sagte er und wischte sich die Hände an einem Lappen ab.

»Keine Ursache.« Natz streckte ihm die Hand hin. »Ich bin Natz, ein Freund von Jos.«

»Ah, der Altgeselle.« Hermann schüttelte ihm lächelnd die Hand.

»Er hat von mir erzählt?«

»Nur Gutes.« Hermann legte den Lappen weg und sammelte sein Werkzeug ein.

»Das will ich hoffen, nicht wahr?«

Die beiden Mechaniker brauchten nicht viele Worte, um sich zu verstehen. Natz begleitete Hermann zu seinem Wohnwagen.

Der Mechaniker setzte Wasser für einen Tee auf und Natz sah sich in dem kleinen Wagen um.

»Nicht viel Platz«, murmelte er.

»Mir reicht es.« Hermann stellte zwei Tassen auf den Tisch. »Zucker? Milch?«

Natz nickte. »Ich dachte, hier hat jeder ein kleines Reich.«

»Aha, du warst im Wagen von Rostow, was?« Der Mechaniker musterte sein Gegenüber. »Du willst doch nicht etwa hier anfangen?«

»Warum nicht?« Natz schaufelte vier Löffel Zucker in seine Tasse und verrührte sie mit Milch.

»Keine gute Idee.« Hermann schenkte den Tee ein. »Hier stimmt was nicht.«

»So wie der Wohnwagen vom Geheimrat?«

»Unter anderem.«

Natz schlürfte einen Schluck Tee und nickte anerkennend. »Gute Mischung.«

»Der einzige Luxus, den ich mir erlaube.«

Schweigend tranken die beiden Männer ihren Tee.

»Woher kommt eigentlich die Energie für deine Elefantions?«, fragte Natz schließlich, um das Schweigen zu brechen.

Hermann griff in die Tasche und holte einen silbernen Gegenstand hervor, den er Natz reichte. Neugierig musterte er die winzige Metallkapsel, die nicht größer als ein Fingerhut war. Auf der Oberseite war ein Symbol eingraviert, das wie ein runder Irrgarten aussah. Der Altgeselle fuhr mit dem Finger darüber, hob den Behälter ans Auge und leckte schließlich daran, bevor er ihn auf den Tisch legte.

»So ein Metall habe ich noch nie gesehen«, sagte er. »Was ist das?«

»Keine Ahnung. Darin wird das Energit geliefert, das die Maschinen antreibt.«

»So wenig?«, staunte Natz.

»Energit ist sehr ergiebig. Und das Metall, aus dem die Kapseln gemacht sind, ist ein Patent der Firma, die das Energit herstellt.«

»Wie lädst du deine Maschinen damit auf?«

»In jedem Elefantion ist ein kleiner Metallkasten, der mit einem Antrieb gekoppelt ist. Man legt die Kapsel einfach in eine speziell dafür vorgesehene Halterung. Damit lässt sich die Maschine für mehrere Monate antreiben.«

»Erstaunlich.« Natz schenkte ihnen Tee nach. »Und was kostet so was?«

»Keine Ahnung. Ist wohl ziemlich teuer. Aber um den Einkauf kümmern sich bei uns die Parfantis.«

»Die Märchenerzähler?« Natz machte aus seiner Verwunderung keinen Hehl.

Hermann schnaubte. »Wenn sie das mal nur wären!« Er leerte seine Tasse in einem Zug und erhob sich. »Die Parfantis sind gefährlich. Raubtiere, wenn du mich fragst.«

»Das habe ich auch gehört.« Natz berichtete von den Ereignissen der letzten Nacht, von denen ihm Lena erzählt hatte.

»Parallele Welten?« Der Mechaniker schüttelte den Kopf. »Das glaube ich nicht. Dahinter steckt irgendeine Trickserei.«

»Kann sein, kann auch nicht sein. Was weißt du über Rostow und diese Parfantis?«

»Nicht viel. Hier redet keiner mit mir, außer, es geht um die Elefantions. Ich bin ein Fremder für die Jahrmarktsleute. Sie dulden mich, weil sie mich brauchen.«

Natz starrte in seinen Tee. Irgendetwas, was Hermann vorhin gesagt hatte, arbeitete in seinem Kopf, aber er konnte den Gedanken nicht greifen. Worüber hatten sie noch gesprochen? Sein Blick fiel auf den kleinen Metallbehälter auf dem Tisch vor ihm.

Das war es!

»Du hast erzählt, die Parfantis versorgen dich mit Energit?«, fragte er.

Hermann nickte. »Sie haben immer etwas davon auf Lager.«

»Findest du es nicht ungewöhnlich, dass die Stars des Jahrmarkts so eine Aufgabe übernehmen und die Beschaffung nicht in deinen Arbeitsbereich fällt?«

Hermann zuckte mit den Achseln. »Mag sein. Aber ich habe schon lange aufgehört, mich hier über etwas zu wundern.«

Natz nickte. »War auch nur so eine Idee.« Er erhob sich. »Dann will ich mich mal wieder auf den Weg machen. Du hältst die Augen offen, nicht wahr?«

»Das werde ich.« Hermann geleitete Natz zum Ausgang. »Und falls ihr etwas herausbekommt …«

»Erfährst du es auch«, versicherte ihm Natz.

Sie schüttelten sich die Hände und der Altgeselle machte sich auf den Rückweg. Sehr ergiebig war sein Besuch nicht gewesen. Lediglich seine Vorahnung, dass mit dem Jahrmarkt etwas nicht stimmte, hatte sich bestätigt. Und dann war da diese Sache mit dem Energit. Natz wusste nicht, warum, aber irgendwie wollte ihm das nicht aus dem Kopf gehen. Doch sosehr er auch darüber nachgrübelte, was diese Energiequelle mit dem Schicksal von Lenas Vater zu tun haben könnte, es fiel ihm einfach nichts ein.

Hoffentlich hatte Lena mehr herausgefunden.

~ Kapitel 8 ~

Eine fremde Welt

Die Tür fiel hinter Jos ins Schloss.

Er hatte alles erwartet, nur das nicht.

Einen Moment stand er da wie erstarrt. Erlaubte sich Jottweh einen Scherz mit ihm?

War er zurück in der Welt, aus der er gekommen war?

Aber wie war das möglich? Wie war dies alles hier überhaupt möglich? Unendlich viele Türen, hinter denen sich ganze Welten verbargen. Türen, die mal in einen Gang, mal auf einen Jahrmarkt führten. Wo würde er sich wiederfinden, wenn er jetzt zurückkehrte? Im Büro von Jottweh? Oder irgendwo anders?

Aber zum Nachdenken war jetzt keine Zeit.

Nachdem er sich nach allen Seiten umgesehen hatte, hielt Jos noch einen Moment inne und lauschte. Um ihn herum war alles ruhig. Schließlich schlich er auf Zehenspitzen hinter dem Zelt entlang. Zögernd trat er auf den Platz vor dem Zelt, der ebenso verlassen dalag wie die Wohnwagensiedlung daneben, die vom blassen Schein einer Gaslaterne erhellt wurde.

Sein Blick fiel auf eines der Plakate an den Wagen.

MAGISTER MYSTIKS MAGIERLAND stand da in großen Buchstaben.

Dann war das also nicht Rostows Jahrmarkt? Um sicherzugehen, lief Jos zu der Stelle, an der die Elefantions untergebracht waren. Schon beim Näherkommen hörte er ein Schnauben. Hinter dem Zaun konnte er im silbernen Licht der Morgendämmerung die Umrisse von Pferden ausmachen.

Das war mit Sicherheit nicht das *Wunderland*, wie er es kannte! Dies war eine der von den Parfantis erzählten Welten, die der seinen zwar ähnelte, aber doch ganz anders war. Jos spürte ein Prickeln in seinem Nacken. Eine Mischung aus Beklemmung und Neugier ergriff ihn. Was mochte ihn in dieser Welt wohl erwarten? Welche Überraschungen hielt sie noch für ihn bereit?

Die Luft war mild, fast sommerlich warm. Jos schlug den Weg in die Stadt ein. Die Straßen und Gassen waren noch leer. Bis auf ein paar herumstreunende Katzen war kein Mensch zu sehen. Alles sah so aus, wie er es kannte. Es gab dieselben Geschäfte und dieselben Restaurants. Ob das auch für die Menschen galt? Gab es hier eine Lena, einen Natz oder einen Bucher wie in seiner Welt? Und vielleicht sogar einen zweiten Jos? Und was würde geschehen, wenn sie aufeinandertreffen würden?

Er beschloss, zuerst zur Wohnung von Lena und ihrem Vater zu gehen. Wenn dies die Welt war, die sich der Verschwundene gewünscht hatte, dann würde er sie sicher dort antreffen. Er würde warten, bis sie das Haus verließ, um zur Arbeit zu gehen, um dann nach ihrem Vater zu sehen. Oder?

Jos blieb stehen und kratzte sich am Kopf. In der Welt, aus der er kam, war es Sonntag. Ob das hier auch so war? Dann würde Lena wohl kaum zur Arbeit gehen, es sei denn, der freie Wochentag war hier ein anderer. Und dann schoss ihm noch ein Gedanke durch den Kopf. Was würde er tun, wenn er sich eine eigene Welt erschaffen könnte? Würde er sich nicht ein schönes großes Haus wünschen anstatt einer winzigen Wohnung? Und dazu ein gutes Auskommen für sich und seine Familie?

Wenn dies die Welt von Lenas Vater war und er das in der Tat so gemacht hatte, dann standen seine Chancen schlecht, ihn zu finden. Aber weil er nicht wusste, wo er sonst mit seiner Suche beginnen sollte, machte er sich wieder auf den Weg.

Mit einem Mal wurde er in einen schmalen Durchgang zwischen zwei Häusern gerissen.

Jos wollte schreien, brachte aber keinen Laut hervor, denn eine riesige Hand hatte sich über seinen Mund gelegt.

Mit aller Kraft versuchte er, die Arme hochzureißen, um sich zu wehren, doch sein Angreifer hatte einen muskulösen Arm um seinen Körper geschlungen. Seine Arme waren wie mit einer Eisenkette an den Rumpf gefesselt. Jos wurde tiefer in die Gasse hineingeschleift, ohne etwas dagegen tun zu können. Dann wurde er grob zu Boden gestoßen.

»Keinen Mucks!«, herrschte ihn eine tiefe Stimme an.

Im spärlichen Licht der Gaslaterne, das von der Straße in den Durchgang fiel, erkannte Jos einen großen, vierschrötigen Mann, der über ihm stand. Dahinter lauerte eine kleinere Person, die einen langen Stab in der Hand hielt.

»Was treibst du hier?«, wollte der Große wissen.

»Ich … ich gehe bloß spazieren«, stotterte Jos, dem der Schreck in den Gliedern saß. Sein Herz pochte wie wild. Was waren das für Gestalten und was wollten sie von ihm?

»Spazieren? Um diese Stunde? Dass ich nicht lache! Du bist ein Katzenfreund, stimmt's?«

Was sollte das nun wieder heißen? Wurde man in dieser Welt überfallen, nur weil man ein Katzenfreund war? Dann hatten sie sich bei ihm allerdings vertan. Er schüttelte den Kopf. »Nein, bestimmt nicht. Ich mag keine Katzen.«

»Das hätte ich an deiner Stelle auch gesagt. Aber du musst schon ein bisschen mehr bringen, um mich zu überzeugen.«

»Wie soll ich Sie davon überzeugen, dass ich keine Katzen mag?«, fragte Jos, dessen Angst allmählich der Verwunderung wich. »Und wer sind Sie eigentlich?«

»Wir? Wir sind Katzenfänger, wie man sieht.« Der Mann deutete auf den Stab in der Hand seines Begleiters. Nachdem sich seine Augen an das Halbdunkel in dem Durchgang gewöhnt hatten, erkannte Jos, dass an der Spitze des Stabs ein Netz befestigt war. Es sah aus wie ein übergroßer Kescher.

Jos hatte noch nie etwas von Katzenfängern gehört. In seiner Stadt gab es Hundefänger, das wusste er wohl, auch wenn er noch nie einen gesehen hatte. Aber Katzen?

Der Mann musste den ratlosen Ausdruck in seinen Augen wohl bemerkt haben. »Du scheinst ja wirklich keinen blassen Schimmer zu haben.« Er wandte sich an seinen Begleiter. »Was meinst du, Carl, sollen wir ihm glauben?«

Der Junge mit dem Stab trat vor. Er war kaum älter als Jos selbst. »Ich denke, er sagt die Wahrheit, Pa«, sagte Carl.

»Na gut.« Der Mann streckte Jos die Hand hin und zog ihn hoch. »Nichts für ungut, Junge, aber man kann nicht vorsichtig genug sein.«

Jos runzelte die Stirn. »Wieso vorsichtig? Werden Sie denn nicht von der Stadt bezahlt?«

Der Mann verzog den Mund. »Die Stadt? Die befindet sich doch in den Händen des Katzenbarons!«

»Da kommt jemand!« Der Junge stieß seinen Vater an. Tatsächlich waren Stimmen aus Richtung der Straße zu vernehmen.

»Los, weg!« Die Katzenfänger rannten in die entgegengesetzte Richtung. Jos stand unschlüssig herum. Sollte er ihnen folgen oder lieber in die andere Richtung laufen?

»Komm mit!« Carl war stehen geblieben. »Wenn sie dich erwischen, bist du dran!«

Die Stimmen kamen näher. Jetzt war auch Hufgetrappel zu hören. Ein Mann lachte hämisch. Jos wartete nicht länger, sondern folgte den Katzenfängern, die bereits im Dunkel des Durchgangs verschwunden waren. Solange er nicht wusste, welchen Gesetzmäßigkeiten diese Welt folgte, war es sicherer, das Bekannte dem Unbekannten vorzuziehen. Und nach dem ersten Schreck schien es ihm, als seien Carl und sein Vater keine schlechten Menschen.

Die Gasse mündete in eine schmale Straße, in der ein Pferdewagen geparkt war. FRISCHE MILCH war in großen Buchstaben auf die Seitenwand gemalt und darunter, etwas kleiner: JEDEN MORGEN DIRECKT VOR IHRE TÜR.

Direkt ins Gefängnis, dachte Jos, der sich wunderte, wie man so einen Fehler übersehen konnte. Das schrie geradezu danach, bemerkt zu werden, obwohl doch offenbar das Hauptanliegen der Katzenfänger gerade darin bestand, nicht aufzufallen.

Der Mann und sein Sohn saßen bereits auf dem Kutschbock.

»Hinten rein!«, rief der Junge.

Jos lief um den Wagen herum, öffnete die Tür und sprang auf. Noch während er die Tür zuzog, setzte sich das Gefährt in Bewegung. Im Wagen war es stockfinster. Neben Jos klirrten die leeren Milchflaschen in ihren Kästen. Und da war noch ein anderes Geräusch …

Er lauschte in die Dunkelheit. Da! Es klang wie das Schnurren eines kleinen Motors. Jos tastete sich vorsichtig an den Milchkästen entlang. Eine Reihe, noch eine. Dann griff er auf einmal gegen Draht. Zugleich wurde das Schnurren lauter. Eine raue kleine Zunge fuhr über einen seiner Finger. Überrascht zog er die Hand zurück.

Es waren Käfige! Die Katzenfänger verstauten die Tiere hinter den Milchflaschen, um sie fortzubringen. Aber wohin? So, wie es aussah, würde er das bald erfahren.

Es dauerte tatsächlich nicht lange und der Wagen kam zum Stehen. Einen Moment später öffnete sich die Tür. Gegen die ersten Sonnenstrahlen des Tages zeichnete sich die Kontur des Mannes ab. Jos blinzelte und drehte sich um. Hinter den Kästen mit den leeren Milchflaschen waren ein Dutzend Holzkisten mit Maschendraht gestapelt. Vier der Käfige enthielten Katzen unterschiedlicher Größe und Farbe.

Auch wenn er für die Tiere nicht viel übrig hatte, so gefiel es Jos doch nicht, was hier geschah. Wer weiß, was die Katzenfänger mit ihrer Beute anstellten?

Er sprang aus dem Wagen und sah sich argwöhnisch um. Sie standen in einem von hohen Mauern umringten Hof. Aus einem flachen Gebäude kamen zwei Männer, die ohne Worte die Käfige mit den Katzen aus dem Wagen holten und ins Haus brachten.

»Was geschieht mit den Tieren?«, fragte Jos Carls Vater.

Sofort kehrte das Misstrauen in dessen Gesicht zurück. »Bist du etwa doch ein Katzenfreund?«, fragte er.

»Nein, das habe ich doch bereits gesagt«, wehrte Jos ab. »Ich bin einfach nur neugierig.«

»Wir markieren sie und dann werden sie weggebracht.«

»Weggebracht? Wohin?«

»Weit weg, in die freie Natur, von wo aus sie den Weg zurück in die Stadt garantiert nicht mehr finden.« Der Mann legte den Kopf auf die Seite. »Hast du etwas geglaubt, wir bringen sie um?«

»Nun ja …« Jos räusperte sich verlegen. »Da, wo ich herkomme, tragen die Leute sogar Kleidungsstücke aus Katzenfell.«

»Wir sind doch keine Barbaren. Außerdem wäre das hier gar nicht möglich. Du würdest es sofort mit den Ordnungshütern zu tun bekommen. Die arbeiten doch alle für den Katzenbaron.«

»Was ist das denn für ein Mensch, dass er solche Macht besitzt?«, fragte Jos, obwohl er sich schon denken konnte, was hinter der Sache steckte.

»Der Katzenbaron heißt so, weil er das größte Grundstück in der Stadt besitzt und darauf Tausende von Katzen hält. Die lassen sich natürlich von Mauern und Zäunen nicht aufhalten. Zu Hunderten streunen sie Tag und Nacht durch die Stadt und niemand kann dagegen etwas unternehmen. Der Katzenbaron hat gute Beziehungen zum Bürgermeister, und der hat eine Anordnung erlassen, dass kein Mensch den Katzen etwas antun darf.«

»Kannst du dir vorstellen, was das bedeutet?«, fragte Carl. »Sie kommen in die Läden und setzen sich auf die Theken und man darf sie nicht vertreiben. Sie machen sich über die Nahrungsmittel in den Kolonialwarenläden her. Sie spielen mit den Stoffen in den Bekleidungsgeschäften und zerfetzen sie mit ihren Krallen! Aber wenn du sie nur berührst, bist du sofort dran.«

»Gibt es hier denn gar keine Hunde?«, fragte Jos.

»Hunde? Was ist das?« Der Mann sah ihn verständnislos an.

Jos konnte nicht umhin, insgeheim die Gabe der Parfantis zu bewundern, während er fieberhaft überlegte, wie er diese Frage beantworten sollte, ohne sich selbst in die Bredouille zu bringen. Er konnte den Katzenfängern wohl kaum erklären, dass er aus einer anderen Welt kam …

»Das sind vierbeinige Lebewesen, die so klein sein können wie Katzen oder so groß wie Tiger«, versuchte er es. »Sie lassen sich gern von Menschen abrichten und sind die Erzfeinde der Katzen.«

Der Mann schüttelte verwundert den Kopf. »Davon habe ich noch nie etwas gehört.«

Schlagartig begriff Jos, wer sich diese Welt gewünscht hatte. Jedenfalls war es nicht Lenas Vater gewesen. Lena hatte ihm einmal erzählt, dass sie sich eine Katze gewünscht hatte, ihr Vater aber strikt dagegen war. Der Katzenbaron hingegen war offenbar ein Mensch, der Hunde überhaupt nicht, Katzen dafür aber umso lieber mochte. Also hatte er sich von den Parfantis kurzerhand eine Welt erzählen lassen, in der es die einen nicht gab, die anderen dafür im Überfluss. Womit er wahrscheinlich nicht gerechnet hatte, war, dass die Bewohner dieser Welt die Dinge etwas anders sahen als er.

»Deshalb seid ihr also bei Nacht und Nebel unterwegs«, stellte er fest.

Der Mann nickte. »Wir werden für jede Katze, die wir von der Straße holen, von der Kaufmannsgilde bezahlt.«

»Und was hat es mit diesen Katzenfreunden auf sich?«

»Das sind Leute, die nachts durch die Straßen der Stadt patrouillieren, um der Polizei dabei zu helfen, unsereins aus dem Verkehr zu ziehen.« Der Mann machte eine Pause. Jos sah das alte Misstrauen in seinen Augen aufblitzen. »Aber sag mal, woher kommst du eigentlich? Du bist nicht aus der Stadt, das steht fest. Und diese Hunde, von denen du sprichst, wo gibt es die denn?«

Das war die Frage, die Jos gefürchtet hatte. »Ich komme aus Vitruvio«, sagte er. Es war der erste Name, der ihm einfiel.

Der Mann kratzte sich am Kopf. »Vitruvio? Nie gehört.«

»Es ist ziemlich weit weg«, stotterte Jos. »Ich bin heute Nacht mit dem Zug angekommen, um hier eine Lehrstelle zu suchen.«

Der Mann kniff die Augen zusammen. Er war offenbar nicht überzeugt von der Auskunft. Zum Glück befreite Carl Jos aus seiner Lage. Er zupfte seinen Vater am Ärmel. »Wir müssen zur Arbeit.«

Jos war verwirrt. »Ist das denn hier nicht eure Arbeit?«

Der Mann lachte. »Davon könnten wir nicht leben. Nein, Carl und ich, wir sind Schreiner. Das Katzenfangen machen wir, um uns etwas dazuzuverdienen. Und um den Leuten zu helfen.«

»Aber ist denn heute nicht Sonntag?«

Die beiden starrten ihn verständnislos an. »Ja, und?«

»Da, wo ich herkomme, ist sonntags ein arbeitsfreier Tag«, erklärte Jos.

»Na, dann wirst du dich wohl umstellen müssen«, sagte der Mann. »Hier wird jeden Tag gearbeitet.« Er zog ein schwarzes Tuch aus der Tasche. »Wir nehmen dich mit zurück in die Innenstadt, aber ich muss dir dabei die Augen verbinden. Es wäre nicht gut, wenn du jemandem unser Versteck verrätst.«

»Das würde ich nie tun«, protestierte Jos.

»Vielleicht nicht freiwillig. Aber Vorsicht ist die Mutter der Porzellankiste.«

Widerwillig ließ sich Jos das Tuch um die Augen legen. Einerseits konnte er die Katzenfänger verstehen, denn sie kannten ihn nicht und hatten keinen Grund, ihm zu vertrauen. Andererseits empfand er es als entwürdigend, so blind herumgeführt zu werden.

Jos hörte das Klappern von Pferdehufen und die Räder eines Wagens, die über den Hof polterten. Dann fasste ihn Carl am Arm und half ihm auf die Ladefläche eines Holzkarrens. »Hier liegen Decken«, sagte er. »Leg dich darauf, bis wir dir sagen, dass du den Kopf heben kannst.«

Jos tat, wie ihm geheißen. Wenige Augenblicke später setzte sich das Gefährt in Bewegung. Schon bald hörte Jos die Geräusche anderer Pferdekarren, die ihnen begegneten, und auch die Rufe von Menschen. Sie mussten sich dem Stadtzentrum nähern.

Er spürte eine Bewegung neben sich und dann nahm ihm jemand die Augenbinde ab. Es war Carl. »An der nächsten Ecke kannst du aussteigen«, sagte er. »Das ist ungefähr da, wo wir uns letzte Nacht getroffen haben.«

Jos nickte stumm. Die Sonne, die inzwischen ganz aufgegangen war, blendete ihn. Er konnte seine Umgebung nur schemenhaft erkennen. Carls Vater hielt den Karren an und drehte sich zu ihm um. »Dann viel Glück, Junge! Vielleicht sehen wir uns ja mal wieder.«

Jos schüttelte seine ausgestreckte Hand und auch die von Carl und sprang vom Wagen, der sofort weiterfuhr. Wenig später war er um eine Ecke verschwunden.

Die Straße war inzwischen gut gefüllt, allerdings nur mit Zwei- und Dreirädern und Pferdewagen, wie Jos bemerkte. Zugmaschinen schien es in dieser Welt nicht zu geben. Nirgendwo waren Elefantions zu sehen, ebenso wenig wie andere kraftbetriebene Fahrzeuge, und auf den Baustellen mühten sich Männer im Schweiße ihres Angesichts. Ja, es gab überhaupt keine Maschinen, wie er feststellte, als er zu Meister Buchers Werkstatt lief. Nachdem er sicher war, dass dies nicht die Welt von Lenas Vater war, wollte er die Zeit dennoch nutzen, um sich etwas umzusehen. Zur Wohnung von Lena und ihrem Vater konnte er später immer noch gehen. Und wenn der Sonntag hier tatsächlich ein ganz normaler Arbeitstag war, dann würde er Lena und Natz gewiss in der Werkstatt antreffen, falls es die in dieser Welt gab. Und vielleicht sogar seinen Doppelgänger?

Meister Buchers Firma befand sich am üblichen Platz. Mit einem merkwürdigen Gefühl im Bauch stieß Jos die Tür auf und trat ein. Alles sah so aus wie in seiner Welt. Hinten am Fenster saß Natz, neben ihm arbeiteten die zwei Lehrlinge und in der Ecke kramte Lena in einer Kiste herum.

Alle Augen richteten sich auf Jos.

»Kann ich dir helfen?«, fragte Natz. Er machte nicht den Eindruck, als würde er Jos erkennen. Gleiches galt für Lena und die anderen Lehrlinge.

»Äh …«, stotterte Jos, »ich wollte nur mal fragen, ob Sie noch einen Lehrling suchen.«

»Tut mir leid, Junge«, sagte Natz. »Wir sind voll. Aber du kannst es mal bei Meister Braun im Robbenweg probieren. Kann sein, dass da noch eine Lehrstelle frei ist.«

»Vielen Dank.« Jos blickte zu Lena. Sie hatte sich wieder ihrer Kiste zugewandt. Es war klar, niemand kannte ihn hier.

Er verabschiedete sich und verließ die Werkstatt. Draußen musste er erst einmal tief Luft holen. Es war schon merkwürdig. Natz und Lena waren seine besten Freunde, und in diesem Augenblick waren sie wahrscheinlich gemeinsam unterwegs, um mehr über Rostow und seinen Jahrmarkt herauszufinden. Und hier stand er ihnen gegenüber, und sie wussten nicht, wer er war.

Vielleicht waren sie auch gar nicht die Personen, die er kannte? Vielleicht sahen sie nur so aus, hatten aber eine ganz andere Geschichte und einen völlig anderen Charakter? Jos schüttelte den Kopf. Wie sollte man das alles verstehen? Und wer waren die Parfantis wirklich, dass sie diese Macht besaßen, komplette Welten zu erschaffen?

Sein Magen begann zu knurren, und er spürte, wie seine Lider schwer wurden. Letzte Nacht hatte er kein Auge zugetan und gegessen hatte er auch seit gestern Mittag nicht mehr. In seiner Tasche klingelten noch ein paar Münzen, und er fragte sich, ob er sich in dieser Welt dafür wohl etwas kaufen konnte. Jos beschloss, einfach sein Glück zu versuchen.

Ein paar Gassen von Meister Buchers Werkstatt entfernt stieß er auf einen Imbiss. Er betrat den Laden und bestellte zwei belegte Brötchen und eine Limonade. Zu seiner Erleichterung war die Währung hier mit der in seiner Welt identisch.

Er setzte sich an einen kleinen Tisch vor dem Imbiss und verschlang die Brötchen. Dabei fiel ihm Rostows Akte ein, die in seiner Jackentasche steckte. Es konnte gewiss nicht schaden, einen Blick hineinzuwerfen. Vielleicht erfuhr er so mehr über den Geheimrat und seine Pläne.

Jos zog sie hervor und schlug sie auf. Sie bestand nur aus wenigen Blättern. Auf dem obersten stand in großen Buchstaben ROSTOW, RADOMIR und darunter, in normaler Schrift: *Auch bekannt als*. Es folgte eine Liste von Namen, die alle ähnlich klangen wie Rostow: *Rostoff, Roskow, Roskowski, Rossoff* und so weiter. Der Geheimrat reiste also offenbar unter vielen verschiedenen Namen.

Jos schlug das Blatt um. Auf der nächsten Seite befand sich eine Tabelle, bei der sich in der linken Spalte die Namen wiederholten. In der mittleren Spalte war handschriftlich etwas eingetragen, was er nicht lesen konnte. Die Einträge bestanden nicht einmal aus Buchstaben, sondern aus merkwürdigen Zeichen, von denen er nicht wusste, ob sie eine Sprache darstellen sollten oder lediglich Kürzel waren, die Jottweh verwendete. In der dritten Spalte schließlich sah Jos eine Reihe von Stempeln mit einem handschriftlichen Kürzel darin. Das waren dann wohl Jottwehs Beglaubigungen und seine Unterschrift.

Auf den folgenden Seiten sah es ähnlich aus. Lediglich das letzte Blatt unterschied sich von den vorhergehenden Seiten. Auch hier war die Tabelle fortgesetzt worden, allerdings waren die Reihen auf der unteren Hälfte nicht ausgefüllt.

Das war nicht sehr ergiebig. Enttäuscht steckte Jos die Akte wieder ein und griff zu seiner Limonade.

Mit einem Mal begann sich alles um ihn zu drehen. Er stützte sich am Tisch ab, um nicht vom Stuhl zu kippen. Die Welt vor seinen Augen verschwamm. In seinem Magen arbeitete es, und einen Moment lang hatte er das Gefühl, sich übergeben zu müssen.

Es kam Jos wie eine Ewigkeit vor, bis sich der Nebel in seinem Kopf klärte. Mit zitternder Hand griff er zur Limonadenflasche und leerte sie in einem Zug. Danach fühlte er sich ein wenig besser.

War das ein Effekt, der durch das Weltenwechseln hervorgerufen wurde? War es die Müdigkeit? Oder war es einfach die Ungeheuerlichkeit dessen, was er gerade erlebte? Noch vor einer Woche hatte Jos ein normales Leben gelebt und seine Welt war klar und überschaubar gewesen. Und mit einem Schlag hatte sich alles geändert. Er war durch endlose Gänge geirrt, hatte mit den Parfantis zwei Menschen getroffen, die über unvorstellbare Kräfte verfügten, und jetzt befand er sich sogar selbst in einer anderen Welt und aß ein Brötchen, als hätte er sein ganzes Leben nichts anderes gemacht.

Wem sollte dabei nicht schwindlig werden?

Es dauerte fast zehn Minuten, bis Jos sich wieder so weit gestärkt fühlte, um aufzustehen. Auch wenn seine Beine noch ein wenig wackelig waren, machte er sich auf zur Wohnung von Lena und ihrem Vater. Er war gespannt, was ihn dort erwartete, auch wenn er bereits wusste, dass dies nicht seine Welt war. Aber vielleicht hatten die Parfantis ihm ja rein zufällig auch ein anderes Leben erzählt.

Das kleine Haus mit der abblätternden gelben Farbe sah so aus, wie er es in Erinnerung hatte. Jos betätigte mehrmals die Klingel, aber niemand reagierte darauf. Nach kurzem Zögern klingelte er in der Nachbarwohnung. Eine junge Frau mit einem Baby auf dem Arm öffnete ihm und lächelte ihn freundlich an.

»Können Sie mir sagen, wo ich Herrn Bernstein finde?«, fragte Jos.

»Bei der Arbeit natürlich«, entgegnete die junge Frau verwundert. »So wie seine Frau und seine Tochter auch.«

Damit hatte Jos nicht gerechnet. Lenas Mutter lebte hier? Dann war das vielleicht doch die Welt von Lenas Vater, Katzenbaron hin oder her. Er spürte, wie neue Hoffnung in ihm aufstieg.

»Sie meinen Lena?«

Die Frau runzelte die Stirn. »Lena? Nein, die Tochter der Bernsteins heißt Rosie.« Sie musterte Jos skeptisch. »Was willst du denn von Herrn Bernstein?«

Das konnte nicht Lenas Vater sein, schoss es Jos durch den Kopf. Der alte Bernstein liebte seine Tochter über alles. Es gab keinen Grund, ihr in seiner Wunschwelt einen anderen Namen zu geben.

»Ich sollte ihm nur eine Botschaft überbringen«, erklärte er der Frau, die ihn immer noch fragend ansah. »Vielen Dank. Dann komme ich später noch einmal wieder.«

Die Frau zuckte mit den Schultern und schloss die Tür.

Jos ging langsam die Straße zurück. Diese Welt konnte er also mit Sicherheit streichen. Die Sonne schien vom Himmel, und er überlegte, ob er noch nach dem Anwesen des Katzenbarons suchen sollte.

Doch dann erinnerte er sich an Rostows Warnung, auf jeden Fall innerhalb von vierundzwanzig Stunden zurückzukehren, weil er sonst seinen Schatten verlieren würde. Er hatte eine gewisse Zeit im Gang verbracht, dann bei Jottweh in der Amtsstube. Wie lange war er jetzt schon hier? Der Betriebsamkeit auf den Straßen nach zu urteilen, stand die Mittagszeit kurz bevor. Das bedeutete, er hatte noch jede Menge Zeit. Oder? Was war, wenn die Zeit außerhalb seiner Welt schneller verstrich? Es kam ihm vor, als sei er vor einer kleinen Ewigkeit durch die Tür im Zelt der Parfantis getreten. Und dann war da ja auch noch der Rückweg. Wer weiß, wie lange ihn Jottweh dabei aufhielt?

Eilig machte er sich auf zum Jahrmarkt. Der hatte zwar noch nicht geöffnet, doch überall waren Leute dabei, die Buden und Zelte für die Besucher vorzubereiteten. Der Duft nach gebrannten Mandeln lag in der Luft, und überall waren Rufe und Lachen zu vernehmen – so ganz anders als beim *Wunderland*. Jos lief zum Zelt und gelangte unbemerkt in den Gang auf der Rückseite.

Vor der Tür zögerte er einen Augenblick. War der Ausgang zugleich auch der Eingang, so wie er es vermutete? Was, wenn das nicht stimmte? Und was passierte, wenn jemand aus dieser Welt die Tür öffnete? Würde der auch die Welten wechseln oder einfach nur das Zelt betreten? Und wie konnte die Tür wissen, wer vor ihr stand und die Klinke herabdrückte?

Er würde keine Antwort auf diese Fragen bekommen, solange er es nicht ausprobierte. Entschlossen stieß er die Tür auf.

Dahinter lag Jottwehs Büro.

Der Beamte saß immer noch (oder schon wieder) an seinem

Schreibtisch. »Türe schließen!«, fuhr er Jos an, ohne von seiner Arbeit aufzublicken.

Jos schob eilig die Tür hinter sich zu.

»Und? Ist Er fündig geworden?«, fragte Jottweh.

»Leider nicht. Wissen Sie, wie lange ich unterwegs war?«

Jottweh legte den Stift weg und zog eine große Taschenuhr hervor. Er warf einen Blick darauf, runzelte die Stirn, schüttelte die Uhr, sah erneut aufs Ziffernblatt, hielt sie gegen das Ohr und legte sie schließlich auf den Tisch.

»Nichts funktioniert mehr so, wie es soll«, klagte er.

»Dann muss ich so schnell wie möglich zurück«, sagte Jos. »Wenn Sie wollen, nehme ich Ihre Uhr mit und repariere sie. Ich arbeite nämlich bei einem Uhrmacher, auch wenn wir inzwischen ganz andere Sachen herstellen.«

»Sehr freundlich von Ihm.« Jottweh hielt Jos die Uhr hin. »Dann kommt Er also wieder?«

»Ganz bestimmt. Ich muss doch noch …« Jos biss sich auf die Zunge. Fast hätte er verraten, weshalb er wirklich hier war. »Ich muss doch noch weitersuchen«, beendete er den Satz.

Jottweh nahm die oberste Akte vom Stapel, tunkte seine Feder in eines der Tintenfässer und kritzelte einen Vermerk darauf. »Zumindest haben Wir eine Sorge weniger. Hier ist dieser Bernstein also nicht.«

Jos war bereits an der Tür. »Komme ich hier jetzt auch zurück?«, fragte er.

»Selbstredend. Er ist doch auch da hergekommen.«

»Ja, aber …«

»Nun mach Er sich schon auf!« Jottweh wedelte ungeduldig mit der Hand.

»Dann bis bald«, sagte Jos. Er zog die Tür auf, und dahinter lag tatsächlich der Flur, durch den er hergekommen war. Jetzt musste er nur noch den Ausgang finden.

Er lief den Gang entlang. Hoffentlich hatte niemand seine Markierungen entfernt! Doch seine Sorge erwies sich als unbegründet. Nach wenigen Minuten stand er vor der Tür, die er mit dem dicken Kreuz und dem roten Faden gekennzeichnet hatte.

Jos holte tief Luft und stieß die Tür auf.

Vor ihm standen Rostow und die Parfantis.

~ Kapitel 9 ~

Der zweite Auftrag

Mit einem gierigen Leuchten in den Augen streckte Rostow Jos die Hand entgegen.

»Hast du die Akte?«, fragte er.

Jos zog den schmalen Ordner aus seiner Jackentasche hervor. »Sie ist ein wenig verknittert, befürchte ich«, sagte er.

Rostow nahm die Akte mit spitzen Fingern entgegen, so als handele es sich um ein besonders wertvolles Sammlerstück. Seine Mundwinkel zitterten vor Aufregung. Doch schnell fing er sich wieder.

»Geh und schlaf ein paar Stunden«, sagte er. »Heute Nacht treffen wir uns wieder hier für den zweiten Teil deines Auftrags.«

»Gib gut acht auf deinen Schatten«, kicherte Paolo (oder Pietro) Parfanti.

»Denn sonst holen ihn die Ratten«, griente sein Bruder.

»Weil sie nichts zu fressen hatten.«

»Packen sie sich gerne Schatten.«

Jos hörte gar nicht hin, sondern ging einfach los. Er wollte nur noch ins Bett. Aber vorher musste er unbedingt noch erfahren, was Lena und Natz herausgefunden hatten.

Es war früher Nachmittag. Die Stunden verrannen in der Parallelwelt und in Jottwehs Büro also nicht schneller als hier.

Er traf Lena und Natz in der Werkstatt an. Lena sprang ihm sofort entgegen. »Und?!«, rief sie aufgeregt, aber nach einem Blick in sein Gesicht ließ sie die Schultern sinken. »Nichts?«

Jos schüttelte nur den Kopf und nahm sie in den Arm. Er ließ sie erst wieder los, als Natz zu ihnen herüberkam.

»Ich schlage vor, wir setzen uns in ein Café, und dann berichten wir uns, was wir herausgefunden haben.«

Nachdem Lena und Natz ihn mit unzähligen Fragen gelöchert und sie sich gegenseitig von ihren Erlebnissen erzählt hatten, schwiegen sie. Jos, weil er todmüde war; Lena, weil sie für einen Moment die Hoffnung verlassen hatte, wie es schien, und Natz, weil er angestrengt nachdachte.

»Der Jahrmarkt ist also schon früher hier gewesen«, brach Jos das Schweigen. »Und dann gibt es ja noch die Akte. Viel konnte ich nicht verstehen, aber es tauchten dieselben Namen darin auf, die du in den alten Zeitungen gefunden hast.«

»Derselbe kann es nicht gewesen sein«, brummte Natz. »Obwohl ...«

»Das würde bedeuten, Rostow ist mehrere Hundert Jahre alt!«, rief Lena aufgeregt.

»Was schlichtweg unmöglich ist.« Alles in Jos sträubte sich dagegen, an so eine Möglichkeit zu glauben. »Unsterbliche gibt es nur in Büchern.«

»Es sei denn, sie hätten das Wunderelixier gefunden, von dem in alten Legenden berichtet wird. Der Trank, mit dem sich das Leben endlos verlängern lässt«, sagte Natz.

»Glaubst du etwa an so was?«, fragte Jos.

»Hättest du vorgestern an parallele Welten geglaubt?«, fragte der Altgeselle zurück.

Jos schüttelte den Kopf. »Natürlich nicht. Aber ich bin sicher, dass es dafür eine wissenschaftliche Erklärung gibt.«

Er sah, wie Lena die Arme vor dem Körper verschränkte. »Ich finde das ziemlich unheimlich«, sagte sie. »Wenn Rostow und die Parfantis wirklich so alt sind, was sind sie dann für Wesen? Menschen jedenfalls nicht.« Sie schüttelte sich. »Vielleicht sind sie ja Dämonen.«

»Das ist doch reiner Aberglaube!« Jos konnte es nicht fassen, dass sie ernsthaft über so etwas diskutierten. »Dämonen! Nachher behauptest du noch, er wäre der Fürst der Finsternis selbst!«

»Sicher ist jedenfalls, dass immer dann, wenn der Jahrmarkt in der Stadt war, Menschen verschwunden sind«, sagte Lena unbeirrt. »Und das seit vielen Hundert Jahren. Und sicher ist auch, dass die Inhaber der Jahrmärkte alle so ähnlich heißen wie Rostow. Vielleicht war das mit den Dämonen etwas übertrieben, aber für einen reinen Zufall halte ich es trotzdem nicht.« Sie stieß Jos mit dem Zeigefinger vor die Brust. »Und erzählst du mir nicht immer, als Wissenschaftler müsse man offen sein für scheinbar unerklärliche Phänomene? Wo ist denn diese Offenheit jetzt bei dir?«

»Schon gut, schon gut.« Jos hob abwehrend die Hände. »Ich meine nur, wir sollten uns nicht verrückt machen mit irgendwelchen abwegigen Vermutungen. Rostow und die Parfantis sind nicht allmächtig, mehr wollte ich nicht sagen.«

»Aber mächtig sind sie schon«, murmelte Natz. »Und einen mächtigen Gegner sollte man niemals unterschätzen.«

»Und sie können Welten erschaffen«, fügte Lena hinzu. »Und

wenn ich höre, was Jos berichtet, dann ist zumindest die Welt, in der er war, alles andere als ein Paradies.«

»Wahrscheinlich geht es nur denjenigen dort besser, für die die Parfantis die Welt geschaffen haben«, sagte Jos. »In diesem Fall also dem Katzenbaron. Dann hätte Rostow recht damit, dass sie im Grunde nichts Schlechtes tun.«

»Und was ist mit all den anderen Menschen, die in diesen Fantasiewelten leben?« Lena beugte sich vor und sah Jos in die Augen. »Findest du, das ist in Ordnung? Einer Katzenplage ausgesetzt zu sein oder wer weiß, was noch?«

Jos wandte den Blick ab. »Ich meinte nur, dass er denen etwas Gutes tut, die sich von den Parfantis ihre Geschichte erzählen lassen«, verteidigte er sich. Aber seine Worte klangen selbst in seinen Ohren merkwürdig hohl.

»Ich glaube nicht daran.« Natz schüttelte energisch den Kopf. »Irgendeinen Gewinn muss Rostow aus der Sache ziehen, da bin ich mir ganz sicher.«

»Aber welchen?«, fragte Lena.

»Vielleicht hat es was mit diesem Energit zu tun …«

»Wie kommst du denn darauf?«, wollte Jos wissen.

»Nur so eine Ahnung«, murmelte der Altgeselle. »Vielleicht sollten wir versuchen, mehr über dieses Zeug herauszubekommen.«

»Wenn du meinst.« Jos hielt den Vorschlag für nicht sehr aussichtsreich, war aber zu erschöpft, um eine Diskussion darüber anzufangen.

»Und was hat es mit diesem Jottweh auf sich, den du getroffen hast?«, wechselte Lena das Thema. »Meinst du nicht, er kann uns dabei helfen, weitere Informationen über Rostow zu bekommen?«

Jos gähnte. »Vielleicht. Er ist ein merkwürdiger Mensch und nicht sehr gesprächig. Ich frage ihn danach, falls ich ihm wieder begegnen sollte. Und jetzt würde ich gerne ein wenig schlafen. Ich bin todmüde und in ein paar Stunden muss ich schon wieder bei Rostow antreten.«

Er richtete sich auf. Dabei fiel ihm die Uhr ein, die ihm Jottweh gegeben hatte. »Kannst du die reparieren?«, fragte er Natz.

Der Altgeselle betrachtete das Stück. »Ein sehr schönes Exemplar«, sagte er und klappte den Deckel auf. »Mit einem ungewöhnlichen Ziffernblatt.«

»Darauf habe ich gar nicht geachtet. Lass sehen!«

Natz hielt die Uhr so, dass Lena und Jos sie betrachten konnten. Anstatt der Zahlen 1 bis 12 zogen sich zahllose winzige Punkte rund um das Ziffernblatt. Auch besaß die Uhr nicht zwei Zeiger, sondern gleich fünf, die sich alle in Länge und Form unterschieden. Zudem waren in das große Ziffernblatt drei kleinere eingelassen, die aus Symbolen anstelle von Zahlen bestanden.

»Damit kann man alles ablesen, nur nicht die Zeit«, sagte Natz.

»Zumindest wir können es nicht.« Jos pochte leicht gegen die Uhr, aber nichts rührte sich. »Was Jottweh angeht, so bin ich mir da nicht ganz so sicher.« Der alte Beamte mochte vielleicht ein wenig trottelig erscheinen, aber Jos vermutete, dass mehr in ihm steckte, als es den Anschein hatte.

Natz klappte die Uhr zu und ließ sie in seine Tasche gleiten. »Ich werde mich gleich an die Arbeit machen. Wenn sie allerdings auch innen so aussieht wie von außen, dann weiß ich nicht, ob ich das hinkriege.«

Sie verabredeten, sich am Abend wieder an der Werkstatt zu treffen. Dann ging Jos mit Lena zu ihrer Wohnung, wo er sich auf dem Sofa ausstreckte und sofort in einen tiefen Schlaf fiel.

Als Lena ihn weckte, kam es ihm vor, als hätte er gerade erst die Augen geschlossen, aber draußen war es bereits dunkel und schon bald stand das nächste Treffen mit Rostow an. Ein mulmiges Gefühl machte sich in ihm breit. Seinen ersten Ausflug hatte er zwar unbeschadet überstanden, doch er wusste nicht, welche Aufgabe der Geheimrat als Nächstes für ihn bereithielt.

Lena hatte ihm zwei Brote mit Wurst gemacht, die er gierig verschlang. Seit dem Brötchen heute Morgen hatte er nichts mehr gegessen. Er machte sich zur Sicherheit noch ein weiteres Brot und steckte es ein, denn wer wusste, wie es ihm in der nächsten Welt ergehen würde.

Danach gingen Lena und er zur Werkstatt, wo sie mit Natz die Pläne für den nächsten Tag besprachen. Der Altgeselle hatte inzwischen bei Meister Bucher einen Sonderurlaub für Jos, Lena und sich erwirkt. »Er war zwar etwas brummig, aber ich habe ihm versprochen, dass wir die ausgefallene Arbeitszeit nachholen«, sagte er. »Wir sollten uns also beeilen, wenn wir nicht bis Weihnachten sonntags arbeiten wollen.«

»Beeilen ist gut. Ich weiß nicht, wo wir mehr über Rostow herausfinden sollen«, sagte Lena. Sie ließ sich die Sorge um ihren Vater nicht offen anmerken, doch Jos konnte die Verzweiflung in ihrer Stimme hören. »Die Zeitungen schreiben zwar über den Jahrmarkt, aber nichts über seinen Besitzer. Es kann doch einfach nicht sein, dass er und die Parfantis seit Jahrhunderten ihr Unwesen treiben und es darüber keine Informationen gibt! Es muss doch in dieser Zeit Leute gegeben haben, die versucht haben, ihm das Handwerk zu legen.«

»Falls es sich um ihn und die Brüder handelt«, wandte Jos ein. »Und selbst wenn es so ist, so habt ihr doch gehört, wie er es versteht, seine Spuren zu beseitigen.«

»Vielleicht kümmern wir uns ums Energit?«, schlug Natz vor.

»Was soll uns das denn bringen?« Jos warf die Hände in die Luft. »Viel wichtiger ist doch die Frage, warum Rostow will, dass ich ihm seine Akte aus dem Archiv von Jottweh beschaffe. Was ist daran so bedeutsam? Was hat er damit vor?«

Er ließ die Arme wieder sinken. Es war zum Verzweifeln! Wie sollte man etwas über die Geheimnisse eines Menschen herausfinden, über den nichts geschrieben war und der mithilfe seiner Komplizen fremde Welten heraufzubeschwören wusste, aus denen, abgesehen von Jos und vielleicht einigen anderen Menschen mit Spiegelschatten, niemand zurückkehren konnte?

Und dann hatte er plötzlich eine Idee.

»Na schön«, sagte er, um Natz zufriedenzustellen. »Versucht, etwas mehr über das Energit herauszufinden. Und dann könntet ihr mal sehen, ob ihr irgendwo Informationen über den Spiegelschatten findet. Rostow hat gesagt, dass es immer mehrere Menschen damit gibt. Vielleicht bringen ja diese Informationen ein bisschen Licht ins Dunkel.«

Damit waren Lena und Natz einverstanden. Jos warf einen Blick auf die Wanduhr und sprang auf. »Ich muss los.«

»Einen Moment noch.« Natz erhob sich und holte Jottwehs Uhr von seiner Werkbank. »Ich habe sie reparieren können. Wie sie funktioniert, weiß ich zwar nach wie vor nicht, aber ich konnte ein Zahnrad erkennen, das eine Zacke verloren hatte. Das habe ich ausgetauscht. Jetzt funktioniert sie wieder.«

Jos bedankte sich bei Natz und steckte die Uhr ein. Als er sich von seinen Freunden verabschiedete, nahm Lena ihn in den Arm. »Sei vorsichtig, Jos«, flüsterte sie ihm ins Ohr.

Auf dem Jahrmarkt wurde Jos von Rostow und den Parfantis bereits im Zelt erwartet.

»Diesmal möchte ich, dass du mir seinen Siegelring mitbringst«, sagte Rostow knapp. »Er liegt in einem kleinen Glasbehälter, der auf seinem Schreibtisch steht.«

»Warum haben Sie mir das nicht schon beim ersten Mal gesagt? Dann könnte ich mir den Weg jetzt sparen!«

Rostow bleckte die Zähne. »Sprich nicht über Dinge, die du nicht verstehst. Und denk immer dran, es geht um den Vater deiner kleinen Freundin.«

Jos spürte Ärger in sich aufsteigen. Es war zum Haareraufen, dass er dem Geheimrat derart ausgeliefert war. »Aber Jottweh wird doch sofort bemerken, dass der Ring fehlt!«

»Wie du das Ganze anstellst, ist deine Sache. Hauptsache, ich bekomme den Ring.« Rostow stutzte und beugte sich vor. »Wie hast du ihn genannt?«

»Jottweh«, sagte Jos. »So heißt er doch, oder?«

Der Geheimrat legte den Kopf in den Nacken und lachte laut los. Auch die Parfantis schlossen sich wie zwei meckernde Ziegen an. Jos starrte die drei verständnislos an. Was hatte das nun wieder zu bedeuten?

»Köstlich, Junge, köstlich«, stieß Rostow hervor.

»Jottweh ist bald Jottwede«, brüllte einer der Parfantis.

»Ade, Jottweh«, fiel der andere ein. Und wieder krümmten sich alle vor Lachen.

Rostow fing sich als Erster. »Bist du bereit, Junge?«, fragte er und wischte eine Lachträne aus seinem Augenwinkel.

Jos nickte unwillig. Ihm war klar, dass er keine Wahl hatte, wenn er Lena helfen wollte. Entschlossen zog er die Tür auf und trat in den Gang, der genauso aussah wie beim letzten Mal. Bis auf eine Kleinigkeit: Das Kreuz und der Faden, mit denen er den Ausgang gekennzeichnet hatte, waren verschwunden.

Was hatte das zu bedeuten? Hatte jemand seine Markierungen entfernt? Aber wer? Oder führte die Tür aus dem Parfanti-Zelt jedes Mal zu einer anderen Tür im Gang? Auch das hielt Jos für möglich.

Er markierte die Tür erneut mit einem seiner Bleistifte. Dann machte er sich an die Überprüfung einer Theorie, die er entwickelt hatte. Was hatte Jottweh bei seinem ersten Besuch angedeutet? Dass jeder, der in eine andere Welt wechseln wollte, durch sein Büro musste? Das konnte nur zweierlei bedeuten: Entweder nahm jeder Weltenwechsler dieselbe Tür wie Jos beim letzten Mal – was eher unwahrscheinlich war – oder jede Tür in diesem endlosen Gang führte in Jottwehs Büro. Wie das möglich sein sollte, verstand er zwar nicht, aber er hatte in den letzten beiden Tagen genug erlebt, um es zumindest für denkbar zu halten.

Und genau das wollte er jetzt überprüfen.

Bei seinem ersten Besuch war er nach rechts gegangen und hatte eine Tür geöffnet, die sich ebenfalls auf der rechten Seite befand. Dieses Mal ging er nach links. Nicht zu weit, denn er wollte seinen Rückweg nicht unnötig verlängern, falls die Zeit knapp wurde und die vierundzwanzig Stunden sich ihrem Ende näherten. Und er entschied sich für eine Tür auf der gegenüberliegenden Seite.

Gespannt stieß er die Tür auf.

Dahinter lag, wie er es fast erwartet hatte, das Büro. Und hinter dem Schreibtisch hockte, wie beim ersten Mal, Jottweh.

»Hat Er noch nie davon gehört, dass man anklopft, bevor man einen Raum betritt, in dem sich jemand aufhält?«, fuhr er Jos an.

»Ich wusste ja nicht, dass ich Sie hier antreffe«, sagte Jos. »Immerhin habe ich eine ganz andere Tür gewählt als bei meinem letzten Besuch.«

»Papperlapapp. Es gibt nur eine Tür«, erwiderte Jottweh.

»Und wie kommt es, dass mir diese eine Tür so vorkommt wie Millionen und Abermillionen von Türen?«

»Weil Er die Dinge nicht sieht, wie sie sind.«

»Was sehe ich dann?«

»Woher sollen Wir wissen, was Er sieht? Wir wissen nur: Zu Uns führt lediglich eine Tür.«

Jos wusste nicht, was er darauf erwidern sollte. Konnte er die Realität so völlig anders wahrnehmen als Jottweh? Oder war der Gang vielleicht gar keine Realität, sondern lediglich eine Illusion der Parfantis? Oder gab es eine ganz andere Erklärung?

Sein Blick fiel auf das Glaskästchen, das zwischen mehreren Stempeln auf Jottwehs Schreibtisch stand. Darin glänzte, wie Rostow gesagt hatte, ein dicker silberner Siegelring. Und er befand sich genau in der Sichtlinie des Beamten. Ihn einfach mitzunehmen, war unmöglich.

Außerdem war das etwas anderes, als eine Akte aus dem Archiv zu entwenden. Jos war sich sicher, dass Rostow nichts Gutes mit den Sachen vorhatte, die er ihm brachte. Wenn Jos Jottweh bestahl, dann machte er sich zu Rostows Komplizen. Es ging zwar um Lenas Vater, aber rechtfertigte das wirklich jedes Mittel? Wie sollte er aus dieser Zwickmühle herauskommen?

Um Zeit zum Nachdenken zu gewinnen, griff er in die Tasche und zog die Uhr heraus, die Natz repariert hatte. »Ich habe Ihnen was mitgebracht.«

Zum ersten Mal sah er so etwas wie einen freudigen Ausdruck über Jottwehs Gesicht huschen. »Er hat daran gedacht? Dafür sind Wir ihm sehr verbunden.«

Er betrachtete die Uhr, drehte hier und da an einem Rädchen, hielt sie zur Sicherheit noch mal ans Ohr, nickte befriedigt, als er das Ticken vernahm, und ließ sie in die Tasche seiner Weste gleiten. »Ein unersetzliches Stück«, sagte er. »Wir wüssten nicht, was Wir tun sollten, wenn sie einmal ganz kaputt ist.«

»Lassen Sie sie doch einfach nachbauen«, schlug Jos vor.

»Eine Kopie? Nein, diese Uhr ist nicht zu kopieren.«

Wie ein Blitz durchfuhr es Jos. Das war die Lösung! Er war so aufgeregt, dass er Jottwehs nächste Worte gar nicht mitbekam. »Entschuldigung, was haben Sie gesagt?«

»Ich habe gefragt, was Wir heute für Ihn tun können.« Der Beamte war bereits wieder etwas ungehalten.

»Ich möchte in der nächsten Welt nach Herrn Bernstein suchen«, sagte Jos. »Aber vorher habe ich noch eine Bitte: Könnte es sein, dass Sie seinen Nachnamen vielleicht falsch geschrieben haben, also doch mit ›a‹ statt mit ›e‹? Und die Akte damit auch am falschen Ort abgelegt haben?«

»Sehr unwahrscheinlich«, brummte Jottweh. »Das wäre ein Fehler, der Uns bislang noch nie passiert ist.«

»Aber einmal ist immer das erste Mal, oder? Bitte, sehen Sie doch einfach mal nach. Sozusagen als kleine Gegenleistung für die Uhrenreparatur.«

Jottweh erhob sich murrend. »Nun gut, Wir wollen Ihm den Gefallen tun. Aber es kann eine Weile dauern.«

»Ich kann warten«, sagte Jos. Kaum war Jottweh in seinem Archiv verschwunden, trat er an den Schreibtisch. Er zog seinen Block und einen Bleistift hervor, klemmte sich die Uhrmacherlupe ins Auge und skizzierte das Muster auf dem Ring so genau, wie er konnte. Die Idee war ihm gekommen, als Jottweh das Wort »Kopie« ausgesprochen hatte. Er würde ganz einfach versuchen, in der Welt, die er gleich betreten würde, einen Juwelier zu finden, der ihm den Siegelring kopieren konnte. Und wenn das nicht klappte, dann konnte er den Ring ja immer noch auf dem Rückweg mitnehmen. Wenn er es denn wirklich wollte. Was würde wohl geschehen, wenn er mit leeren Händen zu Rostow zurückkehrte?

Daran wollte er jetzt nicht denken. Im Gegenteil, er hatte sogar die leise Hoffnung, dass eine Kopie des Siegelrings, die ja nie ganz exakt sein konnte, vielleicht dazu beitragen würde, Rostows Pläne zu vereiteln. Dabei fühlte er sich gleich besser. Bisher war er Rostow ausgeliefert gewesen, der ihn und Lena mit dem Schicksal ihres Vater nach Belieben erpressen konnte. Jetzt sah es zum ersten Mal so aus, als sei Jos doch nicht ganz machtlos. Es war zwar nicht mehr als eine Vermutung, aber sie reichte schon, um seine Stimmung zu heben.

Jos fügte seiner Zeichnung ein paar letzte Details hinzu, kontrollierte noch einmal die Größe und ließ dann Block und Stift in der Tasche verschwinden. Gerade rechtzeitig, denn schon konnte er Jottwehs Silhouette im Archivgang ausmachen.

»Ein unnötiger Weg«, knurrte der Beamte. »Solche Fehler unterlaufen Uns einfach nicht. Ist Er nun zufrieden?«

Jos nickte. »Danke. Dann will ich mich gleich mal aufmachen.«

Jottweh nahm die verbliebenen Akten der Welten, die noch infrage kamen. »Hat Er einen besonderen Wunsch?«

»Die oberste, wenn's recht ist.«

Jottweh kritzelte etwas auf den Aktendeckel und wies dann auf die Tür. »Bitte.«

Diesmal zögerte Jos keine Sekunde. »Bis später!«, rief er und betrat die nächste Welt.

~ Kapitel 10 ~

Energit

In der Frühe trafen sich Lena und Natz vor Buchers Werkstatt. »Ich muss heute Morgen arbeiten, aber du kannst in der Zwischenzeit einige Nachforschungen über die Herkunft des Energits anstellen«, sagte Natz.

»Und wo fange ich damit an?« Lena warf ihm einen ratlosen Blick zu.

»Nun, du könntest zu einer der Baustellen gehen, auf denen Maschinen mit Energit arbeiten, und dich durchfragen, woher sie den Treibstoff beziehen, nicht wahr?«

Lena seufzte. Sie hielt Natzens Idee, wie Jos, für reine Zeitverschwendung und beschloss daher, zunächst in der Stadtbibliothek nach Informationen über Spiegelschatten zu suchen. Die Bibliothek lag mitten im Stadtzentrum, gleich neben der Markthalle, ein prächtiger Bau mit großen Fenstern und einem imposanten Treppenaufgang, also das genaue Gegenstück zu Mildreds Archiv.

Der Boden des Lesesaals bestand aus poliertem schwarzem

Holz und duftete leicht nach Bohnerwachs. Voller Ehrfurcht starrte Lena auf die scheinbar endlosen Reihen von Bücherregalen, die sich vor ihr erstreckten. Und dies war nur das Erdgeschoss! Wie sollte sie da eine einzelne Information finden?

All dieses Wissen! Sie fühlte sich ganz klein, denn sie würde nie auch nur einen Bruchteil davon beherrschen, selbst wenn sie ihr ganzes Leben lang lesen würde.

Um diese Tageszeit waren nur wenige Besucher in der Bibliothek. Lena suchte nach einer Stanzmaschine, konnte aber keine entdecken. Sie ging zur Informationstheke, hinter der ein Mann und eine Frau saßen, und fragte danach. Man erklärte ihr freundlich, dass es so etwas hier nicht gab. »Wir haben ein Schlagwortverzeichnis«, sagte der Mann. »Aber das enthält nur drei oder vier Begriffe, die in einem Buch vorkommen.«

Es war zumindest einen Versuch wert. Das Schlagwortverzeichnis war nichts anderes als eine Sammlung von Karteikarten, die in mehreren riesigen Schränken untergebracht waren. Natürlich gab es weder einen Eintrag für Spiegelschatten noch für Energit.

Lenas Hoffnung sank. Entmutigt ging sie an den Regalreihen entlang, an denen kleine Schilder auf die jeweiligen Fachgebiete verwiesen. Es gab Werke zur Philosophie und Physik, zur Geschichte und Geografie, zur Chirurgie und Chemie. In welchem Sachgebiet mochten wohl Bücher zu finden sein, die einen Spiegelschatten behandelten?

Alles, was sie fand, war ein Buch über Spiegel. Aus lauter Verzweiflung nahm sie es mit zu einem der Lesetische und blätterte darin herum. Bei einem Abschnitt zur Philosophie des Spiegels blieb sie hängen. Das Spiegelbild einer Person, so hieß es dort, erscheine nur deshalb spiegelverkehrt, weil sich der Betrachter automatisch in das Spiegelbild hineinversetze, also gewissermaßen durch dessen Augen sehe. Tue man das nicht, so erscheine es auch nicht spiegelverkehrt.

Lena überlegte. War ein Schatten denn nicht auch einfach nur ein Spiegelbild? Und würde ein Spiegelschatten, wenn man sich in ihn hereinversetzte, dann gerade nicht spiegelverkehrt sein? War das vielleicht der Grund, warum ein Mensch mit Spiegelschatten aus den Fantasiewelten zurückkehren konnte, weil sein Schatten eben nicht verkehrt herum war?

Vom vielen Nachdenken schwirrte ihr der Kopf und sie schob das Buch von sich. So würde sie nicht weiterkommen! Man konnte endlos über Spiegelschatten und Spiegelbilder nachdenken, und in jeder Antwort, die man fand, lag schon wieder eine neue Frage.

Und überhaupt, ihr war immer noch nicht klar, wie ihr diese Nachforschungen dabei helfen sollten, ihren Vater wieder zurückzubekommen. Das lag jetzt allein in der Hand von Jos.

Jos. Was mochte er wohl gerade erleben? Sie hatte sich noch gar nicht richtig bei ihm bedankt! Er hatte sich ohne Zögern für sie auf dieses Abenteuer eingelassen und sie saß hier im Warmen und gab bei der kleinsten Schwierigkeit auf!

Entschlossen klappte sie das Buch zu und stellte es an seinen Platz zurück. Wenn sie nichts zum Spiegelschatten fand, dann würde sie sich jetzt um die Herkunft des Energits kümmern. Sie verließ die Bibliothek, um die nächste Baustelle zu suchen, auf der energitgetriebene Maschinen eingesetzt wurden.

Auf dem Weg dorthin schoss ihr ein Gedanke durch den Kopf. Theodosius Rump! Er hatte ihr schon einmal geholfen, und Lena war sicher, dass er es auch ein weiteres Mal tun würde. Vielleicht hatte er in seinen Unterlagen etwas über Spiegelschatten oder Energit. Sie konnte nur hoffen, dass er bereits im Archiv bei seiner Arbeit war.

Zu ihrer Enttäuschung traf sie nur Mildred dort an. Als diese Lena erblickte, sprang sie auf und zeigte mit dem Finger auf sie. »Wie kannst du es nur wagen, dich hier noch einmal blicken zu lassen?«, schrie sie. »Hast du nicht genug Unheil angerichtet?«

Schockiert starrte Lena sie an. Mildreds Augen waren verquollen, als hätte sie heftig geweint, und ihre tags zuvor so sorgsam frisierten Haare hingen ihr lose in die Stirn.

»Aber ich habe doch gar nichts getan«, protestierte Lena.

»Nichts getan? Nichts getan?« Mildreds Stimme überschlug sich. »Und Theodosius? Ist das etwa nichts?«

Lena fiel auf, dass Mildred Herrn Rump beim Vornamen nannte. Das hörte sich so an, als würden die beiden ein engeres Verhältnis pflegen. Lena konnte sich das nicht vorstellen, wie der liebenswerte Theodosius und die grantige Archivarin zusammenpassen sollten. Zugleich beschlich sie eine böse Ahnung. »Ist etwas mit Herrn Rump passiert?«

»Im Krankenhaus liegt er, im Koma, das ist passiert!«, rief Mildred. »Und alles nur wegen dir und deiner Neugier!«

»Aber ich …«

»Keine Entschuldigungen! Oder hast du ihn etwa nicht dazu verleitet, dir die verbotenen Dokumente zu zeigen?«

»Er … er hat mir ein paar alte Zeitungen gezeigt, ja«, antwortete Lena und spürte, wie ihr das Blut aus den Wangen wich. »Aber ich wusste nicht, dass sie verboten sind.«

Plötzlich sackte Mildred auf ihren Stuhl, schlug die Hände vors Gesicht und begann laut zu weinen. »Der arme Theodosius«, schluchzte sie. »Hätte er nur auf mich gehört.«

Vorsichtig trat Lena näher an Mildreds Tisch heran. Die Frau, die sie anfangs für unfreundlich und herzlos gehalten hatte, hatte mit Sicherheit ein Herz, auch wenn es nur für Theodosius Rump schlug und nicht für die Besucher des Archivs.

»Bitte, ich muss wissen, was mit Herrn Rump geschehen ist«, sagte sie, als sich Mildred wieder etwas beruhigt hatte.

»Sie haben ihn halb tot geschlagen«, schluchzte die Frau.

»Wer? Und warum?«

»Das weiß keiner. Als ich Theodosius gestern nach Feierabend in seinem Büro abholen wollte, lag er da. Er atmete kaum noch. Alles war durchwühlt, jemand hatte seine Unterlagen aus den Regalen gerissen und achtlos auf dem Boden verstreut.« Mildred sah Lena an. »Es muss etwas mit deinem Besuch zu tun haben. Was wolltest du von ihm wissen?«

»Ich habe ihn nur nach ein paar Zeitungen gefragt, die auf Ihren Mikrobildern fehlen«, gab Lena Auskunft.

»Die verbotenen Dokumente! Wie oft habe ich ihm gesagt, Theodosius, verbrenn das Zeug! Aber nein, er musste ja alles aufbewahren! Und das ist jetzt das Resultat.« Erneut folgte ein Tränenschwall.

Lena tätschelte ihr hilflos den Arm, während sich die Gedanken in ihrem Kopf überschlugen. Sie war sich sicher, dass hinter dem Überfall auf Theodosius nur Rostow und die Parfantis stecken konnten. Wer sonst sollte ein Interesse daran haben, die Tatsache zu verschleiern, dass immer, wenn der Jahrmarkt in die Stadt kam, Menschen spurlos verschwanden, und das bereits seit mehreren Hundert Jahren!

Das bedeutete aber auch, dass man sie bei ihrem ersten Besuch im Archiv beobachtet hatte. Und dann hatten sie sich Theodosius vorgenommen, damit er ihr keine Informationen mehr verschaffen konnte.

»Wenn Sie mir helfen, dann sorge ich dafür, dass diejenigen, die Herrn Rump das angetan haben, ihre gerechte Strafe bekommen«, sagte sie mit fester Stimme.

Mildred blickte auf. »Du? Wie will ein Mädchen etwas gegen diese Leute ausrichten?«

»Ich bin nicht allein«, erwiderte Lena, deren Kampfgeist mit einem Mal entfacht war. »Und wenn wir jetzt nichts unternehmen, dann wird sich das immer wiederholen. Ihr Theodosius hätte sicher gewollt, dass Sie mir helfen.«

Mildred schniefte laut. Von irgendwoher zog sie ein riesiges Taschentuch hervor, mit dem sie sich die Tränen abtrocknete. »Und wie soll ich dir helfen?«

»Ich muss wissen, woher Energit kommt. Wer es erfunden hat, wer es herstellt und so weiter.«

»Energit?« Mildred sah sie fragend an.

»Das ist ein Treibstoff für Maschinen«, erklärte Lena. Sie war erstaunt, dass die Archivarin das nicht wusste. »Er ist erst vor kurzer Zeit auf den Markt gekommen.«

»Nun gut.« Mildred hatte hinter ihrem Pult ebenfalls eine Stanzmaschine stehen. Sie schob eine Karte ein und tippte einige Suchbegriffe, wobei sie immer wieder laut schluchzte. Kurz darauf saß Lena mit einem Stapel Mikrobilder an einem Magnifikator.

Die meisten Artikel beschrieben lediglich neue Maschinen, die mit Energit angetrieben wurden, ohne auf die Herkunft des Treibstoffs einzugehen. Während sonst große Erfindungen immer mit viel Trara in der Presse gefeiert wurden, schien das dem Entdecker von Energit nicht wichtig zu sein.

Lediglich in einem Wirtschaftsartikel fand sie einen knappen Hinweis:

Für Furore sorgt in Industriekreisen derzeit eine neue Energiequelle für Maschinen namens Energit. Das Material ist hochergiebig und beansprucht kaum Platz. Selbst große Maschinen können mit einer Menge, die in eine Streichholzschachtel passt, für Wochen angetrieben werden. Der Hersteller von Energit, die PaRo Aktiengesellschaft, teilt allerdings in einer Presseerklärung mit, dass die Herstellung von Energit äußerst aufwendig ist und daher nur kleinere Mengen zum Verkauf kommen. Ein Versuch dieser Zeitung, den Hersteller selbst um ein Gespräch zu bitten, scheiterte, weil die Firmenadresse der PaRo AG ein Anwaltsbüro ist, das keine weiteren Auskünfte erteilt.

Das war nicht sehr ergiebig. Oder doch? Der Hersteller von Energit hieß PaRo … Wie benommen starrte Lena auf die Buchstabenkombination. Konnte das sein? Bestand dieses Kürzel tatsächlich aus den Anfangsbuchstaben von Parfanti und Rostow? War das ein Zufall? Bestimmt nicht. Lena fand es allerdings merkwürdig, dass Jahrmarktsleute eine solch fortschrittliche technische Entdeckung gemacht haben sollten.

Mildred hatte sich ein wenig beruhigt, als Lena ihr die Karten zurückbrachte. »Hast du gefunden, wonach du gesucht hast?«, fragte sie.

»Nur zum Teil«, erwiderte Lena. »Ich muss noch mehr herausfinden. Aber Sie haben mir schon sehr geholfen.«

Mildred nickte stumm. »Hauptsache, ihr findet die Übeltäter.«

»Das werden wir«, versprach Lena. »Und bitte grüßen Sie Herrn Rump von mir, wenn Sie ihn besuchen.«

Sie wünschte, sie wäre so optimistisch, wie sie klang. In Wirklichkeit war die Entschlossenheit, die sie vorhin in der Bibliothek noch verspürt hatte, bereits wieder verflogen. Der alte Theodosius war zusammengeschlagen worden, und das alles nur, weil sie mit ihm gesprochen hatte! Das bedeutete, sie war dafür verantwortlich. Wäre er ihr nicht begegnet, dann würde er jetzt nicht im Krankenhaus liegen. Hoffentlich erholte er sich schnell wieder!

Niedergeschlagen verließ sie das Stadtarchiv. Wie sollten sie gegen solche Gegner etwas ausrichten? Die Kräfte, über die Rostow und die Parfantis verfügten, waren einfach zu groß. Und sie schreckten nicht davor zurück, sie anzuwenden.

Als sie die Werkstatt erreichte, traf sie gleich an der Tür auf Meister Bucher. »Sieh an, das Fräulein Lena«, begrüßte er sie. »Beehrst du uns auch mal wieder mit deiner Anwesenheit?«

»Es tut mir leid …«, begann sie, sich zu entschuldigen, aber Bucher winkte lächelnd ab.

»Schon gut, schon gut«, sagte er. »Natz hat mir gesagt, dass es wichtig ist, und das genügt mir. Mehr will ich gar nicht wissen. Solange eure Abwesenheit nicht zum Dauerzustand wird.«

»Bestimmt nicht.« Sie wollte schon weiter zu Natz gehen, als sie eine Idee hatte. Meister Bucher hielt sich doch regelmäßig in den großen Maschinenfabriken auf! Da hatte er vielleicht etwas über Energit mitbekommen. Einen Versuch war es zumindest wert. »Darf ich Sie mal etwas fragen?«

»Aber gerne.« Meister Bucher winkte sie in sein kleines Büro, und sie setzte sich auf den alten Hocker, der vor seinem Schreibtisch stand. Eigentlich war es auch kein richtiger Schreibtisch, sondern eine Werkbank, auf der sich Papiere und Muster der Produkte stapelten, die sie in der Werkstatt herstellten.

»Haben Sie schon mal was von Energit gehört?«, fragte Lena.

Meister Bucher nahm seine Brille ab und zog die Augenbrauen hoch. »Energit? Hat das denn etwas mit dem Verschwinden deines Vaters zu tun?«

»Wir glauben schon. Aber es würde zu lange dauern, das jetzt zu erklären.«

»Aha. Na gut.« Meister Bucher begann, die Brillengläser mit einem Tuch zu polieren. »Das mit dem Energit ist ein großes Geheimnis. Selbst die Firmen, deren Maschinen damit angetrieben werden, wissen nicht, woher es stammt.«

»Wie kann das möglich sein?«, fragte Lena. »Jemand muss es doch verkaufen.«

»Energit wird hier in der Stadt von einer kleinen Firma vertrieben, von der zuvor noch nie jemand etwas gehört hatte. Sicher ist, dass es dort nicht hergestellt wird. Es ist lediglich ein kleines Büro mit einem Lagerraum, soweit ich weiß.«

»Und die Leute, die da arbeiten? Die müssen doch wissen, wer sie eingestellt hat.«

»Vielleicht, vielleicht auch nicht.« Meister Bucher wedelte mit den Händen. »So etwas kann auch durch einen Rechtsanwalt geschehen sein, der als Mittelsmann eingeschaltet wurde. Und der muss nicht sagen, wer ihn beauftragt hat.«

»Jemand kann also ein Produkt verkaufen, ohne dass man weiß, wer der Verkäufer ist?«

Meister Bucher nickte. »So ist es. Energit ist so revolutionär, dass auch schon andere versucht haben herauszufinden, wer es herstellt. Aber niemandem ist es bis heute gelungen.«

»Hmmm.« Lena legte den Finger gegen das Kinn und überlegte. »Ist dieses Verkaufsbüro denn hier in der Stadt?«, fragte sie schließlich.

Meister Bucher prüfte, ob seine Brillengläser sauber waren, und setzte die Brille wieder auf. Dann nahm er einen Zettel und schrieb etwas darauf. »Das ist die Anschrift«, sagte er. »Ich bin auch schon da gewesen, um mich zu erkundigen, ob ich Energit in meinem Betrieb einsetzen kann. Aber die Warteliste der Kunden ist sehr lang und außerdem ist es viel zu teuer für mich.«

»Vielen Dank«, sagte Lena und nahm den Zettel. Vielleicht konnten Natz und sie ja etwas mehr herausfinden. Es war der erste Lichtblick an diesem Tag. Sie sprang auf.

»Und wann kehrt ihr drei wieder zur regelmäßigen Arbeit zurück?«, fragte Meister Bucher.

»So schnell wie möglich«, rief Lena, während sie zur Tür hinauslief, um Natz zu holen.

Energit Handelsgesellschaft stand auf einem kleinen Schild neben der Tür des schmalen Schuppens, den Natz und Lena nach einigem Suchen gefunden hatten. Zweimal waren sie an der kleinen Gasse, in der er versteckt lag, vorbeigelaufen. Es sah nicht gerade aus wie ein Ort, an dem eine sensationelle Erfindung verkauft wurde.

Entschlossen öffnete Lena die Tür und sie traten ein. Der Verkaufsraum war, abgesehen von einem wackeligen Tresen, leer. Dahinter stand ein junger Mann in schäbiger Kleidung, der sie misstrauisch musterte. »Diesen Monat gibt es kein Energit mehr«, sagte er. »Und nächsten Monat auch nicht. Alles vorbestellt.«

»Ach so«, sagte Natz. »Und übernächsten Monat?«

Der Verkäufer grinste. »Auch alles weg. Abgesehen davon, dass ihr den Preis dafür wohl kaum bezahlen könntet.«

»Ach«, wiederholte Natz. »Wir sehen aus wie arme Schlucker, nicht wahr?«

»Ganz im Gegensatz zu Ihnen«, fügte Lena hinzu, die sich über die Arroganz des Verkäufers ärgerte. Was bildete er sich ein, sie so zu behandeln?

Der Mann legte den Kopf auf die Seite. »Oh, es kann sprechen«, sagte er. Ihre bissige Bemerkung schien ihn nicht weiter zu kümmern.

Natz legte eine Hand auf Lenas Schulter, um sie zurückzuhalten. »Wenn Sie kein Energit mehr haben, dann hätten wir gerne mal mit dem Lieferanten selbst gesprochen.«

»Tut mir leid, das ist ein Geschäftsgeheimnis«, meinte der Mann und grinste abfällig. »Und jetzt verschwindet und hört auf, mir meine Zeit zu stehlen.«

»Weil Sie ja so viel zu tun haben«, erwiderte Lena bissig.

»Genau.« Er ließ sich durch sie nicht aus der Ruhe bringen. In Lena brodelte es. Am liebsten wäre sie dem Burschen an die Gurgel gesprungen, um den Namen des Lieferanten aus ihm herauszuschütteln. Natz zog sie zur Tür. »Komm, hier werden wir nichts erfahren.«

Lena knallte die Eingangstür so laut sie konnte hinter sich zu. »Das lass ich mir nicht gefallen!«, rief sie. Die Anspannung der letzten Tage und die ganzen Enttäuschungen, die sie heute erlebt hatte, entluden sich in diesem Moment. »Wenn er nichts sagen will, dann will er nichts sagen«, versuchte Natz, sie zu beruhigen.

»Aber einen Blick in sein Lager will ich trotzdem werfen.« So schnell wollte sie sich nicht geschlagen geben. Zielstrebig ging sie zum Nachbargebäude, einem mehrstöckigen Wohnhaus, und drückte auf eine der Klingeln. »Postbote!«, rief sie laut den Flur hoch, als jemand den Türöffner betätigte. Mit Natz im Schlepptau lief sie zur Hoftür, die zum Glück nicht verschlossen war.

In der Mitte des gepflasterten Hofes stand eine wackelige Teppichstange. Drei Mülltonnen lehnten an der Mauer, die den Hof des Energit-Handels von diesem trennte. Während Natz besorgt am Haus emporblickte, ob sie auch keiner sah, kletterte Lena auf eine der Mülltonnen und spähte über die Mauer.

Der Nachbarhof sah nicht viel anders aus als dieser. Eine Mülltonne, ein paar alte Säcke in einer Ecke und eine Teppichstange. Direkt neben der Hoftür stand eine Holzkiste, in deren Deckel ein Symbol eingebrannt war, das sie auch auf dem Schild vor der Tür gesehen hatten.

Ehe Natz sie zurückhalten konnte, hatte Lena sich auf die Mauer hochgezogen und an der anderen Seite heruntergleiten lassen. Ohne zu zögern, lief sie zu der Holzkiste und öffnete ihren Deckel. Darin lagen, bunt durcheinandergewürfelt, Dutzende kleiner Metalldosen. Sie nahm eine heraus und öffnete sie. Sie war leer.

Lena drehte sich um und hielt Natz, der inzwischen auf eine der Mülltonnen gestiegen war, die Dose entgegen. »Ist das ein Energit-Behälter, wie ihn dir Hermann gezeigt hat?«

Der Altgeselle nickte. Zugleich legte er den Finger an die Lippen. »Nicht so laut«, sagte er leise.

Lena ließ den Behälter in ihre Hosentasche gleiten. Sie sah sich noch einmal um, aber mehr war im Hof nicht zu entdecken. Vielleicht das Fenster? Es war so schmutzig, als sei es noch nie geputzt worden. Sie drückte ihre Nase an die Scheibe und legte die Hand an die Schläfe, um das Tageslicht abzuschirmen. Aber der Raum, zu dem das Fenster gehörte, war leer.

Wieder nichts!

Die Wut, die sie in den letzten Minuten angetrieben hatte, verpuffte. Entmutigt ließ sie die Schultern sinken und trat einen Schritt vom Fenster zurück. Natz winkte sie zur Mauer. »Beeil dich!«, drängte er. Er lehnte sich vor und streckte seinen Arm aus, um sie hochzuziehen.

In dem Augenblick öffnete sich die Hoftür und der junge Mann kam heraus.

»Hey!«, rief er und lief auf Lena zu.

Sie ergriff Natzens ausgestreckte Hand, aber bevor der Altgeselle sie ganz nach oben ziehen konnte, hatte der Verkäufer ihr Bein gepackt. »Du bleibst schön hier«, keuchte er.

Lena versuchte, ihn wegzustoßen, aber ohne Erfolg. Seine Hände lagen wie ein Schraubstock um ihren Unterschenkel. Es war Natz, der die Situation rettete.

»Sein Schatten!«, rief er. Lena warf einen Blick nach unten. Sie blickte erst in das verzerrte Gesicht des Energit-Verkäufers und dann auf seinen Schatten.

Er war spiegelverkehrt!

Das konnte kein Zufall sein!

»Ich komme runter!«, rief sie. »Aber dafür musst du mich loslassen!«

»Damit du über die Mauer verschwindest, was?«, presste der Verkäufer hervor. Der Schweiß stand ihm auf der Stirn.

»Nein, um mit dir zu reden. Und Natz kommt auch dazu.«

Vorsichtig lockerte der junge Mann seinen Griff um ihr Bein, bereit, jederzeit wieder zuzupacken. Lena ließ die Hand von Natz los und sprang herunter. Der Altgeselle hievte sich über die Mauer und landete ächzend neben ihr.

»Ihr könnt mich nicht einschüchtern«, sagte der Verkäufer. »Wenn ich schreie, kommt sofort Hilfe.«

»Wir haben nicht vor, dir etwas zu tun«, sagte Lena beschwichtigend. »Wir möchten nur ein wenig mehr über deinen Schatten erfahren.«

»Meinen Schatten?« Der Verkäufer blickte hinter sich. »Was ist damit?«

»Er ist spiegelverkehrt. Sag bloß, das ist dir noch nicht aufgefallen?«

»Ach das? Doch, klar, das weiß ich natürlich. Und?«

»Und? Du tust ja gerade so, als sei das die selbstverständlichste Sache der Welt!«

»Für mich ist sie das auch. Was kümmert mich mein Schatten?« Das Gesicht des Verkäufers verfinsterte sich. »Und vor allem, was kümmert er euch?«

Lena verdrehte die Augen. Wieso mussten sie ausgerechnet auf einen so ignoranten Burschen stoßen!

»Hast du dir nie Gedanken darüber gemacht, warum dein Schatten anders ist als der von anderen?«

»Nö«, erwiderte er. »Und weißt du auch, warum? Weil ich den Grund dafür kenne.«

»Ach.« Lena zog erstaunt die Augenbrauen hoch.

»Das hättest du nicht gedacht, was?« Nun hatte er wieder sein überhebliches Grinsen aufgesetzt. »Aber zuerst will ich wissen, warum euch das interessiert.«

»Weil wir einem Freund von uns helfen wollen.«

»Oh, du hast Freunde? Das wundert mich sehr.«

»Ist gut, Junge«, mischte Natz sich ein. »Wie wär's zur Abwechslung mal mit ein bisschen Freundlichkeit?«

»Warum? Ihr kommt in meinen Laden, die Kleine kriegt einen Anfall und bricht dann in meinen Hof ein. Warum sollte ich da freundlich sein?«

»Weil ich glaube, dass wir einen gemeinsamen Gegner haben.«

Der Verkäufer blickte Natz ebenso fragend an wie Lena.

»Sagt dir der Name Rostow etwas?«, fragte Natz. »Oder Parfanti?«

Schlagartig veränderte sich die Haltung des Verkäufers. Seine Schultern sanken herab und seine Miene verlor den arroganten Ausdruck. »Ihr … ihr kennt sie?«, stotterte er.

»Genug, um zu wissen, dass niemand, der mit ihm zu tun hat, das freiwillig macht.«

»Und woher wisst ihr, dass ich …?«

»Nun, irgendwoher muss das Energit ja kommen, nicht wahr?«, sagte Natz. »Und ich dachte mir, wenn jemand mit einem Spiegelschatten etwas mit Energit zu tun hat, dann kann das kein Zufall sein.«

Lena stieß Natz in die Seite. »Gut kombiniert. Da hätte ich auch drauf kommen können.« Auf einmal sah die Welt nicht mehr ganz so düster aus.

»Die Parfantis bringen mir das Energit vorbei«, erklärte der Verkäufer kleinlaut.

»Hm«, brummte Natz. »Das kann ich ja verstehen, wenn sie in der Stadt sind. Aber deinen Laden gibt es doch sicher schon länger, oder?«

»Seit einem Jahr.«

»Und Rostow hat dich eingestellt.«

»Vor einem Jahr. Er hat mich auf der Straße angesprochen und mich gefragt, ob ich für ihn arbeiten will.«

»Bestimmt hat er deinen Spiegelschatten gesehen!«, meinte Lena grimmig.

»So ist es. Jedenfalls war die Bezahlung nicht schlecht, und ich hatte gerade keine Arbeit, also habe ich eingewilligt.«

»Das bedeutet, Rostow und die Parfantis treiben sich schon länger hier in der Gegend herum. Und nicht erst seit der Ankunft des *Wunderlands*«, stellte Natz fest.

»Hast du schon mal von einer Erfindung namens Eisenbahn gehört?«, fragte der Verkäufer spitz. »Damit kann man ganz schnell weite Strecken zurücklegen.«

»Danke für den Hinweis, aber ich kann mir nicht vorstellen,

dass die Parfantis oder der Geheimrat wie ganz normale Fahrgäste mit der Bahn reisen.«

»Das ist doch jetzt völlig egal«, unterbrach sie Lena. Sie wandte sich an den Verkäufer. »Und wie kommst du mit Rostow klar?«

»Er lässt mich nicht mehr aufhören!«, platzte es aus dem jungen Mann heraus. »Ich wollte schon vor einem halben Jahr kündigen, weil die Arbeit stinklangweilig ist. Einmal in der Woche erhalte ich eine Lieferung Energit. Sie wird in großen Dosen angeliefert. Ich fülle sie in die kleinen Behälter um und verkaufe sie meistens noch am selben Tag. Den Rest der Zeit lungere ich hier herum und habe nichts zu tun.«

»Und warum machst du den Laden dann nicht zu?«

»Das darf ich nicht. Der Geheimrat will, dass immer geöffnet ist.«

»Das verstehe ich nicht«, sagte Lena. »Und auch nicht, warum du nicht einfach verschwindest.«

»Meinst du nicht, ich hätte das schon längst getan, wenn es möglich wäre?« Er ließ die Schultern noch mehr sinken. »Ich habe vor einiger Zeit mal eine große Dummheit gemacht und Rostow weiß davon. Wenn es rauskommt, wandere ich für ein paar Jahre hinter Gitter.«

»Erpressung. Wie bei Jos«, murmelte Lena.

»Ist das euer Freund, dem ihr helfen wollt?«

Lena nickte. »Er hat auch einen Spiegelschatten, genau wie du.« Sie streckte ihm ihre Hand hin. »Ich denke, es wird Zeit, dass wir uns ordentlich miteinander bekannt machen. Ich bin Lena und das ist Natz.«

Der Verkäufer schüttelte ihnen die Hände. »Ich heiße Roland«, sagte er. »Und tut mir leid, wenn ich anfangs etwas unfreundlich war.«

»Schon vergessen. Jetzt weißt du ja, warum wir dich nach deinem Schatten gefragt haben. Sagst du uns jetzt, woher du ihn hast?«

»Ach, das ist ganz simpel. Meine Mutter hat mir erklärt, dass Kinder, bei deren Geburt der Blitz ins Haus einschlägt, alle einen verkehrten Schatten haben. Und bei meiner Geburt war das so.«

»Und so ein Ammenmärchen glaubst du?«

Sofort änderte sich Rolands Gesichtsausdruck. Lena bemerkte es zum Glück noch rechtzeitig. »Tut mir leid, ich wollte mich nicht lustig machen über dich. Aber das klingt doch eher wie eine Legende und nicht wie eine wissenschaftliche Tatsache, findest du nicht auch?«

»Ich fand die Erklärung immer ausreichend. Es ist ja auch nicht so, dass der Schatten irgendwie eine Last wäre. Ich bemerke ihn schon gar nicht mehr und den meisten Leuten fällt er auch nicht auf.«

»Hat dich Rostow denn nie darauf angesprochen?«, wollte Natz wissen.

Roland schüttelte den Kopf.

»Warum braucht er Jos, wenn er in Roland doch schon jemand mit einem Spiegelschatten hat?«, dachte Lena laut nach. »Was unterscheidet Rolands Schatten von dem von Jos?«

»Was hat Rostow denn mit eurem Freund angestellt?«, fragte Roland.

»Das ist eine lange Geschichte«, sagte Lena.

»Ich habe Zeit.«

Lena warf Natz einen fragenden Blick zu. Der Altgeselle nickte.

Also begann sie zu erzählen.

~ Kapitel 11 ~

Das Geheimnis der Schatten

Erneut stand Jos auf dem Jahrmarkt. Diesmal war es die Schau eines gewissen Capitaine Cagliostro. Es war noch dunkel und er eilte über die verlassenen Wege zwischen den Buden in die Stadt.

Ein Blick auf eine Turmuhr zeigte ihm, dass er mehr als drei Stunden Zeit hatte, bis die ersten Geschäfte öffneten. Die Nacht war kalt, und er zog seine Jacke fester um sich, während er durch die leeren Straßen trabte. Es fiel ein leichter Regen und das Kopfsteinpflaster glänzte im Licht der Straßenlaternen.

Auf den ersten Blick war nicht zu erkennen, was in dieser Welt anders war als in seiner. Alles sah so aus, wie er es kannte. Auch der Juwelier hatte sein Geschäft genau dort, wo es sich in seiner Welt befand. Viel Fantasie schienen die Weltenwechsler nicht zu besitzen, wenn sie ihre Traumwelt so aussehen ließen wie die, die sie kannten. Erneut überlegte Jos, was *er* sich wohl für eine Welt wünschen würde. Auf jeden Fall eine mit modernster Technik, mit motorgetriebenen Luftschiffen und Weltraumraketen. Es würde Hochhäuser geben mit rasend schnellen Aufzügen und breite Straßen mit automatischen Omnibussen ohne Fahrer. Und vielleicht auch mit überdachten Bürgersteigen, um sich trockenen Fußes fortbewegen zu können.

Jos beschloss, zum Bahnhof zu laufen. Dort gab es ein Café, das die ganze Nacht geöffnet hatte und in dem er den Tagesanbruch wenigstens im Warmen abwarten konnte. Drinnen roch es nach schalem Bier und kaltem Rauch. Und nach den Ausdünstungen, die Tausende von Reisenden hier in den letzten Jahrzehnten hinterlassen hatten.

Ein müder Kellner brachte ihm eine Tasse Kaffee und schlurfte dann wieder davon, um hinter einer Tür zu verschwinden, wo er wahrscheinlich ein Nickerchen hielt. Ein paar Tische weiter saß der einzige andere Gast. Der ältere Mann hatte den Kopf auf die Tischplatte gelegt und schlief.

Jos überlegte, ob er es ihm gleichtun sollte. Er nippte an seinem Kaffee und verzog das Gesicht. Das Gebräu war so bitter, als hätte es seit gestern Abend auf der Warmhalteplatte gestanden. Er schaufelte mehrere Löffel Zucker in die Flüssigkeit und rührte gedankenverloren um.

»Gestatten Sie?«

Jos blickte auf. Neben ihm stand der Mann, der gerade noch geschlafen hatte. Er war unrasiert und seine Kleidung war schmutzig und abgetragen. Seine Augen hatten einen gehetzten Blick.

»Ich habe Ihren Schatten beobachtet«, sagte der Mann und blickte Jos vielsagend an. »Sie sind nicht von hier, stimmt's? Ich auch nicht.« Er deutete auf den Boden, dahin, wo eigentlich sein Schatten sein sollte. Aber da war nichts.

Der Mann zog einen Stuhl zurück und ließ sich ächzend darauf nieder. Nun fiel bei Jos der Groschen. »Das hier ist Ihre Welt!«

Der Mann nickte. Jos spürte die Enttäuschung in sich aufsteigen. Er war auch diesmal nicht in der Welt von Lenas Vater gelandet. Die Vorstellung, mit dieser Nachricht Lena gegenüberzutreten, versetzte ihm einen Stich.

»Jawohl, ganz allein meine«, riss ihn der Mann aus seinen Gedanken. Jos konnte den bitteren Ton in seiner Stimme hören. »Für mich erzählt von den Parfantis. Ich nehme an, die beiden und ihr Herr und Meister sind dir bekannt. Darf ich?« Er deutete auf die Tasse, die vor Jos stand. Ohne eine Antwort abzuwarten, zog er sie zu sich hinüber und schlürfte sie in einem Zug aus.

»Haben Sie sich dieses Leben gewünscht?«, fragte Jos erstaunt.

»Natürlich nicht.« Der Mann stellte die Tasse mit einem lauten Klappern zurück. »Wessen Traum ist es schon, ein Obdachloser zu sein?«

»Aber dann … Ich verstehe nicht …«

Der Mann beugte sich über den Tisch. »Er nimmt dir den Schatten ab, wenn du den Korridor betrittst.«

»Und das wussten Sie nicht?«, fragte Jos.

Der Mann lachte freudlos. »Das erzählt er dir natürlich vorher nicht. Oder würdest du auf deinen Schatten verzichten?«

»Und was hat das mit Ihrer Situation zu tun? Was hatten Sie sich denn für eine Welt gewünscht?«

»Bestimmt nicht diese.« Der Mann streute ein kleines Häufchen Zucker auf den Tisch und zog mit dem Finger Linien darin. »Ich war ein kleiner Angestellter und träumte davon, selbst ein Unternehmen zu besitzen. Das habe ich auch bekommen.«

»Und dann?«

»Und dann habe ich festgestellt, dass die Leute nicht gern Geschäfte mit jemandem machen, der keinen Schatten hat.« Er schob den Zucker zu mehreren Häufchen zusammen. »Vielleicht reichte es bei mir auch nicht zum Unternehmertum. Jedenfalls ging die Firma pleite, meine Frau verließ mich und ich fand mich auf der Straße wieder. Und auch da gehörst du ohne Schatten zum Bodensatz.«

Mit einer entschlossenen Handbewegung wischte er den Zucker vom Tisch. Die ganze Zeit hatte er es vermieden, Jos direkt ins Gesicht zu sehen. Jetzt richtete er sich aus seiner zusammengesunkenen Haltung auf und blickte ihm in die Augen. »Aber jetzt bist du da. Du hast einen Spiegelschatten. Das bedeutet, du kannst hier wieder raus. Du musst mich mitnehmen!«

Jos gefiel der Mann nicht. »Woher wissen Sie eigentlich, was ein Spiegelschatten ist und dass man damit unbeschadet zwischen den Welten reisen kann?«, fragte er misstrauisch.

»Ich habe schließlich genug Zeit gehabt, um Nachforschungen anzustellen. Hätte ich das nur vorher gemacht! Dann wäre ich nie auf Rostow und die Parfantis reingefallen!«

»Sie haben also Informationen über Rostow gefunden?«, fragte Jos und konnte seine Neugier kaum verbergen.

»Über ihn selbst nicht. Er versteht es gut, seine Spuren zu verwischen. Jedenfalls haben die Parfantis ihn und sich selbst nicht in diese Welt reinerzählt. Als ich ankam, gab es zwar einen Jahrmarkt, allerdings ohne Rostow und Märchenbrüder.« Er lachte freudlos. »Wahrscheinlich haben sie keine Lust, sich mit Reklamationen auseinanderzusetzen.«

»Oder sie können es nicht«, mutmaßte Jos. »Vielleicht sind sie an die Welt gefesselt, in der sie leben.«

»Das wäre ich auch gern gewesen«, sagte der Mann.

Jos ignorierte seine Bemerkung. »Wenn Sie nichts über Rostow gefunden haben, was dann?«

»Alte Legenden, schon fast vergessen, die vom Spiegelschatten und dem Weltenwandern berichten. Alles ohne Hand und Fuß, aber wenn man keine Hoffnung mehr hat, dann klammert man sich an jeden Strohhalm. Seitdem habe ich immer Ausschau gehalten nach jemandem, dessen Schatten verkehrt herum ist. Und wie du siehst, hat es sich gelohnt.«

»Da wäre ich mir nicht so sicher«, murmelte Jos. »Sie können sich ja schließlich nicht Ihr ganzes Leben an mich klammern.«

»Keine Sorge. Du musst mich nur zu Rostow bringen. Dann hole ich mir meinen Schatten zurück.«

Jos konnte sich das, trotz seiner Erlebnisse der letzten Tage, nicht wirklich vorstellen. Wie raubte man einen Schatten? Wie wollte man so etwas anfangen? Den Schatten abschneiden wie ein Stück Papier mit einer Schere? Irgendwie wurde diese Geschichte immer fantastischer.

»Woher wissen Sie denn überhaupt, dass es Rostow ist, der Ihren Schatten hat? Sie können ihn doch auch ganz einfach beim Wechsel in diese Welt verloren haben«, sagte er.

»Oh nein, er hat ihn. Dessen bin ich mir sicher. Deshalb macht er das Ganze doch überhaupt«, sagte der Mann und hob seine Stimme. »Er sammelt die Schatten, das ist sein Geschäft.«

Jos zuckte zusammen. Er musste an die Bemerkung von Natz denken, Rostow tue das nicht aus Menschenfreundlichkeit. Aber wenn der Geheimrat die Leute in fremde Welten schickte, um ihre Schatten einzusammeln, was machte er dann damit? Das musste er unbedingt herausbekommen.

»Und wo haben Sie das alles erfahren?«, fragte er. »Gibt es hier eine Bibliothek, in der diese Informationen zu finden sind? Oder binden Sie mir nur einen Bären auf?«

»Du glaubst mir nicht?« Der Mann kramte in seiner Tasche herum und legte einen zerknitterten Zettel auf den Tisch. »Hier, da kannst du dir alles bestätigen lassen.«

Jos faltete den Zettel auseinander. Die Schrift war schon etwas verwischt. Antoine Ramiel Grandville stand darauf, Bürgermeisterweg 7. »Ein merkwürdiger Name«, sagte er.

»Er ist auch ein merkwürdiger Mensch. Aber er wird bezeugen, dass ich die Wahrheit sage.«

»Danke.« Jos steckte den Zettel ein. Er warf einen Blick auf die große Wanduhr über der Theke. Fünf Uhr. Das war noch zu früh für den Juwelier, der sein Geschäft wahrscheinlich nicht vor sieben öffnen würde. Egal. Hauptsache weg hier.

Er wollte gerade aufstehen, als ihm ein schrecklicher Gedanke kam. Wie sollte er den Juwelier bezahlen? Außer ein paar Münzen, die er sich von Natz geliehen hatte, um sich etwas zu essen und zu trinken zu kaufen, hatte er kein Geld dabei!

Entmutigt ließ er sich auf den Stuhl zurückfallen.

»Gibt es ein Problem?«, fragte sein Gegenüber besorgt.

»Nichts Wichtiges.« Jos hatte keine Lust, den Mann ins Vertrauen zu ziehen. Er brauchte Ruhe, um eine Lösung zu finden.

Aber vielleicht konnte ihm der Fremde ohne Schatten doch helfen.

»Was ist das hier für eine Welt?«, fragte er. »Ich meine, ich weiß, dass es Ihre ist, aber haben Sie noch etwas anderes geändert außer Ihren persönlichen Verhältnissen?«

Der Mann blickte ihn misstrauisch an. »Warum willst du das wissen?«

Jos richtete sich auf. Mit einem Mal war er wütend. Er war wütend auf Rostow und auf sich selbst. Und auch auf Lenas Vater, der Schuld war an der Situation, in der er sich befand. Und weil keiner der beiden in der Nähe war, ließ er seinen Ärger an dem Mann ohne Schatten aus. »Sie wollen, dass ich Ihnen helfe. Dann geben Sie mir gefälligst eine Antwort auf meine Frage!«

»Schon gut, schon gut.« Der Mann war sichtlich überrascht von seinem Gefühlsausbruch. Sein Gesicht nahm einen lauernden Ausdruck an. »Wenn ich's dir erzähle, versprichst du mir dann, mich mit rauszunehmen?«

Jos zuckte mit den Schultern. »Mal sehen«, sagte er abwartend. »Aber wenn Sie mir nichts sagen, dann lasse ich Sie garantiert hier.«

Der Mann überlegte einen Moment. »Nun gut«, lenkte er ein. »Ich habe mir eine Welt gewünscht, wie sie zur Zeit meiner Kindheit war.«

»Das ist alles?«

Der Mann nickte. »Vor dreißig Jahren war das Leben noch ruhiger und Technik und Wirtschaft waren noch nicht so weit fortgeschritten. Ich dachte mir, dass ich mit meinem Wissen einen Vorteil hätte.«

Jos' Miene hellte sich auf. Wenn das tatsächlich so war, dann hatte er etwas, was er dem Juwelier als Bezahlung anbieten konnte. Entschlossen sprang er auf. Wie aus dem Nichts tauchte der Kellner auf. Offenbar hatte er doch kein Nickerchen gehalten, oder er verfügte über einen siebten Sinn, der ihm meldete, wenn einer seiner Gäste sich davonmachen wollte, ohne die Rechnung zu begleichen.

Jos warf ein paar Münzen auf den Tisch. Der Mann ohne Schatten hatte sich ebenfalls erhoben. »Ich komme mit dir«, sagte er.

»Auf gar keinen Fall.« Jos hob abwehrend die Hand. Er konnte für das, was er vorhatte, keine Zeugen gebrauchen. Vor allem nicht solche, denen er nicht vertrauen konnte.

»Wenn du jetzt gehst, kommst du nicht wieder«, jammerte der Mann und fasste ihn am Arm.

Jos schüttelte ihn ab. »Ich nehme Sie mit, keine Sorge. Aber erst habe ich etwas zu erledigen. Wir treffen uns heute Abend wieder hier, um sechs Uhr.«

Der Mann wollte etwas erwidern, überlegte es sich aber anders, denn gerade kamen die ersten Gäste des Morgens durch die Tür. Er wollte wohl keine Aufmerksamkeit auf sich ziehen. Wortlos verzog er sich wieder an seinen Tisch, der, wie Jos jetzt erst bemerkte, an einer Stelle im Raum stand, an der man die Schatten der an ihm Sitzenden nicht sehen konnte, weil sie vom Schatten des Tisches überdeckt wurden.

Jos nutzte die Gelegenheit und verschwand, bevor der Mann es sich noch einmal anders überlegte. Er lief um ein paar Ecken, und erst, als er sicher war, dass ihm der Fremde nicht gefolgt war, verfiel er in ein langsameres Tempo.

Am Himmel zeigte sich der rote Streifen der aufgehenden Sonne und die letzten Gaslaternen verloschen. Die Straßen begannen sich langsam zu füllen. Männer und Frauen radelten auf Zweirädern zur Arbeit, Bäckerboten auf Dreirädern fuhren Brötchen aus und ein Milchmann mit einem Pferdewagen trabte an Jos vorbei.

Ja, hier steckte die Technik wirklich noch in den Kinderschuhen. Aber das konnte ihm nur recht sein, denn es verbesserte seine Chance, den Ring zu bekommen. Jos bummelte um einen weiteren Block, aß ein Brötchen in einem Imbiss, in dem eine Gruppe Rikschafahrer ihren Morgenkaffee trank, und machte sich auf zum Juweliergeschäft. Hoffentlich funktionierte sein Plan, denn einen zweiten hatte er nicht.

Der Mann hinter der Verkaufstheke erinnerte Jos an Meister Bucher. Er hörte sich sein Anliegen an und studierte die Zeichnung, die Jos in Jottwehs Büro angefertigt hatte. Dann zog er einen Block heran, stellte ein paar Berechnungen an und nannte

Jos einen Preis, der auch in seiner Heimatwelt das überstiegen hätte, was er in einem ganzen Jahr verdiente.

»Kriegen Sie den Ring bis heute Abend fertig?«, fragte Jos.

Der Juwelier schüttelte den Kopf. »Ausgeschlossen.«

»Und wenn ich dafür bezahle?«

Der Mann kniff die Augen zusammen. »Hast du denn genug Geld dafür?«

Jos griff in die Tasche, zog die Uhrmacherlupe hervor und legte sie auf die Theke.

»Eine Lupe? Du willst den Ring mit einer billigen Lupe bezahlen?« Der Juwelier schob ihm die Zeichnung hin. »Du hast mir genug Zeit gestohlen. Pack deinen Krempel wieder ein und verschwinde.«

Jos ließ sich nicht beirren. Die Lupen, mit denen sie in Buchers Werkstatt arbeiteten, waren erst vor wenigen Jahren erfunden worden und um ein Vielfaches besser als alles, was es vorher gegeben hatte. Und da diese Welt dreißig Jahre zurück war, wie ihm der Mann ohne Schatten erklärt hatte, wusste der Juwelier gar nicht, was da vor ihm lag.

»Wenn ich Sie wäre, würde ich mir das einmal genauer anschauen«, sagte Jos, während er seine Zeichnung an sich nahm. »Diese Gelegenheit kommt nicht wieder.«

Der Mann beäugte die Lupe skeptisch. Dann überwand er sich, hob sie langsam auf und studierte sie genauer. »Dieses Modell kenne ich nicht«, brummte er. »Bist du eine Art Vertreter oder so was?«

Jos antwortete nicht. Der Juwelier hatte die kleinen Räder am Rand der Lupe entdeckt. »Was ist das?«, fragte er.

»Probieren Sie es einfach aus«, erwiderte Jos. »Nehmen Sie ein feines Muster und dann drehen Sie daran.«

Der Juwelier, immer noch skeptisch, holte einen Ring aus einer Schublade, legte ihn vor sich auf den Tresen, klemmte sich die Lupe ins Auge und beugte sich darüber. Mit seiner rechten Hand tastete er nach den Rädchen und bewegte sie hin und her. Sofort veränderten sich seine Gesichtszüge.

»Das ist ja unglaublich!«, rief er und richtete sich auf. »So eine Vergrößerung habe ich noch nie gesehen! Und so scharf!«

»Sehen Sie«, sagte Jos. »Sie gehört Ihnen, wenn Sie mir bis heute Abend den Ring anfertigen.«

Der Juwelier legte die Lupe auf den Tisch. Sein altes Misstrauen war zurückgekehrt. »Woher hast du das? Gestohlen?«

Jos schüttelte den Kopf. »Ich gebe Ihnen mein Ehrenwort, dass die Lupe mir gehört. Mehr kann ich Ihnen dazu nicht sagen. Nur so viel: Sie werden damit Muster anfertigen können, die niemand nachmachen kann. Wenn Sie es richtig anstellen, werden Sie damit viel Geld verdienen. Also, machen Sie mir nun meinen Ring oder nicht? Es muss kein echtes Silber sein, sondern nur so aussehen. Ihre Investition ist also überschaubar.«

Jos sah, wie der Mann mit sich rang. Erneut griff er zur Lupe und probierte sie an einem anderen Ring aus, diesmal mit eingelegten Steinen. Als er sich wieder aufrichtete, hatte er eine Entscheidung getroffen. »Nun gut«, sagte er. »Den Ring gegen die Lupe.«

Jos schob ihm die Zeichnung wieder über den Tresen. Nur widerwillig gab der Juwelier die Lupe frei. »Heute Abend um sechs Uhr«, sagte er.

»Ich werde da sein.« Jos ging zur Tür. »Und denken Sie dran, Sie haben gerade das Geschäft Ihres Lebens gemacht.«

Der Mann eilte hinter ihm her, und kaum hatte Jos die Tür geschlossen, da hörte er auch schon, wie der Schlüssel im Schloss gedreht wurde. Als er sich umdrehte, verschwand der Juwelier bereits in seiner Werkstatt.

Zufrieden machte sich Jos auf den Weg. Jetzt musste er nur noch den Tag irgendwie rumbringen. Nach Lenas Vater brauchte er hier nicht zu suchen, denn er wusste ja bereits, wessen Welt dies war. Aber diesem Grandville, dem wollte er einen Besuch abstatten.

Er ging durch die Straßen, die ihm so vertraut und zugleich doch so fremd waren. In einem Café trank er eine Limonade und las ein wenig in der Tageszeitung, die dort auslag. Wie bei seiner ersten Weltenquerung überkam ihn ein Schwächeanfall, diesmal allerdings weniger stark als beim vorigen Mal.

Wieder und wieder fragte er sich, ob er den Mann aus dem Bahnhofscafé wirklich mitnehmen sollte. Wäre es nicht viel einfacher, ohne ihn zurückzukehren? Schließlich würde er dem Mann damit auch einen Gefallen tun, denn wer weiß, was mit ihm geschehen würde, wenn er die Weltengrenze überschritt. Oder war das vielleicht auch nur eine Lüge von Rostow, mit der er seine Opfer von der Rückkehr abhalten wollte?

Nicht zum ersten Mal kam ihm der Gedanke, dass der Geheimrat vielleicht gar nicht vorhatte, sich an die Abmachung mit ihm zu halten. Wenn er erst einmal Rostows Wünsche erfüllt hatte, wer garantierte dann, dass auch er seinen Teil des Handels einhielt und Lenas Vater zurückbrachte? Jos musste sich etwas einfallen lassen, um sicherzustellen, dass der Geheimrat ihn nicht an der Nase herumführte.

Die Sonne brach durch die Wolken und die Luft erwärmte sich. Wenig später machte Jos sich auf zum Bürgermeisterweg. Das Haus Nummer 7 war ein Antiquitätengeschäft. Durch eine schmale, fleckige Scheibe warf er einen Blick in den Laden, aber es war so dunkel im Inneren, dass er kaum etwas erkennen konnte. Kurz entschlossen betrat er das Geschäft.

Irgendwo in einem Hinterzimmer schepperte eine Glocke, als er die Tür hinter sich schloss. Er wartete einige Sekunden, und als niemand auftauchte, machte er ein paar Schritte in den Raum hinein. Alles war vollgestellt mit Möbeln. Es gab verblichene Sessel und windschiefe Stühle, abgesplitterte Schränke und Standuhren, die ihren Geist schon vor Jahrhunderten aufgegeben hatten. Jeder freie Quadratzentimeter war belegt mit Stapeln von angeschlagenen Porzellantellern, angelaufenen Bestecken, vergilbten Büchern und hässlichen Statuen von Löwen, Stieren und anderen Tieren. In der Luft hing ein süßlicher Duft, der Jos an den Geruch im Wohnwagen der Parfantis erinnerte.

Alles hier drin schien ihm nur eine Botschaft zuzurufen: Dreh um und verschwinde! Mit jeder Faser seines Körpers spürte Jos, dass hier etwas nicht mit rechten Dingen zuging. Der Krempel um ihn herum war nur Fassade, denn niemand würde dafür Geld ausgeben. Der Inhaber dieses Ladens ging anderen Geschäften nach, dessen war er sich sicher. Geschäften, die er vor der Öffentlichkeit verbergen wollte.

Ein plötzlicher Luftzug ließ ihn zusammenzucken. Er fuhr herum.

Neben ihm stand ein Riese!

Vor Schreck machte Jos einen Schritt nach hinten, stieß gegen eine Anrichte, geriet ins Taumeln, wollte sich irgendwo festhalten, fegte dabei eine Statue vom Tisch und stürzte rücklings zu Boden. Mit einem lauten Krachen zerbarst die Statue direkt neben seinem Kopf.

»'oppla«, sagte eine tiefe Stimme.

Benommen starrte Jos auf die Erscheinung, die so plötzlich neben ihm aufgetaucht war. Es war kein Geist, sondern ein Mann. Er musste mindestens zwei Meter groß sein. Sein schwarzes Haar war zurückgekämmt und fiel ihm fast bis auf die Schultern. Obwohl es im Laden nicht kalt war, trug er nicht nur einen schwarzen Rollkragenpullover, sondern darüber noch einen knöchellangen Mantel, dessen Farbe Jos an die Wüste denken ließ.

Langsam rappelte er sich auf, bemüht, keine weiteren Sachen umzuwerfen. »Entschuldigung«, sagte er. »Ich werde Ihnen den Schaden ersetzen.« Er wusste zwar nicht, wie, denn er hatte nur noch ein paar Münzen in der Tasche, aber er konnte auch schlecht den Mann für seine Schreckhaftigkeit verantwortlich machen.

»Ach das …« Der Mann machte eine wegwerfende Handbewegung. »Das war sowieso nischt viel wert. Vergiss es.«

»Sind Sie Antoine Grandville?«, fragte Jos.

»Ah, oui«, antwortete der Mann und wischte eine Fluse vom Aufschlag seines Mantels. »Zumindest war isch es noch, als isch das letzte Mal in meine Papiere geschaut 'abe, non?«

Jos beschloss, nicht lange um den heißen Brei herumzureden. »Ich habe gehört, Sie sind ein Fachmann für ungewöhnliche Legenden.«

»Wer sagt das?« Grandville kniff die Augen zusammen.

»Jemand, der keinen Schatten besitzt.«

»Ah, bien sûr. Der 'err der Welt.« Der Antiquitätenhändler schob das Kinn vor. »Und was 'ast du mit ihm zu schaffen?«

»Machen Sie etwas Licht und Sie sehen es«, erwiderte Jos.

Gandville zögerte kurz, bevor er mit den Fingern schnippte. Wie von Geisterhand entzündeten sich zwei große Kerzen, die neben Jos auf rostigen Ständern befestigt waren. Das Licht warf seinen Schatten auf den Schrank neben ihm.

Was war das nun wieder für ein Taschenspielertrick? Der Mann erinnerte Jos mehr und mehr an Rostow und die Parfantis, was ihn nicht gerade sympathischer erscheinen ließ. Egal. Schlimmer als der Geheimrat konnte er nicht sein.

Jos drehte sich so, dass er zum Schrank blickte, und bewegte erst den rechten Arm, dann den linken.

»Ah, ein Spiegelschatten«, nuschelte Grandville. »Isch verstehe. Der 'err der Welt 'at disch aufgespürt und will mit dir zurück, non?«

Jos nickte. »Ganz richtig. Und er hat mir berichtet, dass Sie es sind, von dem er weiß, dass es Spiegelschatten gibt und was sie bedeuten.«

Grandville nickte. »Er 'at misch nischt in Ruhe gelassen, bis isch ihm erzählt 'abe, was er 'ören wollte.«

»Und was war das?«

Der Mann lächelte. »Information ist eine Ware. Kannst du den Preis dafür bezahlen?«

»Was verlangen Sie?«

»Nun, Information gegen Information. Das scheint mir ein fairer Tausch zu sein, non?« Grandville streckte ihm die Hand hin und Jos schlug ein.

»Nun, dann erzähl doch mal, wie du in diese Welt gelangt bist.«

Jos berichtete von Rostow und den Parfantis, von Lenas Vater und dem Handel, den er mit dem Geheimrat abgeschlossen hatte.

»Sein 'andschlag ist nischt viel wert«, sagte Grandville. »Er wird disch betrügen, wenn er kann.«

»Sie kennen ihn also?«

Grandville nickte. »Wir 'aben vor langer Zeit einmal zusammengearbeitet.«

»Sie waren Partner?«, fragte Jos erstaunt.

»So kann man es nennen.« Er strich sich über das Haar. »Das ist eine Ewigkeit 'er. Seitdem sind wir uns nur noch selten begegnet. Isch bin mal 'ier, mal da und er ist gebunden an seine Welt.«

»Wissen Sie auch, was er für Ziele verfolgt? Warum sammelt er Schatten? Und warum schickt er mich in dieses Archiv voller Akten?«

»So viele Fragen.« Grandville machte eine Handbewegung und die Kerzen erloschen. Im Halbdunkel des Ladenlokals nahmen seine Augen einen glänzenden Schein an, so als würden sie von innen heraus leuchten. Jos machte unwillkürlich einen kleinen Schritt in Richtung Tür, achtete allerdings darauf, diesmal nichts umzuwerfen.

Grandville ignorierte sein Unbehagen. »Die Schatten geben ihm Macht. Je mehr er davon 'at, desto stärker wird er. Und das Archiv?« Er lächelte. »Nun, es muss eben alles seine Ordnung 'aben, non? Das 'at der Alte so beschlossen.«

Der Alte? Meinte er damit Jottweh? Jos wollte gerade danach fragen, als Grandville eine Hand hob. »Es tut mir leid, isch muss misch um dringende Geschäfte kümmern. Wir können ein anderes Mal weiterplaudern.« Er deutete in Richtung Tür.

Jos ballte die Fäuste. Es gab noch so viel, was er wissen wollte. Woher kam sein Spiegelschatten? Was hatte es mit den vielen Welten auf sich? Was meinte Grandville mit »Ich bin mal hier, mal da«? Konnte er auch zwischen den Welten wechseln?

»Eine Frage noch«, sprudelte es aus ihm heraus. »Sie haben den Mann, der mich hergeschickt hat, Herr der Welt genannt. Also wissen Sie, dass diese Welt nur für ihn erzählt wurde.«

Grandville strich eine Falte in seinem Mantel glatt. »Ist dir schon einmal der Gedanke gekommen, dass die Welt, aus der du stammst, ebenfalls nur eine Geschischte ist?«

»Unmöglich.« Jos schüttelte den Kopf. »Meine Welt ist real.«

»Ist diese Welt nischt ebenso real? Kannst du nischt rieschen, schmecken, fühlen?«

»Das schon«, räumte Jos ein. »Aber … aber wenn das so ist, wer hat dann meine Welt erfunden? Die Parfantis können es schließlich nicht gewesen sein.«

»Oh, gewiss nischt«, erwiderte Grandville. »Die Frage ist: Gibt es irgendwo einen allerersten Geschischtenerzähler? Gibt es eine allererste Welt, von der aus alle anderen entstanden sind? Doch wenn man sisch diese Fragen stellt, dann stößt man sofort auf die nächste: Wer ’at diese allererste Welt und ihren Erzähler erschaffen?«

Jos schwirrte der Kopf. »Moment mal«, sagte er. »Soll das bedeuten, alle Welten sind erfunden?«

Grandville schüttelte den Kopf. »Es gibt nur eine Welt, und die ist schon immer da.«

»Und was ist das hier? Dies ist doch eindeutig eine andere Welt als die, aus der ich komme!«

»Das erscheint dir so. Aber muss es deswegen auch so sein?«

Jos verstand gar nichts mehr. Eine Welt, die zugleich viele Welten war? Das widersprach jeglicher Logik.

Grandville bemerkte seine Verwirrung. »Was macht ein Schriftsteller, wenn er ein Buch schreibt? Er erschafft eine neue Welt. Eine Welt, in der ganz andere Gesetze ’errschen können als in derjenigen, in der er lebt.«

»Ja, eine erfundene Welt. Eine Welt, die nicht real ist«, wandte Jos ein.

»Alles, was wir denken können, ist auch möglisch. Und alles, was möglisch ist, das ist auch Realität. Sonst wäre es ja nischt möglisch.«

»Und was ist mit dem Unmöglichen?«, fragte Jos.

»Sobald du es denken kannst, ist auch das Unmöglische möglisch.«

Es war zum Haareraufen! Grandville sprach, wie Jottweh, in Rätseln.

»Genug.« Die Augen seines Gegenübers schienen intensiver zu leuchten. »Du solltest jetzt gehen. Und sei auf der 'ut vor Rostow.« Er griff in eine seiner Manteltaschen und zog etwas heraus, das er Jos hinstreckte. »Nimm das und trage es immer bei dir.«

Jos nahm den kleinen Gegenstand zögernd entgegen. Es war eine hauchdünne Scheibe, auf der etwas eingraviert war, aber das Zwielicht im Laden erlaubte es ihm nicht, Details zu erkennen. Vorsichtig fuhr er mit dem Daumen darüber. Gleichzeitig spürte er, dass er Grandvilles Gastfreundschaft nicht länger strapazieren durfte. Er zog die Eingangstür auf und drehte sich noch einmal um, um sich zu bedanken. Aber da, wo Grandville eben noch gestanden hatte, war niemand mehr.

Jos zuckte mit den Schultern und trat auf die Straße. Die plötzliche Helligkeit blendete ihn und er hob zum Schutz die Hand vor die Stirn. Noch einmal warf er einen Blick durch die Scheibe in den Laden. Es war ihm, als könne er eine Bewegung wahrnehmen, aber diesmal war sein Unbehagen stärker als seine Neugier. Im Laufe des Gesprächs war ihm Grandville trotz seiner scheinbaren Freundlichkeit immer unheimlicher geworden. Er hatte den Eindruck gehabt, als ob unter dem Mantel mehr steckte als nur der Mann, den er sehen konnte.

Jos umklammerte die Scheibe, die ihm Grandville gegeben hatte, und ging in Richtung Flussufer. Er sog die frische Luft in großen Zügen ein. Erst jetzt bemerkte er, wie beklemmend die Atmosphäre in dem Antiquitätengeschäft gewesen war, und das lag nicht nur an dem verstaubten Trödel, mit dem es vollgestopft war.

Am Fluss angekommen, setzte er sich auf eine Wiese und betrachtete das Geschenk näher. Die Scheibe war aus einem rot schimmernden Metall gefertigt und mit zahllosen dünnen Linien verziert, die ein kreisrundes Labyrinth bildeten. Jos versuchte, den schmalen Zwischenräumen mit den Augen bis zur Mitte zu folgen. Doch jedes Mal, wenn er glaubte, den richtigen Weg gefunden zu haben, schien sich das Labyrinth zu verändern und er endete in einer Sackgasse.

Wie sollte ihm das helfen, seinen Weg zu finden?

Seufzend schob er die Scheibe in seine Jackentasche und streckte sich auf der Wiese aus. Er hatte noch ein paar Stunden Zeit, bis er den Ring abholen konnte, und die wollte er für ein kleines Nickerchen nutzen.

Aus dem Nickerchen wurde dann doch ein fester Schlummer, und als Jos die Augen wieder aufschlug, stand die Sonne bereits bedrohlich tief am Himmel. Er sprang auf und rannte zum Juweliergeschäft.

Der Juwelier erwartete ihn bereits mit der Kopie des Siegelrings. Jos studierte ihn von allen Seiten. Der Mann hatte nicht das beste Silber genommen, was man aber nur bei genauerem Hinsehen bemerkte. Zumindest das Siegel sah exakt so aus wie das Original. Jos bedankte sich, steckte den Ring ein und legte die Lupe auf den Tresen. Sofort schoss die Hand des Juweliers vor und umschloss sie, so als hätte er Angst, dass Jos sie wieder an sich nehmen würde.

Als Jos vor den Laden trat, leuchteten die ersten Straßenlaternen auf. Er hatte nicht mehr viel Zeit für die Rückkehr. Erneut war er versucht, direkt zum Jahrmarkt zu laufen. Aber er hatte dem Mann ohne Schatten sein Wort gegeben, und das musste er halten, ob er wollte oder nicht. Mit einem Seufzer schlug er den Weg zum Bahnhof ein.

Schon aus der Ferne sah er den Mann vor dem Eingang herumlungern. Sobald er Jos erblickte, lief er auf ihn zu und ergriff seinen Oberarm. Mit einer ungeduldigen Bewegung schüttelte Jos ihn ab.

»Hier brauchen Sie mich noch nicht festzuhalten«, sagte er unwirsch. »Ich laufe schon nicht weg. Schließlich bin ich gekommen, oder?«

»Entschuldigung.« Der Mann zog seine Hand zurück. »Es ist nur …«

»Ja, ich weiß, Sie sind aufgeregt.« Jos blieb stehen. »An Ihrer Stelle würde ich mir das noch mal überlegen. Die Wahrscheinlichkeit ist hoch, dass Sie in den sicheren Tod gehen.«

»Lieber tot als dieses Leben!«, rief der Mann ohne Schatten. »Du kannst das nicht verstehen. Aber du hast auch nicht mein Leben hier gelebt.«

Jos zuckte mit den Schultern und setzte seinen Weg fort. Es war zwecklos. Er hatte den Fremden gewarnt, mehr konnte er nicht tun.

Als sie den Jahrmarkt erreichten, war dieser voller Menschen. Sie bahnten sich durch das Gewühl den Weg zum Zelt. Einen Moment lang befürchtete Jos, dass der Rückweg diesmal nicht funktionieren könnte, denn aus dem Zeltinneren konnte er das Lachen der Zuschauer hören. Doch als er die Tür aufstieß, lag dahinter Jottwehs Büro.

Der Mann umklammerte Jos' Oberarm und gemeinsam traten sie über die Schwelle. Der Beamte saß, wie üblich, hinter seinem Schreibtisch. Als sie eintraten, blickte er von seinen Akten auf. »Wen bringt Er da mit?«, schnarrte er mit strenger Stimme.

Der Mann drängte sich an Jos vorbei, ohne ihn loszulassen. »Robert Kramer ist mein Name, Herr«, erwiderte er. »Sie müssen mich doch kennen. Wir hatten vor einiger Zeit das Vergnügen, uns hier zu begegnen.«

»Wir sehen so viele Menschen im Laufe der Zeit, dass Wir uns nicht jedes einzelne Gesicht merken können«, sagte Jottweh. Er tippte sich mit dem Finger gegen die Schläfe. »Außerdem ist Unser Gedächtnis nicht mehr das, was es einmal war.«

»Wie auch immer«, sagte Kramer. »Ich will nur zurück in meine Welt.«

Jottweh wedelte mit dem erhobenen Zeigefinger. »Er weiß doch, dass das nicht möglich ist. Hat Er sich einmal für eine andere Welt entschieden, so ist Er daran gebunden. So ist es auch in Unseren Unterlagen protokolliert und beglaubigt. Stelle Er sich vor, jeder würde ständig hin- und hermarschieren wollen! Das würde zu reinem Chaos führen.«

»Ich weiß, ich weiß«, sagte Kramer. »Es ist ja auch nur dieses eine Mal. Können Sie da nicht eine Ausnahme machen?«

»Es geht nicht darum, was Wir können und was nicht«, erwiderte Jottweh. »Es geht um Ihn. Er ist es doch, der sein altes Leben weggeworfen hat, weil es Ihm nicht gut genug war. Und jetzt passt es Ihm wieder nicht und wieder will Er den bequemen Weg gehen.«

»Sie haben ja recht«, jammerte Kramer. »Aber ich will doch nur zu Rostow, um mir meinen Schatten zurückzuholen. Ich werde Sie nie wieder belästigen, Ehrenwort!«

»Können Sie nicht einmal eine Ausnahme machen?«, sprang

Jos seinem Begleiter zur Seite. »Jeder kann doch mal einen Fehler machen. Oder sind Sie etwa fehlerfrei?«

Jottweh fuhr sich mit der Hand durch den Schopf. »Er hat nicht verstanden. Es ist das Gesetz, das es verbietet.«

»Und was passiert, wenn Sie dieses Gesetz brechen?«

»Das geht leider nicht. Kann ein Hund gleichzeitig Hund und Nicht-Hund sein? Oder eine Kerze zugleich auch eine Nicht-Kerze? So ist das auch mit Uns und dem Gesetz.«

Kramer hatte den Wortwechsel mit wachsender Unruhe verfolgt. »Lassen Sie mich einfach nur durch«, sagte er. »Ich übernehme auch die Verantwortung.«

Jottweh betrachtete ihn mit resigniertem Blick. »Wenn Er das wirklich will, kann Er gehen. Er sollte sich die Folgen aber genau überlegen. Noch kann Er umkehren. Und Uns die damit verbundene, nicht unerhebliche Arbeit ersparen.«

»Ich will nicht umkehren!«, rief der Mann ohne Schatten, und die Verzweiflung in seiner Stimme ließ Jos zusammenzucken. »Bitte, Herr.«

»Er entscheidet.« Jottweh zog eine Akte heran und blickte Jos an. »Somit kein Erfolg.«

»Wie Sie sehen, nicht.«

Jottweh kritzelte etwas auf den Aktendeckel. »Vielleicht hat Er beim nächsten Mal mehr Glück.«

»Vielleicht.« Jos hatte es jetzt eilig. Viel Zeit zur Rückkehr blieb ihm nicht mehr. »Dann auf Wiedersehen.«

Statt einer Antwort nickte Jottweh nur leicht. Jos öffnete die Tür und trat in den Gang, Kramer im Schlepptau. Die Finger des Mannes bohrten sich noch fester in seinen Arm. Sie gingen bis zur markierten Tür, vor der Jos stehen blieb.

»Bereit?«, fragte er.

Kramer nickte entschlossen.

Jos stieß die Tür auf. Wie er erwartet hatte, standen Rostow und die Parfantis auch heute wieder da, um ihn in Empfang zu nehmen. Wie machten sie das? Erhielten sie irgendein Signal, wenn er auf dem Rückweg war? Sie konnten ja kaum die ganze Zeit während seiner Abwesenheit hier gewartet haben.

Kaum waren sie über die Schwelle getreten, da stürzte sich Kramer auch schon auf Rostow. Er warf den überraschten Geheimrat zu Boden und ging ihm an die Gurgel. »Gib mir meinen Schatten zurück!«, kreischte er.

Das ging so schnell, dass weder Jos noch die Parfantis Zeit hatten zu reagieren. Doch gerade, als Jos den Mann ohne Schatten zurückreißen wollte, geschah etwas, das ihm das Blut in den Adern gefrieren ließ.

Kramer zerfiel!

Es war wie der Blick auf ein Schneetreiben, das immer dichter und dichter wurde. Die Gestalt wurde ganz krisselig, ehe sie im nächsten Moment in sich zusammensackte wie ein ausgehöhlter Sandhaufen. Und das völlig geräuschlos.

Da, wo gerade noch ein Mensch war, befand sich jetzt nur noch eine Handvoll Staub. Und den wischte sich Rostow beim Aufstehen mit einer Hand von der Weste, als würde er lediglich eine lästige Fliege verscheuchen. Sein Gesicht war zornesrot.

»Wieso schleppst du diese Kreatur hier an?«, fauchte er.

Jos war so schockiert, dass es ein paar Sekunden dauerte, ehe er seine Sprache wiederfand. Vor seinen Augen war gerade ein Mensch gestorben. Auch wenn Kramer ihm nicht besonders sympathisch gewesen war, ein solches Schicksal hatte er nicht verdient.

»Weil … weil er es so wollte«, sagte Jos. »Sie haben ihm den

Schatten gestohlen und er wollte ihn zurück. Das finde ich nur gerecht.«

»Gerecht! Gerecht!« Rostow warf die Arme in die Luft. »Gerecht ist, dass er und ich einen Handel abgeschlossen haben, an den er sich nicht halten wollte.«

»Weil er das mit dem Schatten vorher nicht wusste«, entgegnete Jos, der langsam seine Fassung wiederfand. »Oder stimmt das etwa nicht?«

»Eine kleine Nebensächlichkeit«, versuchte Rostow, seinen Einwand beiseitezuwischen. »Und bislang hat sich noch niemand beschwert.«

»Wie auch? Die Leute haben ja keine Möglichkeit zur Rückkehr.«

»Dann ist doch alles in Ordnung«, sagte einer der Parfantis.

»Nichts ist in Ordnung.« Jos spürte, wie Ärger in ihm aufstieg. Anklagend deutete er auf das Häufchen zu Rostows Füßen. »Ein Handel ist nur dann gültig, wenn jede Seite weiß, welchen Preis sie zu entrichten hat.«

»Kinkerlitzchen!«, rief der andere Parfanti.

»Papperlapapp!«, rief sein Bruder.

»Kokolores!«

»Firlefanz!«

»Pipifax!«

»Pillepalle!«

»Larifari!«

»Mumpitz!«

»Tinnef!«

»Heckmeck!«

»Ruhe!«, brüllte Rostow. Sofort verstummten die Parfantis.

»Genug geredet!«, herrschte der Geheimrat Jos an. »Da siehst du, was du mit deinen dummen Fragen anrichtest. Hast du den Ring?«

Jos nickte widerwillig.

»Dann gib ihn mir.« Rostow streckte die Hand aus.

»Und welche Garantie habe ich, dass Sie sich an unsere Abmachung halten werden?«, fragte Jos.

Rostow kniff die Augen zusammen. »Ah, jetzt verstehe ich. Du hast Sorge, den Vater deiner Freundin nicht zurückzubekommen, stimmt' s?«

»Es ist schwierig, jemandem zu vertrauen, der seinen Kunden den Schatten stiehlt.«

»Schon wieder dieser Unsinn.« Der Geheimrat fuhr sich mit der Hand durch die Haare, ehe er mit schmeichelnder Stimme fortfuhr. »Du musst nicht alles glauben, was du hörst. Es ist ein Gesetz, dass der, der in eine andere Welt wechselt, seinen Schatten zurücklässt. Damit haben wir überhaupt nichts zu tun. Deshalb können wir auch niemandem seinen Schatten zurückgeben.«

»Und warum sagen Sie das den Leuten vorher nicht?«

»Glaubst du, das würde etwas ändern? Meinst du wirklich, sie würden sich durch eine solche Kleinigkeit abhalten lassen, ihre Wunschwelt zu betreten? Hinterher ist das Gejammere groß. Aber das ist immer so. Das bedeutet nicht, dass ich meine Abmachungen nicht einhalte. Im Gegenteil: Geheimrat Rostow ist bekannt dafür, seine Seite eines Handels stets gewissenhaft zu erfüllen.«

Dabei lächelte er so böse, dass es Jos eiskalt über den Rücken lief. Was sollte er jetzt machen? Rostow hatte auf jeden Einwand eine Erwiderung. So kam er nicht weiter. Er musste sich unbedingt mit Lena und Natz besprechen.

»Hier haben Sie Ihren Ring«, sagte er und hoffte, der Geheimrat würde nicht erkennen, dass es sich um eine Kopie handelte. Aber der war viel zu begierig darauf, das gewünschte Objekt in den Händen zu halten. Er schloss seine Finger darum und wandte sich zum Gehen. »Gut gemacht. Bis später dann.« Mit diesen Worten ließ er Jos stehen und verschwand mit den Parfantis aus dem Zelt.

~ Kapitel 12 ~

Verurteilt!

Lena wartete seit den frühen Abendstunden in ihrer Wohnung auf Jos. Je später es wurde, desto unruhiger wurde sie, ganz im Gegensatz zu Natz, der ihr Gesellschaft leistete. »Er wird schon kommen, nicht wahr? Auf Jos ist Verlass.«

Aber das half Lena nicht, ihre Nerven zu beruhigen. Von Stunde zu Stunde bedrückte sie der Gedanke, Jos könnte etwas zugestoßen sein, immer mehr, und als er schließlich an der Tür erschien, war es ihr, als tauche sie aus einem tiefen See auf, gerade noch rechtzeitig vor dem Ertrinken.

Erleichtert fiel Lena ihm um den Hals.

»Es dreht sich also alles um die Schatten«, fasste Jos zusammen, nachdem sie berichtet hatten, was in der Zwischenzeit geschehen war. »Du hattest recht, Natz. Rostow tut nichts aus reiner Nächstenliebe. Er muss es irgendwie fertigbringen, die Schatten der Menschen, die er in eine der Parfanti-Welten schickt, aufzubewahren. Aber wie macht er das?«

»Das Energit!«, sagte Natz.

Seine Freunde blickten ihn verständnislos an.

»Du hast doch erzählt, wie dein Begleiter zerfallen ist, kaum dass er wieder in unserer Welt war, nicht wahr?«

»Ja, aber was hat das mit Energit zu tun?«

»Überleg doch mal! Leben gibt es nur dann in einem Körper, wenn er über Energie verfügt. Energie hält die ganzen Atome und Moleküle zusammen, aus denen wir bestehen, so wie alles in dieser Welt. Geht diese Energie verloren, so zerfällt alles in kürzester Zeit.«

»Und du meinst …?«

»Ich glaube, dass die Menschen, die in eine der Parfanti-Welten gehen, mit ihrem Schatten auch ihre Lebensenergie hier zurücklassen. Sonst könnten sie doch ohne Gefahr wieder zurückkehren! Aber in ihrer neuen Welt haben sie eine eigene Energie, die von den Parfantis erzählt worden ist. Und wenn Rostow tatsächlich die Schatten sammelt, so verfügt er über eine ungeheure Menge an Energie. Und was ist Energit? Nichts anderes als viel Energie auf kleinstem Raum, von der keiner weiß, woher sie stammt.«

Einen Moment lang schwiegen Lena und Jos, dann begannen sie, beide gleichzeitig zu sprechen. Jos verstummte und ließ Lena den Vortritt.

»Dieser Grandville hat Jos erzählt, Rostow wolle mit den Schatten Macht ansammeln. Warum sollte er es dann als Energit verkaufen? Das würde ihn doch schwächen.«

»Nun, von irgendwas müssen auch die Jahrmarktsleute leben«, widersprach Natz. »Vielleicht zweigt er nur ein bisschen ab. Wir sollten nicht vergessen, dass er möglicherweise schon seit vielen Hundert Jahren unterwegs ist. Da hat er inzwischen so viel gesammelt, dass er das bisschen Energit gut verschmerzen kann.«

»Selbst wenn das stimmt, wie kann man einen Schatten aufbewahren?«, fragte Lena. »Und wie kann man die Energie herausziehen?«

»Das weiß ich auch nicht. Aber ich traue es ihnen durchaus zu.« Natz bat Lena um den Behälter, den sie im Hof des Energit-Handels hatte mitgehen lassen, und hielt ihn in die Höhe. »Hermann hat mir erzählt, dass er diese Behälter von den Parfantis erhält. Und Roland hat uns berichtet, dass er seine Energit-Lieferungen ebenfalls von den Parfantis bekommt. Das heißt für mich, sie stellen das Energit her, nicht wahr? Und da weder Rostow noch diese beiden Brüder Ingenieure oder Wissenschaftler sind, zumindest unseres Wissens nach, liegt es doch nahe, dass sie eine andere Quelle für das Material haben müssen. Und das sind die Schatten, wenn ihr mich fragt.«

»Dann müssen wir herausfinden, wo er sie aufbewahrt!«, rief Lena.

Natz kratzte sich an der Schläfe. »Wir sollten morgen noch einmal mit Roland sprechen. Vielleicht bekommen wir gemeinsam etwas mehr aus ihm heraus.«

»Das ist alles nicht besonders viel«, sagte Jos und Lena hörte die Müdigkeit in seiner Stimme. »Selbst, wenn ihr die Schatten finden solltet, was wollt ihr dann damit machen?«

»Vielleicht solltest du deinen Jottweh mal danach fragen«, schlug Lena vor. »Er scheint ja auch sonst jede Menge Informationen zu besitzen.«

»Tja, aber ob er sie mit mir teilt …« Jos verzog den Mund. »Der Mann ist …«, er suchte nach dem richtigen Wort, »… speziell. Auf der einen Seite scheint er ungeheuer viel zu wissen, aber andererseits ist ihm das völlig egal. Ihm geht es nur um die Ordnung in seinem Archiv.«

»Ein interessanter Typ. Ich würde ihm gern mal begegnen«, warf Natz ein.

»Wir können gern tauschen.« Jos setzte ein schiefes Lächeln auf und sprang auf. »Ich muss bald schon wieder los und würde gern noch ein paar Stunden schlafen.« Er reckte sich und gähnte. »Ich verspreche euch, wenn wir diese Sache hinter uns haben, dann werde ich zwei Tage lang nicht aus dem Bett kommen.«

Lena spürte, wie das schlechte Gewissen an ihr nagte. An der Tür, die zum Zimmer ihres Vaters führte, drehte Jos sich noch einmal zu ihnen um. »Wir haben keinerlei Garantie, dass Rostow sein Wort auch hält. Ist euch das eigentlich klar?«

»Darüber habe ich mir auch schon den Kopf zerbrochen«, sagte Lena seufzend.

»Ich hoffe, der gefälschte Ring bringt seine Pläne durcheinander, aber das hilft deinem Vater auch nicht. Vielleicht sollte er ihn zuerst herholen, bevor ich seinen dritten Wunsch erfülle. Wenn es ihm in seiner Welt so dreckig geht wie diesem Kramer, dann wird er nur zu begierig darauf sein zurückzukehren.«

»Dann ist es vielleicht besser, wenn wir dich begleiten«, schlug Natz vor. »Aber jetzt leg dich erst mal hin, damit du uns bei deinem letzten Ausflug nicht zusammenklappst.«

»Schlaf gut.« Lena warf Jos ein kleines Lächeln zu und freute sich, als er es erwiderte.

Als Natz ihn drei Stunden später weckte, fühlte Jos sich wie gerädert. Dennoch brachen sie zügig auf. Der Geheimrat und die Parfantis warteten natürlich bereits.

»Ah, da ist unser Weltenwanderer ja«, strahlte Rostow, als Jos,

Lena und Natz im Zelt auftauchten. In der Hand hielt er eine Akte, die so aussah wie jene, die Jos aus dem Archiv von Jottweh entwendet hatte. »Bereit für den letzten Auftrag?«

Jos nickte. »Aber erst möchten wir sehen, wie Sie Lenas Vater zurückholen.«

»Also deshalb die Verstärkung.« Im Nu änderte sich der Gesichtsausdruck des Geheimrats. »Wir hatten gesagt: Erst drei Aufgaben, dann der Vater.«

»Wir trauen Ihnen nicht«, sagte Lena.

»Und du? Wolltest du nicht bei uns arbeiten?« Diese Frage war an Natz gerichtet.

»Ich habe es mir anders überlegt, nicht wahr?«

»Ich verstehe.« Rostow strich sich über den Bart. »Nun, das Problem ist, dass die Rückholung deines Vaters einige Stunden in Anspruch nehmen wird, junges Fräulein. Und so lange können wir leider mit dem letzten Auftrag nicht warten.«

»Dann fangen Sie doch wenigstens schon mal an damit«, sagte Lena. »Auf die Weise merken wir, dass Sie Ihr Wort halten.«

Rostow drehte sich zu den Parfantis um, die sich merkwürdig still verhielten. »Was meint ihr, geht das?«

»Es geht, es geht«, sagte der eine.

»Aber ob er auch kommt?«, fragte der andere.

»Wenn er kommt, dann geht es.«

»Kommt er nicht, geht' s nicht.«

»Aber wenn' s nicht geht, dann geht er auch nicht.«

»Also muss er kommen, damit er geht.«

»Ruhe!«, brüllte Rostow. »Ihr habt doch gehört, was ich gesagt habe! Macht euch an die Arbeit.«

Sofort verschwanden die Brüder mit geduckten Köpfen von der Bildfläche. Kaum waren sie hinter der Zeltplane verschwunden, konnte man sie allerdings schon wieder kichern hören. Das klang nicht besonders vielversprechend, fand Jos.

Rostow reichte ihm die Akte und den gefälschten Siegelring. Jos sah ihn erwartungsvoll an. Welche Aufgabe er sich wohl diesmal für ihn ausgedacht hatte?

»Diesmal ist es ganz einfach«, sagte Rostow, als hätte er seine Gedanken gelesen. »Du stellst die Akte zurück und legst den Ring wieder in die Schatulle.«

»Und dann?«

»Nichts dann. Damit ist dein Auftrag erledigt.«

Jos musterte Rostow skeptisch. Sollte das wirklich alles sein? Hatte der Geheimrat etwa bemerkt, dass der Ring nur eine Fälschung war? Stellte er ihm womöglich eine Falle? Mit einem unguten Gefühl stopfte er die Akte in seine Jackentasche und steckte den Ring ein.

»Warum brauchen Sie mich eigentlich dafür? Dafür hätten Sie doch auch Roland schicken können.«

»Ah, ihr habt diesen Nichtsnutz ausfindig gemacht. Respekt.« Rostow verneigte sich ironisch. »Er hat in der Tat so einen Schatten wie du. Und auch wieder nicht. Denn Spiegelschatten ist nicht gleich Spiegelschatten. Seine Macht ist am größten, wenn er noch jung ist, und mit jedem Jahr, das vergeht, nimmt sie ab. Leider lässt damit auch die Schutzwirkung nach.«

»Und warum haben Sie ihn dann überhaupt in Ihren Dienst genommen?«

»Nun, wenn ihr Roland gefunden habt, dann wisst ihr auch, dass ich mit Energit handle. Der Rohstoff dafür ist hochinstabil und nicht jeder kann damit umgehen. Erstaunlicherweise übt ein Spiegelschatten einen stabilisierenden Einfluss auf das Energit aus. Und das bis ins hohe Alter. Das ist der einzige Grund, warum ich mit diesem Taugenichts zusammenarbeite, denn ich benötige jemanden, der das Energit für die Kunden in kleine Portionen umfüllt.«

»Es ist wohl eher so, dass Sie ihn zur Mitarbeit zwingen«, warf Lena ein.

»Zwingen, was für ein böses Wort.« Der Geheimrat schüttelte den Kopf. »Ich motiviere ihn lediglich. Wenn ich nicht wäre, hätte er überhaupt keine Arbeit und wäre schon längst in der Gosse gelandet.« Er wandte sich an Jos. »Und nun genug geplaudert. Die Zeit drängt.«

Jos zögerte. Sie hatten nichts außer Rostows leere Versprechungen. Was würde geschehen, wenn er sich jetzt weigerte? Er blickte zu Lena hinüber, der die Verzweiflung ins Gesicht geschrieben stand. Sie hatten zwar eine Menge herausgefunden, waren aber auf nichts gestoßen, was ihnen eine Handhabe gegen Rostow geliefert hätte. Und wenn der Trick mit dem Ring nicht funktioniert hatte, dann gab es nur noch eine Möglichkeit, seine Pläne zu vereiteln, nämlich, die Akte nicht wieder in Jottwehs Archiv zurückzustellen. Aber ob das ausreichen würde, wusste er auch nicht.

Mit einem resignierten Kopfnicken verabschiedete er sich von Lena und Natz und trat durch die Tür in den ihm nun schon beinahe vertrauten Gang. Diesmal hielt er sich nicht damit auf, die Tür zu markieren, von der das Kreuz von seinem letzten Besuch natürlich wieder entfernt worden war. Er beschloss, einfach die nächste Tür auf der rechten Seite zu öffnen. Schneller konnte er nicht in Jottwehs Büro kommen.

Seine Hand wollte gerade die Klinke herabdrücken, als er ein merkwürdiges Geräusch vernahm. Es klang wie ein rhythmisches Surren: *wuschhh*, *wuschhh*.

Erstaunt hielt Jos inne. In der Ferne bemerkte er eine Bewegung im Korridor. Es war ein kleiner, heller Punkt, der sich stetig auf und ab bewegte. Fasziniert starrte er der Erscheinung entgegen, die von Sekunde zu Sekunde näher kam. Schließlich war sie nah genug, um erkennen zu können, worum es sich handelte: Es war Jottweh, der auf einem Wägelchen aus Metall stand, das er offenbar durch regelmäßiges Auf- und Niederdrücken eines Hebels vorwärtsbewegte.

Jetzt war Jos auch klar, warum die Rillen in den Boden eingelassen waren. Sie bildeten die Gleise für die kleine Draisine, die Jottweh in diesem Moment vor ihm zum Stehen brachte. Der Mann zog ein riesiges weißes Taschentuch hervor und wischte sich damit den Schweiß von der Stirn.

»Will Er zu Uns?«, keuchte er.

Jos nickte.

»Dann nehme Er schon einmal Platz. Wir brauchen noch ein paar Minuten.«

»Wohin fahren Sie?«, fragte Jos. »Ich denke, alle diese Türen führen lediglich in Ihr Büro.«

»Papperlapapp«, erwiderte Jottweh. »Wer hat Ihm denn diesen Unsinn erzählt? Hat Er nicht gesehen, wie groß das Archiv ist? Glaubt Er etwa, wir können die entlegenen Regionen zu Fuß erreichen?«

»Hinter jeder dieser Türen liegt also ein anderer Abschnitt mit Aktenregalen?«, fragte Jos ungläubig.

»Selbstredend.« Jottweh steckte das Taschentuch ein. »Und jetzt entschuldige Er Uns, Wir müssen noch einiges erledigen heute.«

Jos war jetzt vollends verwirrt. »Und wie komme ich in Ihr Büro?«

Jottweh deutete auf die Tür, vor der er stand. »Er war doch schon oft genug bei Uns, um den Weg zu kennen, oder?« Mit diesen Worten griff er wieder zum Hebel und begann erneut mit dem Pumpen. Sofort setzte sich die Draisine in Bewegung und wenig später war von ihm nichts mehr zu sehen.

Mit einem Kopfschütteln stieß Jos die Tür auf, vor der er stand. Tatsächlich befand er sich wieder in Jottwehs Büro. Wie lange mochte der Alte wohl noch unterwegs sein? Konnte er es wagen, die Akte sofort zurückzustellen?

Einen Moment rang Jos mit sich, dann eilte er ins Archiv hinein. Würde ihn sein Schatten wieder leiten? Wenn nicht, dann hatte er ein echtes Problem. Oder auch nicht, schließlich konnte er Rostows Akte einfach irgendwo dazwischenstellen. Vielleicht war das sogar besser so. Auf diese Weise brachte er die Pläne des Geheimrats möglicherweise durcheinander. Denn für das Gelingen seines Plans schien es ja wichtig zu sein, dass alles *ordnungsgemäß* ablief.

Also ging er nur ein paar Meter in den Gang hinein und drückte die Akte dann irgendwo in ein Regal. Jos wollte gerade den Rückweg antreten, als ihm ein Gedanke durch den Kopf fuhr. Ob es hier wohl auch von ihm eine Akte gab? Und wenn ja, was stand da wohl drin?

Er wusste, dass er möglichst schnell in Jottwehs Büro zurückkehren sollte, bevor der Beamte dort auftauchte, aber er konnte einfach nicht. Was anfangs nur eine Idee war, hatte sich im Handumdrehen in ein starkes Verlangen verwandelt. Er musste seine Akte einfach haben!

Würde ihm sein Schatten auch dabei helfen?

Und tatsächlich wies er ihm den Weg. Hin und her ging es zwischen den Archivgängen, und Jos wusste nicht, ob er sich bei diesem Zickzackkurs dem Ausgang näherte oder immer weiter davon entfernte. Ein ums andere Mal hielt er Ausschau nach einer Tür, denn wenn er Jottwehs Aussagen Glauben schenkte, mussten sich irgendwo weitere Zugänge zum Archiv befinden. Wenn es sie wirklich gab, dann waren sie gut versteckt. Er konnte nur hoffen, dass der Beamte nicht plötzlich durch eine dieser Türen trat und ihn im Archiv vorfand.

Nach schier unendlich vielen Gängen deutete sein Schatten schließlich auf eine Stelle in einem der Regale. Jos brauchte nicht lange zu suchen, bevor er seinen Namen entdeckte. Sofort stopfte er die Akte in die Innentasche seiner Jacke und machte sich umgehend auf den Rückweg.

Zum Glück war Jottweh noch nicht wieder von seinem Ausflug zurück. Jos wartete fast eine Viertelstunde vor seinem Schreibtisch, bis der Beamte aus den Tiefen des Archivs auftauchte. Er war also doch durch eine andere Tür hineingelangt!

Jottweh nahm auf seinem Stuhl Platz. »Was können Wir heute für Ihn tun?«

»Ich habe eine Frage. Kennen Sie einen Geheimrat Rostow?«

»Ah, Rostow.« Jottweh lehnte sich zurück. »Ja, so nennt er sich jetzt wohl. Lange haben Wir von ihm nichts mehr gehört.«

»Also kennen Sie ihn?«

»Vor sehr langer Zeit haben wir einmal zusammengearbeitet«, sagte Jottweh und sein Gesicht nahm einen fast wehmütigen Ausdruck an.

Das verblüffte Jos. Genau dasselbe hatte Grandville ihm erzählt. Rostow, Jottweh und der Franzose hingen also irgendwie zusammen. Obwohl … es fiel ihm schwer, sich den aalglatten und bösartigen Geheimrat und den etwas trotteligen Beamten miteinander vorzustellen.

»Es gab einmal eine Zeit, zu der wir gemeinsam die Beaufsichtigung dieses Archivs innehatten«, fuhr Jottweh fort. »Keiner fasste einen Entschluss, ohne den anderen zu konsultieren. Man sollte meinen, dies sei ein mühseliger Vorgang, alles und jedes zu diskutieren. Aber Wir können Ihm sagen, es ist weitaus mühevoller, allein Entscheidungen treffen zu müssen. Wer hilft einem dabei zu entscheiden, was richtig und was falsch ist? Mit wem kann man über die Tragweite von Entscheidungen sprechen, von denen doch jede den gesamten Lauf der Welt beeinflusst?«

»Den Lauf der Welt? Übertreiben Sie da nicht ein wenig?«

»Keineswegs. Denk Er doch mal nach. Wenn Er sich jetzt hier die Nase schnäuzt, dann entsteht Bewegung zwischen all den winzigen Teilchen, die sich um Ihn herum in der Luft befinden. Ein winziges Staubkorn wird vielleicht in Unser Archiv geweht. Dort stößt es mit anderen Staubkörnern zusammen, man haftet aneinander und sinkt schließlich auf einer Akte nieder, vielleicht genau auf einem kleinen i, zwischen dem Punkt und dem Strich, sodass aus dem i mit einem Mal ein l wird und aus dem Namen Meier der Name Meler. Das wiederum führt zu falschen Eintragungen, unrichtigen Beglaubigungen und großer Unordnung im Lauf der Welt, alles ausgelöst durch einen kleinen Nieser.«

»So habe ich das noch nie betrachtet«, sagte Jos verblüfft. »Jeder von uns hat also die Macht, die Welt zu verändern?«

Jottweh nickte. »Alles ist miteinander verbunden. Er ist Teil eines unteilbaren Ganzen, so wie Wir auch. Und wie jedes Lebewesen, jede Pflanze und jedes Ding. Alles wirkt zusammen, um unsere Welt immer wieder neu zu erzeugen.«

»Und warum arbeiten Sie nicht mehr mit Rostow zusammen?«

»Er war wohl nicht zum Verwalter geeignet«, seufzte Jottweh. »Er wollte sich nicht mehr in den Gang der Dinge fügen, sondern selbst das Steuer übernehmen. Aber das konnten Wir natürlich nicht zulassen. Wir mussten ihn verbannen. Seitdem ist sein einziges Ziel, wieder hierher zurückzukehren.«

»Rostow ist also hinter Ihrem Posten her?« Natürlich, das musste es sein! Der Geheimrat strebte danach, wieder an der Schwelle zwischen den Welten seines Amtes zu walten. Verwundert registrierte Jos, dass Jottweh den Kopf schüttelte.

»Nein, Unsere Arbeit will er nicht machen. Es ist die Macht, nach der er sich sehnt. Er hat nur einen Wunsch: Über all diese Existenzen hier«, er machte eine Handbewegung in Richtung des Archivs, »zu herrschen.«

Jos spürte, wie ein Schauer über seinen Rücken rann. »Und dann? Was macht er dann damit?«

»Er spielt. Für ihn ist das alles nur ein gewaltiges Spiel, allein inszeniert für ihn und seine Vasallen, damit sie ihre Freude haben.«

»Das stimmt.« Jos stimmte Jottweh aus ganzem Herzen zu. »Speziell die Parfantis. Ich glaube, wenn Rostow sie nicht im Zaum halten würde, dann würden sie jede Menge Unheil anrichten.«

Jottweh lächelte müde. »Zwei sehr gefährliche Subjekte. Wir kennen sie noch unter anderem Namen. Bereits damals versuchten sie ständig, ihren Schabernack mit Uns zu treiben, und Wir mussten Rostow fortwährend ermahnen, sie zu zügeln.«

»Und heute erschaffen sie Welten für ihn«, sagte Jos.

Jottweh machte eine wegwerfende Handbewegung. »Gar nichts erschaffen sie. Sie sind keine Schöpfer, sondern Zerstörer. Das Chaos ist es, nach dem sie streben. Rostow plant langfristig, sie hingegen leben nur für den Augenblick. Und was die Welten betrifft, so schafft sich jeder Mensch seine Welt selbst, meistens, ohne es zu wissen. Die Parfantis machen sich das nur zunutze.«

»Aber ich habe es doch selbst gesehen! All diese Welten, in die man durch diese Tür kommt, wurden doch von ihnen erschaffen, oder nicht?«

Jottweh lächelte müde. »Er hat doch Unsere Akten gesehen. Alles ist schon immer da.«

Hatte das Grandville nicht auch gesagt? Jetzt wollte es Jos wissen. »In der vorigen Welt habe ich einen Franzosen getroffen, einen gewissen Grandville. Kennen Sie den auch?«

Der Beamte wiegte den Kopf hin und her. »Der Name sagt mir nichts. Kann Er Uns mehr über den Mann sagen?«

Jos zog den zerknitterten Zettel aus der Tasche, auf dem Kramer Grandvilles Namen notiert hatte, und schob ihn Jottweh über den Schreibtisch hin. Der hob ihn stirnrunzelnd vor die Augen und studierte ihn. Dann hellte sich seine Miene auf.

»Einer Unserer ehemaligen Gehilfen«, sagte er. »Hat er Ihm weiterhelfen können?«

»Eigentlich nicht.« Jos zuckte mit den Schultern. »Er hat im Wesentlichen dasselbe gesagt wie Sie. Und ich habe es ebenso wenig verstanden. Wenn alles schon immer da ist, wie kann dann ein Nieser die Welt verändern? Sie haben doch gerade gesagt, wir erzeugen die Welt immer wieder neu.«

»Für den menschlichen Geist scheint es in der Tat ein Widerspruch zu sein. Aber wenn Er gründlich darüber nachdenkt, wird er es vielleicht eines Tages verstehen.«

Jos fand diese Antwort sehr unbefriedigend. Doch für den Augenblick ließ er es dabei bewenden. Vielmehr sollte er die letzte Möglichkeit nutzen, nach Lenas Vater zu suchen. Denn allein auf Rostows Wort zu vertrauen, war ihm zu ungewiss.

»Dann geben Sie mir mal die nächste Welt«, sagte er. Aber was würde geschehen, wenn er Lenas Vater tatsächlich fand? Er musste an Kramers Schicksal denken. Würde dasselbe Schicksal auch ihn ereilen? Würde er zu Staub zerfallen, sobald er in seine ursprüngliche Welt zurückkehrte?

Er schüttelte sich. Das Problem würde er angehen, wenn er ihn gefunden hatte.

Der Stapel auf Jottwehs Schreibtisch bestand nur noch aus drei Akten. Jos entschied sich nicht für die oberste Akte, sondern die in der Mitte. Jottweh machte den üblichen Vermerk darauf und deutete auf die Tür. Jos bedankte sich und schritt hindurch. Inzwischen fühlte sich der Ablauf vertraut an, und er erwartete, wieder auf dem Jahrmarkt zu landen. Er war gespannt, welchen Namen er in dieser Welt tragen würde.

Doch diesmal erwartete ihn eine Überraschung.

Und zwar eine unangenehme.

Er hatte kaum die Tür hinter sich geschlossen, als sich mehrere Gestalten aus dem Schatten lösten und sich auf ihn stürzten. Es waren kräftige Männer, gegen die Jos keine Chance hatte.

Zwei von ihnen hielten ihn an beiden Armen fest und zogen ihn mit sich in das Zelt hinein. Sie schleppten ihn die Stufen zur Bühne hoch.

Der Zuschauerraum war bis auf den letzten Platz besetzt. Auf der einen Seite der Bühne war ein langer Tisch aufgebaut, an dem eine Frau saß, die zu beiden Seiten von zwei Männern flankiert wurde. Dem Tisch gegenüber stand ein Stuhl, zu dem seine Häscher Jos zerrten. Sie drückten ihn auf den Sitz und traten dann zurück, ließen aber jeder eine kräftige Hand auf seiner Schulter liegen.

Das alles war so schnell gegangen, dass Jos erst einmal den Kopf schütteln musste, um sich seiner Situation zu vergewissern. Was war hier los? Warum hatte man ihn hier erwartet?

Bevor er weiter über diese Fragen nachdenken konnte, ergriff die Frau, die in der Mitte zwischen den Männern saß, das Wort. Sie war schon etwas älter und erinnerte Jos an eine Lehrerin, die er einmal gehabt hatte, mit ihren im Nacken zu einem Dutt zusammengebundenen Haaren und dem strengen Gesichtsausdruck. Sie steckte in einem schwarzen, knöchellangen Kleid, aus dem ein weißer Kragen hervorlugte. Die Männer trugen merkwürdig altmodische Kleidung, mit hochgestellten Hemdkragen und dicken Krawatten, und darüber Jacketts, deren Säume bunt abgestickt waren.

»Willkommen beim großen Gericht der Stadt«, sagte die Frau, doch ihr Gesichtsausdruck strafte ihre Worte Lügen. Dies war keine freundliche Begrüßung. »Wir haben dich bereits sehnsüchtig erwartet.«

»Warum?« Jos spürte das heftige Schlagen seines Herzens, und es fiel ihm schwer, selbst dieses eine Wort hervorzupressen.

»Das wirst du sofort erfahren.« Die Frau drehte sich zum Publikum. »Die Verhandlung ist eröffnet.«

Sie nickte dem Mann zu ihrer Rechten zu. Er erhob sich von seinem Stuhl und nahm ein Blatt Papier in die Hand, das vor ihm auf dem Tisch gelegen hatte. Er räusperte sich und begann dann, von dem Blatt abzulesen.

»Wir, das Volk dieser Stadt, klagen diesen Jungen der Aufwiegelung gegen die rechtmäßige Regierung des Volkes an. Ferner wird er der Sabotage und der Zerstörung öffentlichen Eigentums beschuldigt. Wir beantragen, ihn in Haft zu nehmen und zu mindestens zehn Jahren Arbeitslager zu verurteilen.«

Jos verstand gar nichts. Aufwiegelung? Sabotage? Das musste eine Verwechslung sein! Oder …

Eine schreckliche Ahnung stieg in ihm auf. War das ebenfalls

Rostows Werk? Hatte der Geheimrat das Ganze arrangiert, um Jos aus dem Weg zu schaffen, nachdem er seine Aufgabe erfüllt hatte? Aber wie konnte Rostow wissen, welche Welt er betreten würde? Und wie hatte er die Bewohner dort benachrichtigt?

Der Mann setzte sich. Lauter Applaus brandete aus dem Publikum auf.

»Ruhe!«, rief die Frau und sofort verstummte das Klatschen. Sie blickte Jos an. »Hast du etwas zu deiner Verteidigung vorzubringen?«

Die Männer zu seinen Seiten rissen ihn vom Stuhl hoch. Jos war die Kehle wie zugeschnürt und das Blut rauschte in seinen Ohren. »Das ist ein Irrtum«, brachte er schließlich heraus. »Ich habe nichts getan. Ich bin doch noch nie in Ihrer Stadt gewesen.«

Aus dem Publikum war Gelächter zu hören, das unter dem strengen Blick der Frau, die wohl die Vorsitzende dieses Tribunals war, unverzüglich erstarb. Sie gab dem Mann zu ihrer Linken ein Zeichen. Er stand auf und sagte mit lauter Stimme: »Ich rufe den Zeugen Hildebrand.«

Aus den Kulissen trat ein Mann von vielleicht dreißig Jahren auf die Bühne. Er trug eine schlichte Leinenhose und ein weites Hemd und hatte ein freundliches Gesicht.

»Zeuge Hildebrand, erkennen Sie diesen Jungen wieder?«, fragte der Mann am Richtertisch.

»Jawohl, Herr, das tue ich.«

»Erzählen Sie uns bitte, wann und wo er Ihnen aufgefallen ist.«

»Ich bin Nachtwächter hier beim Jahrmarkt und habe vor zwei Nächten beobachtet, wie jener Junge kurz nach Mitternacht aus diesem Zelt getreten ist. Er hatte einen Eimer in der Hand. Weil mir das seltsam vorkam, bin ich ihm gefolgt. Er ist zum Rathaus gegangen und hat dort mit weißer Farbe *Nieder mit Posselt, dem Verbrecher* an die Rathauswand gemalt.«

»Und es war ganz sicher dieser Bursche hier?«

Hildebrand nickte. »Ganz sicher. Ich habe sein Gesicht gesehen, als er unter einer Laterne hergegangen ist. Und seine Jacke war an genau derselben Stelle zerrissen wie die, die er anhat.«

Jos blickte an sich herab. Seine Jacke? Zerrissen? Er musterte die Ärmel und die Vorderseite, aber alles war in Ordnung. Etwas schmutzig vielleicht, aber kein Riss.

»Zieh die Jacke aus, Junge«, befahl die Frau.

Jos tat, wie ihm geheißen. Und tatsächlich! Unter der rechten Schulter war sie eingerissen! Das hatte er heute Nacht beim Anziehen gar nicht bemerkt. Einer der Männer neben ihm nahm sie ihm aus der Hand und hielt sie in die Höhe, sodass sie jeder sehen konnte. Ein Raunen ging durch das Publikum.

»Was hat er dann gemacht?«, fragte der Mann am Richtertisch den Zeugen.

»Er hat den Eimer stehen lassen und ist zum Zelt zurückgelaufen, in dem er verschwand. Als er nicht mehr auftauchte, bin ich ihm hinterher, aber er war nirgendwo zu entdecken.«

»Hast du etwas dazu vorzubringen?«, fragte die Frau Jos.

»Ich weiß ja nicht mal, wer dieser Posselt ist«, verteidigte sich Jos. Er spürte, dass er hier nur ein Statist in einem abgekarteten Spiel war. Der Zeuge Hildebrand war sicher überzeugt, die Wahrheit zu sagen. Er hatte jemanden gesehen, der wie Jos aussah, daran gab es keinen Zweifel.

Die Stimme der Frau riss ihn aus seinen Gedanken. »Dann können wir ja fortfahren.«

Der Mann zu ihrer Linken blickte auf sein Blatt. »Ich rufe den Zeugen Marschall.«

Ein älterer Mann trat auf die Bühne, ebenfalls einfach gekleidet. Er hatte ein gutmütiges Gesicht und eine dicke Knollennase.

»Zeuge Marschall, haben Sie diesen Jungen schon einmal gesehen?«

»Jawohl, Herr. Mein Kollege, Klaus Hildebrand, berichtete mir von seiner Beobachtung vorgestern Nacht. Also haben wir uns gestern Nacht gemeinsam auf die Lauer gelegt. Kurz nach Mitternacht tauchte dieser Junge aus dem Zelt auf. Wir folgten ihm in die Stadt, wo er am Marktplatz vor der Statue von Bürgermeister Posselt anhielt. Er zog einen Hammer und einen Meißel aus der Tasche und hieb auf die Statue ein, bis das Gesicht fast völlig zerstört war.«

»Und was ist dann geschehen?«

»Er lief zurück zu diesem Zelt und verschwand spurlos, so wie in der Nacht zuvor.«

»Und was hast du dazu zu sagen?«, wandte sich die Frau erneut an Jos.

Jos war verzweifelt. »Das war ich auch nicht. Das muss jemand gewesen sein, der so aussieht wie ich.«

»Es war dieser Junge, ganz sicher«, sagte Marschall.

»Und du behauptest immer noch, es nicht gewesen zu sein?«

Was sollte Jos antworten? Ihm war klar, was hier ablief. Die Parfantis mussten diese Welt vor zwei Nächten erschaffen und seinen aus dem Nichts auftauchenden Doppelgänger mit hineinerzählt haben. Das war die einzige logische Erklärung. Woher sie allerdings wussten, dass er genau diese Welt betreten würde, war ihm nach wie vor ein Rätsel. Es würde bedeuten, dass ihre Macht noch weitaus größer war, als er angenommen hatte.

War es vielleicht sogar möglich, dass die Parfantis alles erfunden hatten? Den Gang mit den unendlich vielen Türen, Jottweh, das Archiv? Er würde es wohl nie herausfinden. Das Einzige, was im Umgang mit Rostow und seinen Gehilfen sicher war, war die Unsicherheit. Alles, was er vorher als gegeben angenommen hatte, die Welt, den Zusammenhang von Ursache und Wirkung, die Wirklichkeit, war innerhalb weniger Tage zusammengebrochen und ersetzt worden durch ... Ja, durch was?

»Angeklagter, wir warten«, riss ihn die Stimme der Frau aus seinen Gedanken.

»Ich war es nicht«, wiederholte Jos. »Ich kann es zwar nicht beweisen, aber ich bin unschuldig.« Er hob die Hände. »Sehen Sie Farbe an meinen Fingern?« Er deutete auf seine Hose. »Sehen Sie Staub von der Statue auf meiner Kleidung?«

»Deine Kleidung hast du natürlich gesäubert«, erwiderte der Mann, der ganz rechts außen am Richtertisch saß.

»Und den Riss in der Jacke habe ich nicht geflickt? Das ist doch unlogisch!«, rief Jos.

»Was logisch ist oder nicht, darüber wird das Gericht befinden. Und das zieht sich nun zur Beratung zurück.« Die Frau und die vier Männer standen auf und verschwanden hinter den Kulissen. Sofort begannen die Zuschauer zu wispern. Jos ließ seinen Blick über das Publikum schweifen. Hier schien niemand auf seiner Seite zu sein. Entweder war dieser Bürgermeister Posselt überaus beliebt, oder er war so gefürchtet, dass niemand sich gegen ihn aufzulehnen wagte. Vielleicht war er es ja, der sich diese Welt so gewünscht hatte?

Es waren kaum zwei Minuten vergangen, als die Richter zurückkehrten. Diesmal setzten sie sich gar nicht erst. Auch Jos stand auf. Mit banger Miene lauschte er den Worten des Tribunals.

»Angeklagter, wir verurteilen dich wegen der dir vorgeworfenen Straftaten zu zehn Jahren Arbeitslager. Du wirst ins Stadtgefängnis gebracht und morgen ins Lager überführt. Die Verhandlung ist geschlossen. Lang lebe Bürgermeister Posselt!«

»Lang lebe Bürgermeister Posselt!«, echote das Publikum und brach in lautes Johlen aus. Im nächsten Augenblick wurde Jos von seinen zwei Bewachern gepackt und die Bühnentreppe hinabgeführt, mitten durch die schreiende Menge. Zwei weitere Männer bahnten ihnen den Weg, aber sie konnten die Leute nicht zurückhalten. Immer wieder prasselten Fausthiebe auf Jos ein, und obwohl er sich duckte, konnte er ihnen nicht ausweichen. Einige versuchten es auch mit Fußtritten, und einmal wäre er dadurch beinahe zu Fall gekommen, wenn ihn seine Wächter nicht sofort weitergeschleift hätten.

Schließlich erreichten sie den Ausgang des Zelts. Vor der Tür stand eine Kutsche mit vier Pferden und vergitterten Fenstern. Seine beiden Bewacher schoben ihn grob in den Wagen und kletterten hinterher. Sie hatten kaum die Tür geschlossen, als sich das Gefährt auch schon in Bewegung setzte. Das Schreien des Mobs wurde leiser, bis schließlich nur noch das *Klopp-klopp-klopp* der Pferdehufe auf der Straße zu vernehmen war.

Jos' Gedanken überschlugen sich. Er hatte zwar noch fast einen ganzen Tag Zeit, aber die Lage sah nicht gut aus. Mit jeder Minute, die verrann, sank seine Chance, rechtzeitig in seine Welt zurückzukehren. Und seine Bewacher und auch die Leute im Zelt sahen nicht so aus, als würden sie ihre Aufgabe nicht ernst nehmen. Jos tat der ganze Körper weh. Wahrscheinlich würde er morgen überall blaue Flecken haben, aber das war jetzt seine geringste Sorge. Er musste unbedingt vermeiden, eingesperrt zu werden.

Doch das war leichter gesagt als getan. Bereits nach kurzer Zeit kam die Kutsche zum Stehen. Seine Bewacher ließen ihn beim Aussteigen keine Sekunde aus den Augen und packten ihn sofort wieder an den Oberarmen. Er hatte keine Chance, sich daraus zu entwinden.

Sie brachten ihn zu einem imposanten Gebäude, zu dessen Tür eine breite Treppe hinaufführte. Jos wurde allerdings nicht nach oben, sondern zu einem unscheinbaren Nebeneingang gebracht. Sie stiegen eine Treppe hinab. An einer Stahltür wurden sie von einem Mann in einer schäbigen Uniform erwartet. Er führte sie einen Gang entlang, von dem zu beiden Seiten Zellentüren abgingen. Vor einer der letzten Türen blieben die Männer schließlich stehen. Der Uniformierte suchte einen Schlüssel aus seinem Bund heraus und schloss die Tür auf. Sie knarrte laut, während er sie aufstieß. Die zwei Männer, die ihn gepackt hielten, versetzten Jos einen Stoß und er taumelte in die Zelle. Mit einem ohrenbetäubenden Krachen fiel die Tür hinter ihm zu.

Die Zelle war klein und nur spärlich erleuchtet. Das Licht schien von einer Straßenlaterne zu kommen, die irgendwo draußen vor dem vergitterten Fenster stehen musste. An den Wänden waren zwei Holzpritschen mit Ketten befestigt. Die rechte davon war, bis auf eine Decke darauf, leer. Auf der anderen Pritsche saß eine Gestalt, die in eine Art Mönchskutte gehüllt und über ein Buch gebeugt war, die Kapuze tief ins Gesicht gezogen.

Benommen ließ er sich auf die leere Pritsche sinken. Nun war alles vorbei! Sein Abenteuer hatte ein Ende gefunden und er hatte nichts erreicht. Er würde seinen Schatten verlieren und nie mehr in seine Welt zurückkehren können. Und Rostow würde, davon war er fest überzeugt, Lenas Vater nicht wieder zurückholen. Die Anweisung an die Parfantis war mit Sicherheit nur Theater gewesen.

Ein Geräusch von der gegenüberliegenden Pritsche ließ ihn hochschauen. Ein Paar freundliche blaue Augen blickte ihn durch eine verbeulte Nickelbrille an.

»Posselt schreckt wirklich vor nichts zurück«, sagte eine Stimme. »Jetzt sperren sie schon Kinder ein.«

»Und Greise«, gab Jos zurück. Er mochte es nicht, als Kind bezeichnet zu werden, und der Mann in der Kutte kam ihm tatsächlich ziemlich alt vor.

»Touché«, erwiderte der Mann mit einem Lächeln. »Du bist nicht auf den Kopf gefallen. Das ist schon mal eine Eigenschaft, die Posselt nicht besonders schätzt.«

Posselt ... Schon wieder tauchte dieser Name auf. »Wer ist denn dieser Posselt?«, fragte Jos.

Sollte der Alte sich über Jos' Unkenntnis wundern, so ließ er es sich nicht anmerken. »Posselt ist ein kleiner Diktator, der seit vielen Jahren die Geschicke der Stadt so lenkt, wie es für ihn und seine Kumpane am vorteilhaftesten ist. Und dabei verfolgt er jeden, der ihm nicht in den Kram passt. Inzwischen hat er es so weit gebracht, dass sich die Bürger gegenseitig bespitzeln und verraten. Und überall hat er Statuen von sich errichten lassen, auf denen seine Wohltaten für die Stadt gepriesen werden. Selbst das Rathaus hat er wie ein Königsschloss umgebaut, mit seinem eigenen Kerker hier im Keller.«

»Wir befinden uns im Rathaus?«, fragte Jos erstaunt.

»In Posselts Reich, jawohl. Hier residieren alle, die es gewagt haben, ihn zu kritisieren. Deshalb bist du ja wahrscheinlich auch hier.«

»Ich weiß nicht, warum ich hier bin«, erwiderte Jos. »Jemand hat mich reingelegt.«

»Behaupten wir das nicht alle?«

»Aber bei mir stimmt es!« Jos sprang auf. »Und wenn ich es nicht schaffe, hier in den nächsten zwanzig Stunden rauszukommen, dann ist es um mich geschehen.«

Der Alte machte eine einladende Handbewegung. »Du machst mich neugierig. Willst du mir deine Geschichte nicht erzählen? Es gibt sowieso nichts anderes zu tun hier und mein Buch kann warten.«

Jos wusste nicht, warum, aber er vertraute dem Alten, der sich als Alfred Apollonius vorstellte. »Ich bin Philosoph von Beruf«, sagte er. Und als er Jos' verständnislosen Blick sah, ergänzte er: »Ich verbringe meine Zeit damit, mir über die Welt und das Leben Gedanken zu machen.«

»Sie denken den ganzen Tag?«, fragte Jos erstaunt. »Und das ist ein richtiger Beruf?«

»Du bist nicht der Einzige, der sich das nicht vorstellen kann. Unser Freund Posselt sieht das genauso. Deswegen hat er auch den Philosophieunterricht in den Schulen abgeschafft. Es gibt nur noch Mathematik und Technik. Da werden die Schüler wenigstens nicht der Gefahr ausgesetzt, über die Verhältnisse hier in der Stadt nachzudenken.«

So hatte Jos das noch nie gesehen. Wenn man ihn gefragt hätte, ob in den Schulen mehr Naturwissenschaften und weniger Philosophie unterrichtet werden sollte, dann hätte er sofort zugestimmt. Doch die Ereignisse der letzten Tage hatten in ihm Zweifel aufkommen lassen. Offenbar gab es Dinge in der Welt, wichtige Dinge, die sich mit Wissenschaft allein nicht erklären ließen. Das hatte er am eigenen Leib erfahren. Ein Jottweh war kein Techniker oder Mathematiker, und doch schien er weitaus mehr über das Funktionieren des Universums zu wissen als andere.

Apollonius klopfte mit der Hand neben sich auf die Pritsche. »Komm, setz dich und erzähl mir, was dir passiert ist. Vielleicht finden wir ja doch noch einen Ausweg.«

Jos hockte sich neben den Philosophen und berichtete von Rostow und den Parfantis, Jottweh, den vielen Welten und dem Empfang, den man ihm heute hier bereitet hatte.

»Sehr interessant«, sagte Apollonius, als er geendet hatte. »Ein Multiversum. Davon habe ich kürzlich gelesen, den Gedanken aber nicht weiterverfolgt.«

»In dem Buch da?« Jos deutete auf den Band, in dem Apollonius gelesen hatte.

»Nein, nein.« Der Philosoph lachte. »Ich habe Zugang zu einer ganzen Bibliothek.«

»Wie, hier im Gefängnis?«

Apollonius nickte. »Ich genieße einige Privilegien. Zum einen, dass ich nicht ins Arbeitslager muss, sondern hier im Rathaus meine Strafe absitzen darf. Man hat nämlich Angst, dass ich die anderen Gefangenen im Lager mit meinen gefährlichen Ideen anstecken könnte.« Er zwinkerte Jos zu. »Und zum anderen darf ich jeden Tag eine Stunde in die Bibliothek, um meine Studien fortzusetzen. Vielleicht hofft man so, mich irgendwann einmal von meinen Überzeugungen abbringen zu können. Denn Posselt hat extra für mich eine Bücherei einrichten lassen, in der nur Werke stehen, die sich kritisch mit der Philosophie auseinandersetzen. Zumindest mit der Richtung, die ich verfolge.«

Jos hatte den letzten Satz gar nicht mehr gehört. »Heißt das, Sie können hier aus der Zelle raus?«, fragte er aufgeregt.

Der Alte deutete auf das kleine, vergitterte Fenster oben in der Wand. »Wenn die Sonne untergeht, dann werde ich für meine Lesestunde abgeholt.«

Ein Gedanke begann sich in Jos' Kopf zu formen.

Er schloss für einen Moment die Augen und dachte nach. Ja, das konnte funktionieren, wenn der Alte mitspielte!

Mit einem hoffnungsvollen Kribbeln im Bauch beugte er sich vor und begann, Apollonius mit leiser Stimme auszufragen.

Irgendwann brachte der Wärter ihnen ein karges Frühstück, das aus zwei Scheiben hartem Brot, zwei Scheiben undefinierbarem Käse und wässrigem Kaffee bestand. Jos verspürte keinen Hunger, aber auf das Anraten von Apollonius aß er alles auf. Dann streckte der Philosoph sich auf seiner Pritsche aus.

»Du solltest auch ein wenig schlafen«, sagte er. »Spätestens zum Mittagessen werden wir wieder geweckt. Ich bin hier zu einer echten Nachteule geworden und beginne meinen Tag üblicherweise mit dem abendlichen Gang in die Bibliothek.« Er gähnte. »Du musst nachher im Vollbesitz deiner Kräfte sein. Ein guter Schlaf hilft dir dabei.«

Jos wusste wohl, dass er recht hatte, aber er konnte kein Auge zutun. Er wälzte sich auf seiner Pritsche hin und her, und bei jedem Geräusch, das durch die Tür oder das Fenster drang, durch das man lediglich das Straßenpflaster und ab und an ein Paar vorbeieilende Schuhe sehen konnte, zuckte er zusammen. Seine Gedanken wanderten zu Natz und Lena. Wenn seine Freunde wüssten, dass er in einer Zelle festsaß, wären sie bestimmt außer sich vor Sorge. Wie war es den beiden in der Zwischenzeit wohl ergangen? Hatten sie etwas herausgefunden über Rostow und seine Machenschaften, vielleicht sogar das Versteck der Schatten gefunden? Hoffentlich taten sie nichts Unüberlegtes, denn es stand für Jos außer Frage, dass der Geheimrat zu allem fähig war.

Nach dem ebenso kärglichen Mittagessen mit einer kalten Suppe und einem Stück Brot forderte sein Körper jedoch sein

Recht und er schlief tatsächlich ein. Als ihn Apollonius weckte, wurde es draußen bereits wieder dunkel.

Nun wurde es Zeit, seinen Plan in die Tat umzusetzen. Der Alte war sofort bereit gewesen, ihm zu helfen, als Jos ihn von seiner Idee in Kenntnis gesetzt hatte. Und die klang fast schon zu einfach.

Apollonius war etwa so groß wie Jos und auch sein Körperbau war ähnlich. Das hatte Jos auf den Gedanken gebracht, an seiner Stelle in die Bibliothek zu gehen. Der Alte hatte gegrinst, als Jos ihm seinen Plan vorgetragen hatte, und sich bemüht, seine Sorgen zu zerstreuen. »Du wirst erstaunt sein, wie unaufmerksam Gefängniswärter sind, wenn sie es mit einem gefügigen Insassen zu tun haben. Du ziehst dir einfach meine Kutte über, hältst deinen Kopf im Schatten der Kapuze, und wenn du etwas gefragt wirst, dann murmelst du etwas Unverständliches vor dich hin.«

»Aber werden Sie dann nicht dafür bestraft, wenn das rauskommt?«, hatte Jos gefragt.

Der Philosoph hatte den Kopf geschüttelt. »Ich werde einfach behaupten, dass du mich niedergeschlagen hast.« Er lächelte. »Ich bin ja ein alter und schwacher Mann. Das wird man mir schon abnehmen.«

Während Jos die Kutte des Philosophen überzog und der sich in die Decke auf seiner Pritsche einrollte, erklärte er Jos noch einmal den Fluchtweg. Jos setzte sich auf die Pritsche des Alten und tat so, als lese er in dem Buch, obwohl er so aufgeregt war, dass der Foliant aus seinen schweißnassen Händen zu rutschen drohte. Schließlich öffnete sich die Tür und der grau Uniformierte winkte ihm zu.

Jos legte das Buch zur Seite, zog sich die Kapuze noch etwas tiefer ins Gesicht und trat durch die Tür. Er folgte dem Wärter den Gang entlang, wobei er sich bemühte, Apollonius' schlurfenden Schritt und seine gebeugte Haltung so gut wie möglich zu imitieren. Solange die Beleuchtung nicht besser wurde, konnte die Täuschung funktionieren.

Zum Glück war der Wärter nicht sehr gesprächig. Sie stiegen drei Treppen empor und hielten vor einer zweiflügeligen Holztür. Sein Bewacher winkte Jos hinein. Ohne weiter auf ihn zu achten, setzte er sich an einen Tisch hinter dem Eingang und griff zu einer Zeitschrift, die dort lag.

Jos schlurfte an ihm vorbei und verschwand zwischen zwei Regalreihen. Die Bibliothek war nicht besonders groß. Sie bestand aus etwa einem Dutzend Regalen. Am anderen Ende des Raums blieb Jos vor einem Fenster stehen. Vorsichtig drehte er sich um. Was für ein Glück! Der Wärter konnte ihn von seinem Platz aus nicht sehen.

Wie Apollonius gesagt hatte, befand sich direkt vor dem Fenster ein Baugerüst. Mit zitternden Fingern klappte Jos den Fensterverschluss hoch und zog am rechten Fensterflügel.

Er klemmte!

Jos zog etwas stärker.

Nichts tat sich.

Jetzt lehnte er sich mit ganzer Kraft zurück.

Erst geschah nichts. Dann klappte der Fensterflügel quietschend auf.

Geistesgegenwärtig täuschte Jos einen Hustenanfall vor. Hoffentlich hatte der Wärter das nicht richtig gehört!

»Na, Professor, erkältet?«, rief der Mann ihm zu, schien sich aber offenbar nicht von seinem Platz erheben zu wollen. Warum auch? Wahrscheinlich führte er Apollonius seit Jahren jeden Abend hierher und nie hatte es irgendwelche Probleme gegeben.

Jos hustete noch einmal und gab ein krächzendes Geräusch von sich, von dem er hoffte, dass der Wärter es als ein »Ja« akzeptierte. Vorsichtig zog er das Fenster weiter auf, wobei er bei jeder Bewegung lautstark hustete.

Schließlich war die Öffnung breit genug für ihn, um sich hindurchzuzwängen. So leise wie möglich schwang er sich auf die Fensterbank, hüstelte noch einmal und trat dann auf das Brett des Baugerüstes, das sich genau vor dem Fenster befand.

Das Gerüst wackelte bedenklich. Obwohl er sich nur auf Höhe des zweiten Stockwerks befand, kam es Jos ziemlich hoch vor. Ein Blick nach unten zeigte ihm, dass die Gasse leer war. An jedem Ende stand eine Straßenlaterne, deren Licht aber nicht ausreichte, bis in die Mitte der Gasse vorzudringen. Im Schutz der Dunkelheit kletterte Jos das Gerüst hinunter, immer in der Furcht, dass jeden Moment der Wärter im Fenster auftauchen und Alarm auslösen könnte.

Aber nichts dergleichen geschah.

Unten angekommen, schlug Jos auf gut Glück eine Richtung ein. Diese Stadt war keine Kopie seiner Heimatstadt, doch er hatte eine ungefähre Ahnung, wo der Jahrmarktsplatz lag. Das hoffte er zumindest. Auf der Fahrt hierhin waren sie höchstens zehn Minuten unterwegs gewesen, zu Fuß dürfte es also nicht weiter sein als eine halbe Stunde.

Während er den Gehsteig entlanghuschte, wunderte er sich über die verlassenen Straßen. Es war noch nicht einmal sieben Uhr am Abend und doch hatten alle Geschäfte bereits geschlossen. Nirgends waren Fußgänger zu sehen, lediglich die eine oder andere Kutsche rumpelte an ihm vorbei. Dann drückte Jos sich in den Schatten eines Toreingangs, bis das Gefährt hinter der nächsten Biegung verschwunden war.

In der Bibliothek musste der Wärter inzwischen sein Verschwinden bemerkt haben. Es konnte nicht mehr lange dauern, dann würden sie hinter ihm her sein. Und Jos wusste, wo sich seine Verfolger zuerst postieren würden: im Zelt auf dem Jahrmarkt. Dort hatten sie ihn schließlich ankommen und verschwinden sehen.

Zu seinem Glück hatte er die richtige Richtung eingeschlagen, denn als er um eine Häuserecke bog, konnte er in der Ferne die Lichter des Jahrmarkts funkeln sehen. Weniger gut waren die vielen Menschen, die dorthin strömten. Es war fast so, als seien alle Bürger der Stadt auf dieser Straße unterwegs. Jos musste sich wohl oder übel daruntermischen, wenn er sein Ziel erreichen wollte.

Aber war das wirklich eine gute Idee? Er blickte an sich herab. Seine Mönchskutte würde gewiss Aufsehen erregen. Legte er sie allerdings ab, dann war die Gefahr groß, dass ihn einer der Passanten als den Jungen erkannte, der in der letzten Nacht zu zehn Jahren Straflager verurteilt worden war.

In einen Türeingang gepresst, suchte er fieberhaft nach einer anderen Möglichkeit. Er war seinem Ziel so nah – und doch so fern, denn selbst, wenn er es durch die Menge bis zum Zelt schaffen sollte, so war das um diese Zeit gewiss gut gefüllt, weil eine Vorstellung lief.

Und ihm zerrann die Zeit zwischen den Fingern!

Eine Gruppe von Männern bog in die Straße ein, und Jos drückte sich noch fester gegen die Tür, vor der er stand. Plötzlich stürzte er hintüber ins Leere. Im letzten Moment konnte er einen Aufschrei unterdrücken, denn der hätte die Aufmerksamkeit der Männer bestimmt auf ihn gelenkt.

Die Tür war nicht verschlossen gewesen, und als er sich dagegengepresst hatte, hatte sie sich geöffnet und ihn in einen dunklen Flur taumeln lassen. Schnell schob Jos die Tür ein Stück zu, sodass nur ein schmaler Lichtschein hereindrang, mit dessen Hilfe er sich orientieren konnte. An einer Wand standen drei Holzfässer. An der anderen war eine Reihe von Kleiderhaken befestigt, an denen weiße Gummischürzen und blaue Arbeitsjacken hingen.

Das war seine Chance!

Jos schlüpfte aus der Mönchskutte und zog sich eine der Jacken an. Sie war ein wenig groß, aber nachdem er sich eine der Schürzen um den Bauch gebunden hatte, fiel das nicht weiter auf. In der Jackentasche fand er eine Wollmütze, die er sich tief in die Stirn zog. Dann pochte er gegen die Fässer. Alle drei waren leer.

Jos kippte eines der Fässer auf die Seite und rollte es zur Tür hinaus. Mit ein wenig Glück würde ihn jeder für einen Jahrmarktarbeiter halten, der Getränkenachschub brachte. Tief über sein Fass gebeugt, bahnte er sich einen Weg durch die Menge der Passanten. Es dauerte länger, als er gedacht hatte, aber er erreichte unbehelligt das Zelt.

Wie er befürchtet hatte, war gerade eine Vorstellung in vollem Gang. Jos stellte das Fass im Schatten des Zeltes ab und warf die Schürze darüber. Die Arbeitsjacke und die Mütze behielt er jedoch an. Vielleicht halfen sie ihm dabei, unauffällig zur Bühne zu gelangen.

Er nahm all seinen Mut zusammen und ging zur Kasse. »Ich muss was reparieren«, murmelte er mit gesenktem Kopf.

»Jetzt? Mitten im Programm?« Der Mann im Kassenhäuschen musterte ihn skeptisch.

»Ein Notfall«, sagte Jos.

Der Mann stutzte, dann leuchteten seine Augen auf. »Ich weiß, wer du bist, Bürschchen!«, rief er. Er sprang auf und riss die Tür seines Häuschens auf.

Verflixt! Jetzt half nur Tempo!

Jos schoss durch den Vorhang ins Zelt und raste den Mittelgang entlang zur Bühne. Dort setzte gerade ein Zauberkünstler dazu an, eine große Holzkiste, aus der Kopf und Füße einer jungen Frau herausragten, zu zersägen.

Nahezu unbemerkt gelangte Jos bis zur Mitte des Zelts, als vom Eingang her ein Ruf ertönte. »Haltet ihn!«, schrie der Kassierer, der hinter ihm hergestürzt kam.

Zum Glück brauchte das Publikum ein paar Sekunden, bis es reagierte. Jos nutzte die Zeit, um bis zur Bühne zu rennen und sich mit einem Sprung hinaufzuziehen. Der Magier hatte vor Verblüffung die Säge sinken lassen, machte aber keinerlei Anstalten, ihn aufzuhalten, als Jos an ihm vorbei hinter die Kulissen raste.

Nur noch ein paar Meter, dann würde er gerettet sein!

Jos streckte schon die Hand nach der Klinke aus, als wie aus dem Nichts ein Stock zwischen seinen Beinen auftauchte und ihn zu Fall brachte. Krachend stürzte er nach vorn auf die Bretter.

Bevor er sich wieder aufrappeln konnte, schoss eine Hand unter dem Vorhang durch und packte seinen Fuß. Jos stemmte sich mit den Armen hoch und trat mit dem anderen Bein gegen den Arm des Unbekannten. Aber die Hand bewegte sich keinen Zentimeter. Jetzt kam unter dem Vorhang auch der Rest des Körpers zum Vorschein. Seiner Kleidung nach war es ein Bühnenarbeiter, der auf dem Boden kniete, ein kräftiger Mann mit einem triumphalen Grinsen im Gesicht. Nur wenige Sekunden noch, dann würde er aufstehen und Jos' Flucht endgültig vereiteln.

Panisch sah Jos sich um. Neben ihm lag der Besen, mit dem ihn der Mann zu Fall gebracht hatte. Das war seine letzte Chance! Er riss den Besen hoch, drehte sich auf den Rücken und hieb dem Arbeiter, der gerade dabei war aufzustehen, das Querholz gegen die Stirn.

Der Mann stöhnte auf und sackte zu Boden. Sein Griff lockerte sich. Im Nu war Jos auf den Beinen. Er drückte die Tür auf, sprang hindurch und schlug sie hinter sich zu.

Das Letzte, was er sah, war die Hand des Kassierers, die versuchte, ihn aufzuhalten.

Jos taumelte in Jottwehs Büro und ließ sich auf den Schemel vor dessen Schreibtisch fallen. Sein Herz raste, und er brauchte ein paar Minuten, um wieder einigermaßen ruhig atmen zu können.

Jottweh blickte von seinen Akten auf. »Hatte Er Ärger?«

»Das kann man wohl sagen«, presste Jos hervor. Das Blut sauste noch immer in seinen Ohren. »Ich wurde erwartet. Wie kann so etwas passieren?«

Jottweh machte ein besorgtes Gesicht. »Außergewöhnlich. Wir haben alle Vorkehrungen getroffen, um eine Kommunikation zwischen den Welten auszuschließen.«

»Offenbar nicht gründlich genug.«

»Das scheint Uns auch so. Gut, dass Er uns auf diese Dinge aufmerksam macht. Wir dürfen Uns keine Fehler erlauben.«

»Ich weiß«, sagte Jos. »Das Gesetz.« Er stand auf. »Das war's dann wohl. Ich muss los.«

»Und Sein Ausflug war ein erneuter Fehlschlag, nehme ich an? Kein Bernstein?«

»Kein Bernstein.« Jos verzog den Mund.

Jottweh machte einen Vermerk auf einer Akte. »Zumindest

bleiben nur noch zwei Möglichkeiten. Das werden Wir klären können.«

Jos hatte bereits die Türklinke in der Hand. »Ich bin dann mal weg. Meine Zeit wird knapp.«

»Es ist nicht die Zeit, die knapp wird«, belehrte ihn Jottweh. »Es ist die Art, wie Er damit umgeht.«

»Wie auch immer.« Jos hatte die Nase voll von Diskussionen. »War nett, Sie zu treffen. Und viel Erfolg bei Ihren Korrekturen.«

Ohne eine Antwort abzuwarten, zog er die Tür auf und verließ zum letzten Mal Jottwehs Büro.

~ Kapitel 13 ~

Chaos

Gegen Mittag rottete sich der Mob zusammen.

Es hatte sich schon seit Tagen angekündigt. Trotz aller Geheimhaltungsversuche hatte sich die Geschichte von den verschwundenen Menschen wie ein Lauffeuer in der Stadt verbreitet. Die wildesten Gerüchte machten die Runde, aber je weiter die Zeit voranschritt, desto mehr konzentrierten sie sich auf Rostows Jahrmarkt.

»Das war zu erwarten«, brummte Natz, als er mit Lena den Energit-Handel verließ, wo sie noch einmal mit Roland darüber gebrütet hatten, was wohl Rostows Pläne sein mochten. Viel schlauer waren sie allerdings nicht geworden.

»Die Menschen neigen dazu, schnell dem die Schuld zuzuschieben, der nicht zu ihnen gehört«, fuhr der Altgeselle fort. »Ob es durchziehende Korbmacher und Scherenschleifer sind oder Zugereiste. Oder ein Jahrmarkt.«

»Hmm«, entgegnete Lena zerstreut. Sie machte sich Sorgen um Jos. Wenn er Rostows dritten Auftrag ausgeführt hatte, war er dann für den Geheimrat nicht wertlos? Wer weiß, welchen teuflischen Plan sich Rostow ausgedacht hatte. Denn dass er sein Wort halten würde, daran glaubte Lena inzwischen nicht mehr.

»In diesem Fall könnten sie sogar recht haben«, seufzte Natz. »Und ich fürchte, sie werden sich zu etwas Unüberlegtem hinreißen lassen.«

Lena versuchte, ihre Gedanken auf das Hier und Jetzt zu konzentrieren. Tatsache war, dass sich in der Stadt etwas zusammenbraute. Dazu beigetragen hatten sicher auch die Parfantis, die in den letzten beiden Tagen durch die Straßen gezogen waren und in verschiedenen Cafés alle möglichen Gerüchte in die Welt gesetzt hatten. So war es ihnen in einem Fall sogar gelungen, zwei große Familien gegeneinander aufzuhetzen, die ihr Stadtviertel über Nacht in ein Schlachtfeld verwandelt hatten.

Was sich die Parfantis davon versprachen, war Lena nicht klar. Denn dieser Unfrieden nutzte dem Jahrmarkt nichts, eher im Gegenteil: Es mehrten sich die Stimmen, die Rostow und die Parfantis als die Urheber des Unglücks, das die Stadt heimgesucht hatte, bezeichneten. Und sie verlangten inzwischen lautstark, sie aus der Stadt zu jagen. Allerdings dauerte es eine Weile, bis sich die verfeindeten Parteien bereitfanden, ihren Streit ruhen zu lassen. Das Misstrauen zu säen, ging schnell. Es wieder zu zerstreuen, dauerte weitaus länger.

Die Meute, die sich im Laufe des Vormittags auf dem Marktplatz zusammengefunden hatte, bestand aus Männern und Frauen, die alle wild durcheinanderschrien. Lena und Natz bahnten sich am Rand des Platzes einen Weg durch die wütende Menge.

Auf eilig zusammengezimmerten Holztribünen standen Redner und stachelten die Menge auf. Einige von ihnen forderten sogar, den Jahrmarkt am besten sofort niederzubrennen.

»Warum greift die Polizei nicht ein?« Lena warf Natz einen fragenden Blick zu.

»Nun, vielleicht sieht man es im Rathaus und im Polizeipräsidium gar nicht so ungern, wenn Rostow und die Parfantis auf diese Weise aus der Stadt befördert werden, nicht wahr?«, sagte der Altgeselle.

Kaum dass Natz zu Ende gesprochen hatte, schoss Lena ein furchtbarer Gedanke durch den Kopf. Erschrocken zog sie Natz am Ärmel. »Wir müssen sie warnen! Wenn der Jahrmarkt wirklich verwüstet wird, dann kann Jos nicht mehr zurückkehren! Dafür braucht er die Tür im Zelt der Parfantis!«

»Du hast recht«, stimmte Natz ihr zu und Lena konnte die Sorgenfalten auf seiner Stirn erkennen. »Lass uns keine Zeit verlieren!«

So schnell sie konnten, eilten sie zum Jahrmarkt. Als sie das *Wunderland* erreichten, waren die Jahrmarktsleute damit beschäftigt, ihr Hab und Gut in ihren Wohnwagen zu verstauen. Ein erster Elefantion verließ bereits mit vier Wagen im Schlepptau das Gelände.

»Jemand muss sie gewarnt haben«, stellte Natz fest.

Lena blickte sich ängstlich um. Was sollte bloß aus Jos werden, wenn Rostow das Zelt abbauen ließ, bevor er wieder zurück war? Erneut überfiel sie die düstere Ahnung von vorhin.

»Erinnerst du dich an den dritten Auftrag, den Rostow Jos erteilt hat? Er sollte lediglich eine Akte an ihren Platz zurückstellen.«

»Ja und?« Natz verstand offenbar nicht, worauf Lena hinauswollte.

»Begreifst du nicht? Jos hat den Auftrag wahrscheinlich bereits erfüllt! Rostow braucht nichts mehr von ihm, deshalb ist es ihm auch egal, ob er zurückkommt oder nicht.« Lena schluckte hart. »Das bedeutet …«

Nun fiel der Groschen auch bei Natz. »Das bedeutet, dass *wir* das Zelt oder zumindest die Tür darin verteidigen müssen, nicht wahr? Gegen die Jahrmarktsleute, wenn sie es abbauen wollen, ebenso wie gegen die Meute aus der Stadt, wenn sie wirklich ernst macht.«

Lena gab keine Antwort. Wie sollten sie denn zu zweit eine wütende Menschenmenge aufhalten oder sich gegen Rostow zur Wehr setzen? Als einziger kleiner Lichtblick blieb ihr die Hoffnung, der Geheimrat würde sein Wort vielleicht doch halten.

Außer Atem erreichten sie das Zelt der Parfantis und traten ein. Es war leer. Von Rostow und den Geschichtenerzählern war keine Spur zu sehen.

»Die Ruhe vor dem Sturm.« Natz kratzte sich am Kopf. »Wir brauchen jedenfalls Verstärkung. Was hältst du davon, nach Hermann zu suchen? Ich denke, er wird uns zur Seite stehen. Solange halte ich hier die Stellung.«

»Dann sind wir immerhin zu dritt.« Sie konnte den bissigen Unterton in ihrer Stimme nicht verhindern.

»Drei sind besser als zwei, nicht wahr?« Der Altgeselle ließ sich nicht aus der Ruhe bringen.

»Aber drei gegen dreihundert sind genauso chancenlos wie zwei gegen dreihundert!«, rief Lena.

»Noch ist niemand hier und Jos nicht in Gefahr.«

»Ach, Natz, wir sind alle in Gefahr, seit wir Rostow und den Parfantis das erste Mal begegnet sind! Warum ist mein Vater denn fort? Wegen ihnen. Warum treibt Jos sich in anderen Welten herum? Wegen ihnen. Und warum rottet sich eine Menschenmenge in der Stadt zusammen? Wegen ihnen! Wenn einer hier etwas verhindern kann, dann sind sie es. Und deshalb werde ich sie jetzt suchen gehen.«

»Lena, nicht!« Natz streckte seine Hand aus, um sie zurückzuhalten, aber sie war bereits aus dem Zelt gestürmt. Erst rannte sie zum Wohnwagen der Parfantis, dann zu dem des Geheimrats, doch beide waren verschlossen und es wurde auf ihr Klopfen nicht geöffnet. Sie versuchte ohne Erfolg, einen der umhereilenden Jahrmarktsmitarbeiter nach Rostow zu fragen, doch sie waren allesamt damit beschäftigt, die Buden auszuräumen, um so viel wie möglich in Sicherheit zu bringen.

Entmutigt rannte sie zu Hermann. Vielleicht hatte Natz ja recht, und drei waren wirklich besser als zwei. Normalerweise hätte sie ihm auch beigepflichtet.

Normalerweise. Nur heute nicht.

Der Mechaniker machte sich gerade an einem der Elefantions zu schaffen. In knappen Worten berichtete Lena von dem Mob, der sich in der Stadt zusammenrottete.

»Ich weiß«, sagte Hermann. »Was meinst du, warum hier so eine Hektik ausgebrochen ist?«

»Natz steht ganz allein im Zelt der Parfantis. Du musst uns helfen! Wenn sie das Zelt abbauen oder der Mob das Zelt zerstört, dann kann Jos nicht mehr zurück!«

»Hmm.« Hermann sah sich um. »Noch scheinen sich die aufgebrachten Bürger damit zu begnügen, ihre Wut in Reden rauszulassen. Und wenn sie herkommen, werden wir kaum Chancen haben gegen sie.« Er wischte sich die ölverschmierte Hand an der Hose ab. »Aber natürlich könnte Rostow den Befehl gegeben haben, das Zelt abzubauen. Das zumindest können wir verhindern. Ich werde einfach einen Elefantion daneben postieren. Davor sollten selbst die Jahrmarktsleute Respekt haben.«

Ein Elefantion! Dass sie daran nicht gedacht hatte! Das war zwar nicht viel, aber es nahm Lena ein wenig von ihren Sorgen. Sie fiel Hermann um den Hals. »Danke!«

»Dank mir nicht zu früh.« Er reichte ihr den Schraubenschlüssel. »Hier, bring das zu Natz. Ich komme sofort hinterher.«

Lena eilte zum Zelt zurück. Der Altgeselle hatte es sich auf einer kleinen Bank neben dem Kassenhäuschen bequem gemacht. »Oh, schweres Geschütz«, meinte er lächelnd, als er den Schraubenschlüssel in Lenas Hand sah.

Sie gab ihm das Werkzeug. »Hermann kommt gleich mit einem Elefantion.«

»Na, siehst du. Damit haben wir eine echte Chance. Zumindest gegen den Mob, nicht wahr?« Er deutete auf den Platz neben sich. »Komm, setz dich.«

Aber Lena war viel zu aufgeregt, um jetzt stillzusitzen. Stattdessen lief sie weiter kreuz und quer über den Jahrmarkt, in der Hoffnung, Rostow oder die Parfantis zu finden. Immer wieder kehrte sie zu dem Altgesellen zurück, dem Hermann inzwischen Gesellschaft leistete. Der Elefantion stand mit geöffneter Luke neben dem Zelteingang, sodass der Mechaniker beim kleinsten Anzeichen von Gefahr schnell ans Steuerpult konnte.

»Hier passiert vorerst nichts«, sagte Natz. »Warum läufst du nicht in die Stadt und holst Roland her? Er hat ebenfalls noch ein Hühnchen mit dem Geheimrat zu rupfen. Und außerdem könntest du erkunden, wie die Lage steht.«

Es widerstrebte Lena wegzugehen, denn Jos konnte jederzeit aus der Tür treten und wichtige Informationen mitbringen. Andererseits machte sie die Untätigkeit noch unruhiger, und wenn sie sich beeilte, konnte sie in einer Stunde wieder hier sein. Also lief sie so schnell sie ihre Füße trugen zurück in die Stadt.

Roland musste nicht lange gebeten werden. »Es ist fünf Uhr und ich schließe jetzt sowieso«, sagte er. »Klar helfe ich euch.«

Als sie wenig später zum Marktplatz kamen, war die Menge noch einmal angewachsen. Immer noch wurden Brandreden gehalten, aber jetzt sah man erste Knüppel und Fackeln in den Händen der Teilnehmer.

»Sobald es dunkel wird, marschieren die los.« Roland deutete auf den Mob. »Im Tageslicht könnte man sie ja erkennen, aber im Schutz der Dunkelheit werden sie zu Helden, pass nur auf.«

Hoffentlich war Jos inzwischen aufgetaucht. Lena rannte so schnell zum *Wunderland* zurück, dass Roland ihr kaum folgen konnte. Als sie den Jahrmarkt erreichten, war die Sonne bereits fast untergegangen. Gerade verließ wieder ein Elefantion mit einer Reihe von Anhängern das Gelände. Die Buden standen zwar noch links und rechts der Wege, aber es waren nur noch leere Hüllen. Alles, was irgendeinen Wert besaß, hatten Rostows Leute davongeschafft. Trotzdem waren noch erstaunlich viele Wagen neben dem Platz zu sehen, darunter auch die von Rostow und den Parfantis.

Natz erwartete sie am Eingangstor. Er hielt den Schraubenschlüssel in der Hand und machte ein ernstes Gesicht.

»Es wird nicht mehr lange dauern und sie kommen«, erstattete Lena Bericht.

Roland nickte dem Altgesellen kurz zu. »Da wirst du mit deinem kleinen Werkzeug nicht viel ausrichten können.«

»Wo ist Hermann mit dem Elefantion?«, fragte Lena.

»Er bewacht das Zelt.«

»Also ist Jos noch immer nicht zurückgekehrt?« Die Enttäuschung in ihrer Stimme war nicht zu überhören.

Natz schüttelte stumm den Kopf.

In der Ferne hörten sie ein Geräusch, das wie das Summen eines wütenden Wespenschwarms klang. Natz räusperte sich und drückte den Rücken durch. »Das sind sie. Ich hatte gehofft, sie würden sich noch etwas Zeit lassen.«

Zum ersten Mal, seit sie ihn kannte, bemerkte Lena so etwas wie Nervosität bei ihm. Ihr Magen krampfte sich zusammen. Wenn Natz unruhig wurde, dann musste die Lage wirklich sehr bedrohlich sein. Sie musste etwas tun!

»Ich hole Hermann mit dem Elefantion«, rief sie. »Roland kann das Zelt bewachen.« Lena wartete die Antwort des Energit-Verkäufers gar nicht erst ab, sondern zog ihn einfach mit. Sie rannten über den Jahrmarkt, dessen Lichter gerade angingen, so als sei es ein ganz normaler Abend. Von den Jahrmarktsleuten war nichts zu sehen. Ob sich die, die noch da waren, in ihren Wohnwagen verkrochen hatten? Oder waren die Wagen leer und alle hatten das Weite gesucht?

Um das Zelt herum war nach wie vor alles ruhig. Roland nahm Hermanns Platz ein. Der Mechaniker drückte ihm eine Eisenstange in die Hand und kletterte dann in den Elefantion, während Lena wieder zurück zu Natz lief.

Inzwischen war die Spitze des Mobs zu erkennen. Lena schluckte, als sie erkannte, dass es vorwiegend Männer waren, in den Händen brennende Fackeln, Vorschlaghämmer oder Eisenstangen. Was sollten Natz und sie dagegen ausrichten?

Sie warf einen Blick auf den Altgesellen, der angespannt, aber dennoch ruhig neben ihr stand.

»Wir sind verloren, Natz«, sagte sie. Und mit leiser Stimme fügte sie hinzu: »Und Jos ebenfalls, wenn er nicht bald zurückkommt.«

Ihr Freund schaffte es tatsächlich, ihr ein aufmunterndes Lächeln zuzuwerfen. Seine Augen blieben allerdings ernst. »Wart's ab«, sagte er. »Verzweifeln kannst du immer noch, wenn es so weit ist. Bis dahin solltest du deinen Mut nicht sinken lassen.«

Erstaunt bemerkte Lena, wie die Menge fünf Meter vor ihnen zum Stehen kam. Dann dämmerte es ihr. Sie drehte sich um, und tatsächlich, Hermann kam mit seinem Elefantion auf sie zu! Sie hatte das Geräusch der Maschine bei dem Geschrei der aufgebrachten Menge glattweg überhört.

Ein breitschultriger junger Mann im Overall und mit einer Eisenstange in der Hand trat einen Schritt vor. Das Gebrüll ebbte ab und eine unwirkliche Stille trat ein. Offenbar war er der Wortführer der Meute.

»Gebt den Weg frei!«, rief er. »Wir wollen euch nichts tun! Wir wollen nur diesen elenden Rostow aus der Stadt jagen!«

»Das glaube ich wohl«, sagte Natz. »Ich kenne dich. Du bist Armand Baier, der Sohn von Richard Baier, und arbeitest als Vorarbeiter in der Maschinenfabrik hinter dem Bahnhof.«

Der Mann schwieg verblüfft, und Lena versuchte, ihr aufgeregt klopfendes Herz zu beruhigen. Gespannt sah sie zu Natz. Was hatte er vor?

»Was würdest du davon halten, wenn jemand deine Firma verwüsten wollte, nur weil ihm deine Maschinen nicht gefallen?«

»Lass dich nicht einwickeln, Arri!«, rief eine Männerstimme aus der Menge.

»Genau!«, schrie ein anderer. »Jetzt ist Schluss mit diesen Verbrechern!«

Armand Baier hob die Hand und es wurde sofort ruhig.

»Du bist Natz, der Feinmechaniker, oder?«

Natz nickte. »Wie ich sehe, erinnerst du dich an einen alten Freund der Familie.«

»Wir wollen keinen Ärger mit dir, Natz. Lass uns einfach auf das Gelände und dir wird nichts passieren.«

»Das werde ich nicht tun. Wenn ihr hier durchwollt, dann müsst ihr euch mit mir anlegen. Was wird dein Vater dazu sagen, Armand?«

»Er wird mir recht geben, Natz. Hier geht es nicht darum, ob wir den Jahrmarkt mögen oder nicht. Hier geht es darum, was diese Verbrecher in der Stadt angerichtet haben.«

»Und was wäre das?«

»Sie entführen unsere Leute und hetzen den einen von uns auf den anderen, bis überall nur noch Unfrieden herrscht.«

»Hmm.« Natz kratzte sich am Kopf. »Gehören dazu nicht immer zwei? Jemand, der aufhetzt, und jemand, der sich aufhetzen lässt?«

Lena folgte dem Wortwechsel gespannt. Würde es Natz gelingen, Armand zu überzeugen? Und wenn ja – würde das ausreichen, um die Menge aufzuhalten?

»Genug geredet!«, brüllte eine Stimme aus dem Mob. »Fackelt ihnen die Buden ab! Jetzt!«

Von hinten schoben die Menschen nach und langsam setzte sich die Masse wieder in Bewegung.

Hermanns Elefantion, der bislang hinter ihnen gewartet hatte, machte einen Schritt nach vorn. Schnell zog Lena Natz zur Seite. Der Altgeselle ließ Armand dabei keine Sekunde aus den Augen.

»Willst du verantwortlich sein für das, was gleich hier passieren wird?«, fragte er. Lena hatte ihn noch nie mit solch scharfer Stimme sprechen hören.

Der Elefantion machte einen weiteren Schritt vor, was den Mob wieder zum Stehen brachte.

Armand blickte sich unsicher um. »Ganz ruhig, ganz ruhig«,

sagte er schließlich. »Also gut. Wir warten hier. Vorerst. Aber wir wollen mit diesem Rostow und den Parfantis reden.«

Aus der Menge regte sich Widerspruch, aber Armand brachte die Rufer mit einer Handbewegung zum Schweigen. »Wir werden erst mit den Jahrmarktsleuten reden und dann entscheiden, was wir tun!«, rief er. »Wer anderer Meinung ist, soll vortreten!«

Dumpfes Gemurmel war die Antwort. Niemand verließ den Schutz der Menge. Armand drehte sich wieder zu Natz und Lena. Seine Augen funkelten angriffslustig. »Ihr habt es gehört. Holt sie her. Und beeilt euch, denn ich weiß nicht, wie lange ich die Leute in Schach halten kann.«

»Ich hole sie!«, rief Lena, ehe Natz sie aufhalten konnte. Erneut stürmte sie los. Hoffentlich gelang es ihr diesmal, den Geheimrat oder die Gebrüder aufzustöbern! Ihre Wohnwagen sahen nach wie vor verlassen aus. Kein Licht, keine Bewegung, kein Geräusch. Aber als sie näher kam, bemerkte sie, dass die Tür des Parfanti-Wagens jetzt angelehnt war.

»Hallo?«, rief sie und spähte in den Wagen hinein.

Der Raum war leer. Auf dem Tisch, der vor der Sitzgruppe stand, waren einige Dutzend silberne Konservendosen gestapelt. Zumindest sahen sie aus wie Konservendosen. Bevor Lena einen näheren Blick darauf werfen konnte, tauchte wie aus dem Nichts einer der Parfantis vor ihr auf. Sie machte reflexartig einen Schritt zurück und wäre beinahe die Stufen der Wohnwagentreppe hinuntergestürzt, wenn sein Arm nicht blitzschnell nach vorn geschossen wäre und sie am Handgelenk gepackt hätte.

»Nicht so schnell, Fräulein«, sagte er.

Er zog Lena in den Wagen, ließ sie allerdings nicht los. Sie versuchte, ihren Arm aus seiner Hand zu winden, doch sein Griff war so fest wie eine Handfessel aus Stahl. »Bitte, Sie müssen zum

Eingang gehen und sich den Leuten stellen, man wartet dort auf Sie!«, rief sie.

»So, muss ich das?« Der Märchenerzähler grinste böse. Die Härchen auf Lenas Unterarmen richteten sich auf. »Ich glaube, ich muss jemand ganz anderes dorthin schicken.« Er deutete auf die Dosen auf dem Tisch. »Aber vorher musst du uns noch etwas geben.«

Mit dem Fuß warf er die Tür des Wohnwagens zu und zerrte Lena zum Tisch hin.

»Bitte«, flehte sie. »Meine Freunde halten die Menge zwar auf, aber wer weiß, wie lange das noch gut geht.«

Hinter einem Vorhang trat der andere Bruder hervor. »Sehr nett von deinen Freunden. Wir sind auch in zwei Minuten fertig. Paolo wird sich gewiss beeilen.«

Mit einer schnellen Bewegung schleuderte Paolo Parfanti Lena auf das Sofa vor dem Tisch. Sie sah jetzt, dass es sich nicht um Konservendosen handelte, sondern um Behälter, die alle dasselbe Symbol auf der Oberseite trugen.

Energit!

Natz hatte recht gehabt mit seiner Vermutung!

Lena versuchte aufzuspringen, aber eine unsichtbare Kraft hielt sie in das Sofa gedrückt.

»Kluges Mädchen«, sagte Paolo, der sich an dem ängstlichen Flackern in ihren Augen zu weiden schien. »Wir wollen dir nur einen Gefallen tun. Du suchst schon so lange nach der Quelle des Energits, da hast du eine Antwort verdient. Und nicht nur das, du wirst selbst dazu beitragen. Es geht ganz schnell und tut gar nicht weh.«

»Ihr … ihr macht das Energit aus den Schatten«, presste Lena hervor.

»So ist es«, säuselte Paolo.

»Eine Erkenntnis, die dir allerdings nicht mehr viel nützen wird«, ergänzte Pietro. Er nickte seinem Bruder zu.

Irgendwoher tauchte eine silberne Röhre in dessen rechter Hand auf. Sie war so lang und dick wie eine Querflöte, hatte jedoch nur eine Taste.

Lena wusste nicht, was er vorhatte, aber sie spürte, dass es nichts Gutes sein konnte. Doch sosehr sie auch gegen den Druck ankämpfte, der sie auf dem Sofa hielt, es wollte ihr nicht gelingen, sich auch nur einen Zentimeter zu bewegen.

Paolo Parfanti setzte die Metallröhre an ihren Fuß, genau da, wo ihr Schatten ansetzte. Er drückte auf die Taste. Mit weit aufgerissenen Augen verfolgte Lena, was mit ihr geschah.

Ihr Schatten begann zu schrumpfen!

»Nein!«, schrie sie entsetzt. Sie wollte die Arme hochreißen, um Paolo wegzustoßen, doch sie war nach wie vor wie gelähmt. Hilflos musste sie mit ansehen, wie er ihren Schatten Stück um Stück in die Röhre einsog.

»Du kannst dich glücklich schätzen«, sagte er. »Die Leute, die in ihre Wunschwelt verschwinden, merken gar nichts davon, dass sie ihren Schatten hier zurücklassen. Du weißt wenigstens, was mit ihm geschieht.«

Glücklich war das letzte Wort, das Lena zur Beschreibung ihrer Lage einfallen würde. Schrecklich traf es schon eher. Es war, als schneide man ihr unter Betäubung einen Körperteil ab. Es schmerzte zwar nicht, tat aber trotzdem weh. Wie sollte sie ohne ihren Schatten weiterleben?

Nachdem er auch den letzten Rest ihres Schattens aufgesaugt hatte, drückte Paolo erneut auf die Taste der Röhre und erhob sich. Aus der Tasche zog er einen kleinen Behälter, eine der Dosen, wie sie Lena in Rolands Laden gesehen hatte. Er schraubte den Deckel ab und hielt das Ende der Metallröhre hinein. Nach einigen Sekunden warf er die Röhre zu Boden und schloss die Dose wieder.

Sein Bruder hatte die Zeit damit verbracht, die Energit-Dosen in eine Holzkiste zu packen. Jetzt streckte er fordernd die geöffneten Hände aus.

»Für mich!«, rief er.

»Nein, für mich«, erwiderte Paolo und steckte das Döschen ein.

Pietro fletschte die Zähne. »Meins!«

»Nein, meins!«

»Dann hol ich's mir!«

»Dann hol's dir doch!«

Lena verfolgte den Streit zwischen den Brüdern wie durch einen Schleier. Nur so war es zu erklären, dass sie glaubte, Rauchschwaden aus den Mündern und Ohren der Parfantis hervorquellen zu sehen. Und waren ihre Finger nicht auf einmal doppelt so lang wie sonst? Und ihre Münder reißende Mäuler?

Sie spürte eine große Müdigkeit in sich aufsteigen. Wäre es nicht angenehm, jetzt einfach zu schlafen und alles zu vergessen?

Sie schloss die Augen.

Das Letzte, was sie sah, waren die Gesichter der beiden Parfantis, die sich über sie beugten und grinsend ein Schlaflied summten.

~ Kapitel 14 ~

Der freie Schatten

Als Jos durch die Tür trat, hörte er das laute Geschrei einer Menschenmenge. Auch wurde er nicht, wie üblich, von Rostow und den Parfantis erwartet. Was war passiert?

Er lief zum Ausgang und trat auf den leeren Vorplatz. Lediglich ein junger Mann mit einer Eisenstange in der Hand lief vor dem Zelteingang auf und ab.

»Hey! Du musst Jos sein!«, rief er und kam mit ausgestreckter Hand auf ihn zu. »Ich bin Roland.«

»Aha, mein Spiegelschatten-Zwilling.« Jos schüttelte ihm kurz die Hand. Zu einem anderen Zeitpunkt hätte er sich mehr Zeit für Roland genommen, aber jetzt hatte er keine Ruhe dafür. »Was ist hier los?«

Roland berichtete von den Vorfällen der letzten Stunden. »Und wo ist Lena jetzt?«, fragte Jos.

»Am Eingang, bei Natz und Hermann.«

»Dann sollten wir zu ihnen. Das Zelt bewachen musst du ja nun nicht mehr.«

Sie wollten gerade losgehen, als wie aus dem Nichts drei Gestalten vor ihnen auftauchten.

Rostow und die Parfantis!

Für den Bruchteil einer Sekunde zog ein Ausdruck des Erstaunens über ihre Gesichter, verschwand aber sofort wieder.

»Diesmal bist du aber spät dran«, sagte der Geheimrat.

»Es war ein bisschen eng in der letzten Welt«, erwiderte Jos. »Aber das wissen Sie ja sicher.« Er hatte ein für alle Mal genug von Rostows Spielchen. »Ich habe es geschafft, oder? Ihre Unterlagen sind alle wieder da, wo sie sein sollen. Jetzt erfüllen Sie Ihren Teil des Handels und holen Lenas Vater zurück!«

»Es ist gerade ein wenig schlecht, wie du hörst«, sagte Rostow. »Man will uns an den Kragen. Eine ungünstige Zeit für die Wunscherfüllung.«

»Was meinen Sie damit? Was bedeutet das?«

»Nun, wir haben gerade einen kleinen Aufruhr am Eingang. Und meine beiden Gehilfen und ich müssen natürlich sicherstellen, dass kein allzu großer Schaden entsteht.«

»Das ist doch nur wieder eine Ausrede!«, rief Jos. Auch wenn er damit gerechnet hatte, dass Rostow sein Wort nicht halten würde, so war ihm doch stets ein winziges Fünkchen Hoffnung geblieben. »Sie haben nie vorgehabt, Ihren Teil des Handels einzuhalten!«

»Mein lieber junger Freund, dein Gedächtnis scheint nicht allzu gut zu sein. Ich habe nie versprochen, den alten Säufer zurückzuholen, ich habe lediglich gesagt, wir werden es versuchen. Nun, das haben wir auch. Leider ohne Erfolg. Im Grunde musst du mir dankbar sein. In Zukunft wirst du sicher genau darauf achten, wie eine Abmachung formuliert ist.«

Jos spürte eine hilflose Wut in sich aufsteigen. Am liebsten hätte er sich auf den kalt lächelnden Geheimrat gestürzt, doch er wusste, dass er damit nichts erreichen würde.

Rostow ignorierte ihn und wandte sich den Parfantis zu. »Seht nach, wie es am Tor steht, und sorgt notfalls für Ruhe. Wir brauchen noch etwas Zeit.«

Die beiden Brüder machten sich kichernd davon. Auch Rostow wandte sich zum Gehen. »Unser Geschäft ist beendet«, sagte er. »Du kannst froh sein, dass du es zurückgeschafft hast. Und du«, er blickte auf Roland, »bist ebenfalls gefeuert.« Mit diesen Worten verschwand er in Richtung Wohnwagen.

Das sollte es gewesen sein? Diese ganzen Anstrengungen für nichts? Wie sollte er da Lena unter die Augen treten? Das durfte nicht sein!

Jos wollte hinter Rostow herrennen, aber Roland hielt ihn zurück. »Lass es«, sagte er. »Das vergrößert seinen Triumph nur noch. Wir sollten lieber unseren Freunden helfen.«

Jos versuchte, sich loszureißen, aber Rolands Griff blieb eisern. »Hast du gehört, was ich gesagt habe?«

Schließlich gab Jos nach. Er schüttelte den Kopf, um wieder klar denken zu können. Roland hatte recht, seine Freunde gingen vor.

Sie rannten zum Eingang. Natz und Hermann standen mit verschränkten Armen unter dem Tor zum *Wunderland*. Vor ihnen hatten sich die Parfantis aufgebaut, einer rechts, einer links, dicht bedrängt von einer wütenden Menge.

»Hängt sie auf!«, rief jemand.

»Teert und federt sie!«, kreischte eine Frauenstimme.

Ein junger Mann, offenbar der Anführer des Mobs, hob die Hand. »Sie sollen sagen, was sie zu sagen haben, dann entscheiden wir«, rief er.

Ein unwilliges Gemurmel war die Folge, aber die Rufe verstummten.

Roland und Jos gesellten sich zu Natz und Hermann. Der Altgeselle warf Jos einen kurzen Blick zu und nickte unmerklich. Er antwortete ebenfalls mit einem knappen Nicken, dann wandte er seine Aufmerksamkeit den Parfantis zu. Würden sie die Menge in eine Traumwelt schicken wie in ihren Vorstellungen? Oder brauchten sie dafür das Hypnoselicht?

Die Frage beantwortete sich schnell. Die Brüder stießen einen unverständlichen Laut aus und begannen, sich auf der Stelle zu drehen. Schneller und schneller rotierten sie, bis man ihre Konturen nur noch verschwommen wahrnehmen konnte. Jos starrte wie gebannt auf die wirbelnden Gestalten. Mit einem Mal sprangen sie aufeinander zu und schlugen die hochgereckten Handflächen gegeneinander.

Ein gewaltiger Knall ertönte.

Die Explosion war so stark, dass Jos und seine Gefährten von der Druckwelle zurückgeschleudert wurden, ebenso wie die Menge vor dem Eingangstor. Noch ehe Jos sich aufgerappelt hatte, standen die Gebrüder wieder auf ihren Ausgangspositionen. Sie warfen den Kopf in den Nacken und begannen, wie zwei Wölfe zu heulen.

Jos lief es eiskalt den Rücken hinunter. Das Heulen brachte jede Zelle seines Körpers zum Vibrieren. Er presste die Hände gegen die Ohren, doch das nutzte nicht viel. Die Männer und Frauen in den ersten Reihen der Menge krümmten und wanden sich vor Schmerzen, dann machten sie auf dem Absatz kehrt und rannten davon. Auch Jos wollte gerade fliehen, als das Geräusch mit einem Mal erstarb.

Langsam ließ er die Arme sinken. Was kam als Nächstes?

Die Parfantis starrten auf einen Punkt hinter ihm. Ihre Gesichter verwandelten sich in Masken aus Hass und Furcht.

Jos fuhr herum. Hinter ihm stand Jottweh.

Was hatte das zu bedeuten? Wie war er hierhergekommen? Und warum?

»Sie?«, entfuhr es Jos.

»Er ist erstaunt, Uns zu sehen?« Jottweh strich sich mit der Hand über die Stirn. »Nun, Wir sind es selbst ein wenig. Wir hätten nicht damit gerechnet, diese Welt jemals wieder zu betreten.«

Er schritt an Jos und seinen Freunden vorbei auf die Parfantis zu, die vor ihm zurückwichen. Schließlich blieb er stehen und hob seine Arme. Die Ärmel seines Jacketts, die zu kurz waren, schoben sich weit über die Knöchel hoch und gaben den Blick frei auf zwei ausgefranste Manschetten.

Er sah eher aus wie ein Clown als jemand, der es mit zwei Wesen mit übernatürlichen Kräften aufnehmen konnte, fand Jos.

Aber der Eindruck täuschte.

Jottweh murmelte etwas vor sich hin, und im Nu rannten die Parfantis davon, als wäre der Teufel hinter ihnen her. Dann wandte der Beamte sich der Menge zu, die sich erneut zu sammeln begann. Jottweh trat ohne jedes Zögern direkt an die aufgebrachten Bürger heran. Jos war gespannt, was er allein gegen diesen Mob ausrichten wollte, und trat einen Schritt vor, um ihm notfalls helfen zu können.

»Euch ist Unrecht geschehen«, erhob Jottweh die Stimme. Sie war klar und deutlich und klang nicht mehr wie die des peniblen, schnarrenden Beamten. »Aber ihr könnt es nicht ungeschehen machen, indem ihr selbst ein Unrecht begeht. Macht kehrt und geht zurück in eure Häuser. Wir werden Uns darum kümmern, dass alles wieder in seine Ordnung kommt.«

Und dann geschah etwas, was Jos ganz und gar nicht erwartet hätte. Die Leute schüttelten die Köpfe, als erwachten sie aus einem tiefen Schlaf. Sie ließen die Stöcke und Werkzeuge, die sie in den Händen hielten, fallen, drehten sich um und marschierten schweigend in die Stadt zurück.

»Puh.« Mit einem lauten Seufzer warf auch Hermann seinen Schraubenschlüssel weg. »Das war knapp.« Er musterte Jottweh von Kopf bis Fuß. »Sie müssen Jottweh sein, nicht wahr? Wie haben Sie das gemacht?«

Der Beamte schien über die Frage erstaunt. »Wir haben nur vernünftig mit den Menschen gesprochen.«

»Das haben wir auch getan, aber niemand hat auf uns gehört.«

Jos blickte sich suchend um. »Wo ist eigentlich Lena?«, unterbrach er das Gespräch der beiden.

»Keine Ahnung«, sagte Natz. »Das letzte Mal, als wir sie gesehen haben, wollte sie nach Rostow und den Parfantis suchen.«

»Aber …« Eine schreckliche Ahnung stieg in Jos auf. Was hatten sie mit Lena gemacht? »Wir müssen zurück!«, rief er.

Jottweh hatte bereits kehrtgemacht und Jos und seine Freunde folgten ihm. Und tatsächlich, als sie vor dem Zelt eintrafen, wurden sie von Rostow und den Parfantis bereits erwartet. Die Gebrüder standen hinter dem Geheimrat und grienten schon wieder hämisch, so als seien sie nicht gerade noch vor Jottweh geflohen.

»Es ist lange her«, sagte Rostow, als er Jottweh erblickte.

»In der Tat, Bebeh. Und doch nicht lange genug.«

Bebeh? Was war denn das für ein Name? Jos hätte ihn eher mit einem Mädchen in Verbindung gebracht, aber nie mit jemandem wie dem Geheimrat.

Rostows Augen leuchteten. »Wie ich von meinen Assistenten höre, hast du dich in der ganzen Zeit nicht geändert.«

Jottweh hob eine Hand. »Wir haben lediglich eine kleine Meinungsverschiedenheit beigelegt, so wie es Unsere Pflicht ist.«

»Immer noch diese gestelzte Ausdrucksweise«, höhnte der Geheimrat. »Du solltest mit der Zeit gehen, mein Lieber. Die Dinge ändern sich, nur du weigerst dich, das anzuerkennen. Das war schon immer dein Problem.«

»Wenn Er meint.«

Jos konnte nicht mehr länger an sich halten. »Was haben Sie mit Lena gemacht?«, rief er und stürzte sich auf den Geheimrat. Der hob eine Hand und Jos prallte gegen eine unsichtbare Wand.

Außer sich vor Wut trommelte Jos mit den Fäusten gegen das Hindernis. »Geben Sie Lena heraus!«

Die Parfantis kicherten.

»Ich habe deine Lena nicht«, sagte Rostow. »Was soll ich mit ihr? Sie besitzt keinerlei Wert für mich.«

»Kein Wert«, sagte der rechte Parfanti.

»Kein Pferd«, echote der linke.

»Kein Schwert.«

»Kein Herd.«

»Kein …«

Mit einer Handbewegung brachte Rostow sie zum Schweigen. Er beugte sich vor und klappte den Deckel einer Holzkiste zurück, die vor ihm stand. Dabei ließ er Jottweh nicht aus den Augen.

»Ich habe hier eine Kleinigkeit für dich«, sagte er. »Sozusagen ein Willkommensgeschenk, weil wir uns so lange nicht gesehen haben. Ich habe die Zeit gut genutzt, wie du gleich sehen wirst.«

Jos sah, dass die Kiste randvoll gefüllt war mit silbernen Behältern, alle mit demselben Symbol auf dem Deckel wie die kleine Dose, die ihm Hermann gezeigt hatte. Woher hatte Rostow diese Menge an Energit? Und was hatte er damit vor?

»Eure Geschenke kennen wir, Bebeh«, erwiderte Jottweh. »Sie haben den Beschenkten noch nie glücklich gemacht.«

»Wie wahr, wie wahr.« Der Geheimrat nahm einen der Behälter, schraubte ihn auf und stellte ihn auf den Boden. Ein dunkler Schatten schlängelte sich heraus. Es sah aus wie eine pechschwarze Rauchfahne, allerdings ohne den damit üblicherweise verbundenen Brandgeruch.

In schneller Folge öffnete Rostow die weiteren Behälter. Die Rauchschwaden vermengten sich und kurz darauf hing eine riesige schwarze Wolke über ihren Köpfen. Der Geheimrat hob die Arme und rief etwas in einer Sprache, die Jos nicht verstand. Schaudernd verfolgte er, wie die Wolke sich in Bewegung setzte, bis sie über Jottweh schwebte. Dann sank sie herab und hüllte ihn ein.

Jos wollte Jottweh zu Hilfe eilen, aber mit einem Mal stieß er auch auf der anderen Seite auf diese unsichtbare Wand, die Rostow heraufbeschworen hatte. Wohin er sich auch wandte, es war kein Durchkommen. Natz, Hermann und Roland ging es nicht anders. Hilflos mussten sie mit ansehen, wie die Wolke Jottweh zu verschlingen drohte.

Das Kichern der Parfantis steigerte sich zu einem hysterischen Gelächter. Sie schlugen sich vor Begeisterung gegenseitig auf die Schultern. Einer von ihnen zog eine kleine Metalldose aus der Tasche und hielt sie seinem Bruder hin, der den Deckel abnahm. Augenblicklich erhob sich ein weiterer dünner schwarzer Schatten in die Luft.

Jos sah, wie die schwarze Masse Jottweh zu Boden drückte. Der Beamte, der eben noch mit wenigen Worten eine riesige Menschenmenge beherrscht hatte, schien dagegen machtlos zu sein. Jos wollte schreien, aber seine Kehle war wie zugeschnürt. Er warf sich mit der Schulter gegen die unsichtbare Barriere, die ihn umgab, doch sie wich keinen Millimeter zurück.

Rostow hielt die Arme immer noch erhoben. Jos konnte den Triumph auf seinem Gesicht lesen. Und tief in seinem Inneren wusste er, wenn Jottweh hier unterlag, dann war alles verloren.

Da erreichte der Schatten, den die Parfantis freigesetzt hatten, die Wolke. Er flog um sie herum und schien sie mal hier, mal da anzustupsen. Schnell löste sich ein erster dünner Streifen aus dem Gebilde, dann ein zweiter, ein dritter und immer mehr, bis die schwarze Wolke zu zerfasern begann. Der Kopf von Jottweh tauchte wieder auf. Rostows Beschwörungen wurden lauter und lauter, konnten den Zerfall der Wolke aber nicht aufhalten.

Jottweh fuhr sich mit der Hand über die Augen und richtete sich auf. Dabei schien es Jos so, als würde er wachsen. Und tatsächlich, als er schließlich auf den Beinen stand, blickte er aus einer Höhe von bestimmt fünf Metern auf Rostow herab.

»Das ist unmöglich!«, schrie der Geheimrat. Stolpernd wich er vor dem größer werdenden Jottweh zurück, bis er hinter den Parfantis stand. Sie starrten ebenfalls mit aufgerissenen Augen auf das Spektakel, das sich ihnen bot.

»Ein freier Schatten«, dröhnte Jottwehs Stimme auf die drei herab. »Wie kann Ihm solch ein Fehler unterlaufen?«

»Das kann nicht sein!« Rostow hielt inne, so als würde ihm gerade ein ungeheuerlicher Gedanke kommen. »Ihr!«, schrie er die Parfantis an. »Ihr seid das gewesen!«

»Er war es«, erwiderte der eine und zeigte auf seinen Bruder.

»Nein, er«, gab der andere zurück.

Rostows Faust fuhr erst auf den einen, dann auf den anderen Bruder nieder. »Alles habt ihr zunichtegemacht mit eurer unersättlichen Bosheit!«

»Sie eifern ihrem Meister nach«, sagte Jottweh. »Leider besitzen sie nicht seine Zielstrebigkeit. Sie sind unfähig, über den Augenblick hinauszudenken.«

Rostow drehte sich um und schob das Kinn vor. »Das ändert nichts. In deinem Archiv ist dokumentiert, dass ich heute deinen Posten übernehme. Und dagegen kannst du nichts machen, denn du weißt ja: Was geschrieben steht, steht geschrieben.«

Jottweh zog die Augenbrauen hoch. »In der Tat. So lautet das Gesetz. Aber nur dann, wenn auch alles ordnungsgemäß notiert und zertifiziert ist. Und das ist es in Seinem Fall nicht.«

»Was soll das heißen?«, fuhr Rostow auf. »Es steht in meiner Akte und ist mit deinem Siegelring beglaubigt!«

»Da irrt Er.« Jottweh, der inzwischen wieder auf seine normale Größe geschrumpft war, zog eine Akte aus der Tasche. »Er kann sich gern überzeugen. Das Siegel ist eine Fälschung.«

»Eine Fälschung?« Der Geheimrat stemmte die Hände in die Hüften. »Das kann nicht sein!« Er hielt inne. Jos konnte förmlich sehen, wie es ihm zu dämmern begann.

»Du!«, schrie Rostow und zeigte mit einem vor Erregung zitternden Finger auf Jos. »Du hast mir nicht den echten Siegelring gebracht!«

Trotz seiner misslichen Lage verspürte Jos ein tiefes Gefühl der Befriedigung. Das brachte Lenas Vater zwar auch nicht wieder zurück, aber wenigstens waren die Pläne des Geheimrats vereitelt worden.

Doch noch war es nicht vorbei.

Rostow riss die Hände in die Höhe und richtete sie auf Jos. »Du Verräter!«, schrie er. »Dafür wirst du büßen.« Aus seinen Fingerspitzen schossen grüne Strahlen auf Jos zu.

Bevor er sich wegducken konnte, hatten sie ihn bereits erreicht.

Und dann ereignete sich ein Wunder.

Zumindest kam es Jos so vor. Direkt vor seinem Gesicht änderten die Strahlen ihre Bahn und verschwanden in seiner rechten Jackentasche. Alles, was er spürte, war ein Gefühl der Wärme.

Rostow starrte ihn an. Sein Gesicht war rot vor Zorn. Mit einem unmenschlichen Schrei stürzte er auf Jos zu.

Kurz bevor er ihn erreicht hatte, blieb er plötzlich wie angewurzelt stehen. Sein Arm ragte in die Luft und eines seiner Beine war zum Schritt gehoben. Wie eine Statue stand er da. Lediglich sein Gesicht zeigte noch eine Regung.

»Genug«, sagte Jottweh und trat neben Jos. »Er ist immer noch ein schlechter Verlierer, Bebeh.«

»Lass mich los«, schäumte Rostow. »Das geht dich nichts an. Das ist eine Sache zwischen mir und dem Jungen!«

»Da irrt Er sich, Bebeh«, sagte Jottweh. Er seufzte. »Er wird es nie verstehen. Bei all Seiner Intelligenz fehlt Ihm doch die Klugheit. Nun, Wir werden Ihm und Seinen Vasallen die Gelegenheit geben, es vielleicht doch noch zu lernen.«

Es war fast komisch, den Geheimrat so versteinert dastehen zu sehen. Unter anderen Umständen hätte Jos wohl darüber gelacht, aber jetzt hatte er nur einen Gedanken. »Er muss uns sagen, wo Lena ist!«, sprudelte es aus ihm heraus.

Jottweh drehte sich zu ihm. »Wir werden ihrem Schatten folgen. Er wird uns zu ihr führen.« Er deutete auf die schmalen dunklen Streifen, die noch immer über der Stelle schwebten, an der ihn die Wolke zu Boden geworfen hatte. Fassungslos versuchte Jos zu begreifen, was Jottweh da eben gesagt hatte. Hatten die Parfantis tatsächlich Lenas Schatten gestohlen? »Doch erst müssen Wir diese Sache hier ordnungsgemäß zu Ende bringen.«

»Und, was hast du mit uns vor?«, forderte ihn Rostow heraus.

»Verbannst du uns für hundert Jahre in die Wüste? Schickst du uns auf eine einsame Insel oder einen unbezwingbaren Berggipfel? Oder in eine abgrundtiefe Höhle?«

»Oh nein. Er will doch so gern die anderen Welten betreten, Bebeh. Wir werden Ihm die Gelegenheit dazu geben. Er wird mich mit Seinen Spießgesellen begleiten und all jene Menschen, deren Schatten er gestohlen hat, wieder zurückholen und sie vollständig machen. Wenn das vollbracht ist, darf Er in diese Welt zurückkehren.«

»Aber das geht nicht! Die Leute dürfen ohne Schatten ihre Welt nicht mehr verlassen. Das ist gegen das Gesetz!«, protestierte Rostow.

»In diesem Fall ändern Wir die Vorschriften vorübergehend.« Jottweh zwinkerte Jos zu. »Wir werden auch gestatten, dass Lenas Vater in diese Welt zurückkehrt.«

»Das ist nicht zulässig!« Rostow gab nicht auf. »Du kannst das Gesetz nicht einfach so ändern, wie es dir gefällt. Das hast du selbst gesagt, als du mich damals in diese Welt verbannt hast.«

»Ein Gesetz ist dadurch definiert, dass es Ausnahmen gibt.«

Jos kannte diesen Satz. War es nicht Rostow selbst gewesen, der ihn ausgesprochen hatte? Es war nicht mehr als zwei Tage her, und trotzdem kam es Jos vor, als sei es vor einer Ewigkeit gewesen.

»Wir machen das gewiss nicht leichtfertig, denn Wir sind es, die die ganze Arbeit damit haben«, fuhr Jottweh fort. »Er muss es doch wissen, welcher Aufwand damit verbunden ist: Beglaubigungen, Aktenänderungen, Aktenneuanlage, Übertrittsgenehmigungen ...« Er seufzte. »Es war schon angenehm, einen Helfer zu haben, Bebeh.«

»Du ahnst nicht, wie mir deine Bürokratie zum Hals heraushing! Den ganzen Tag lang stempeln, ablegen, verwalten, während doch ein ganzes Universum darauf wartet, gestaltet zu werden. Und ich bin ein Gestalter, im Gegensatz zu dir.«

»Das wissen Wir nur zu gut«, sagte Jottweh mit trauriger Stimme. »Aber genug geredet. Wir haben zu tun.«

Er machte eine Handbewegung und einer der umherschwebenden Schatten kam zu ihm geflogen. Auf ein Nicken des Beamten hin setzte er sich in Bewegung. Jottweh winkte Jos zu, ihm zu folgen.

»Es war außergewöhnlich, wie Er Bebeh widerstanden hat«, sagte Jottweh. »Was trägt Er in der Tasche?«

Jos blickte ihn verständnislos an. »Was meinen Sie?«

»Greif Er doch mal in Seine rechte Jackentasche«, forderte Jottweh ihn auf. Jos wusste immer noch nicht, worauf der Beamte hinauswollte, folgte aber seiner Anweisung. Seine Hand umschloss ein warmes Stück Metall.

»Das Labyrinth!«, rief er und zog die Scheibe hervor, die ihm Grandville geschenkt hatte. Er hatte sie ganz vergessen! War sie es gewesen, die Rostows Strahlen abgelenkt und ihnen ihre Kraft genommen hatte?

Jottweh nickte. »Ramiel! Er muss Ihn wirklich mögen, wenn er Ihm so ein Geschenk macht.«

Der Schatten hatte sie inzwischen zum Wohnwagen der Parfantis geführt. Im Wagen war Licht. Jos stieß die Tür auf. Auf dem Sofa vor ihm lag Lena und regte sich nicht.

Kamen sie zu spät? Jos eilte zu ihr und legte sein Ohr an ihre Nase. Sie atmete noch, wenn auch ganz schwach. »Schnell!«, rief er.

Der Schatten war zu Lenas Füßen geschwebt. Jottweh murmelte ein für Jos unverständliches Wort und der dunkle Schleier verschmolz mit Lenas Körper. Zunächst geschah nichts, doch dann hob sich ihr Brustkorb und sie nahm einen tiefen Atemzug.

Erleichtert ließ sich Jos gegen das Sofa sacken. »Danke«, stieß er hervor.

»Keine Ursache.« Fast hatte Jos den Eindruck, als würde Jottweh lächeln. Aber das konnte nicht sein, und ein zweiter Blick bewies ihm, dass er sich geirrt haben musste.

Lena atmete jetzt ruhig, schlug aber die Augen nicht auf.

»Sie muss noch etwas ruhen«, sagte Jottweh und wandte sich zum Gehen.

»Ich bleibe bei ihr.«

»Ihr kann jetzt nichts mehr geschehen. Und Er hat sicher noch einige Fragen, können Wir Uns denken. Wir versprechen Ihm, Er wird rechtzeitig zurück sein, ehe sie erwacht.«

Jos zögerte kurz, bevor er dem Beamten folgte. Er fühlte, dass er sich auf dessen Wort verlassen konnte. Und es stimmte, er wollte noch eine Menge wissen über das, was er in den letzten Tagen erlebt hatte.

Er warf noch einen letzten Blick auf Lena, dann folgte er Jottweh nach draußen. »Was ist ein freier Schatten?«, fragte er ihn.

»Das ist ein Schatten, der einem Menschen gegen seinen Willen in seiner eigenen Welt geraubt wurde«, erwiderte Jottweh.

»Diese dunkle Wolke, das waren also alles Schatten?«

Der Beamte nickte. »Bebeh hat sie aufgesammelt, wenn jemand in eine andere Welt wechselte. Er hat gehofft, Uns damit überwinden zu können.«

»Was ziemlich danebengegangen ist.«

»Weil der freie Schatten seine Schwestern und Brüder aus ihrem Schlaf des Gehorsams geweckt hat. Insofern hat Uns Seine Freundin gerettet.«

Sie hatten den Platz vor dem Zelt wieder erreicht. Rostow stand noch immer in seiner erstarrten Haltung da, und auch die Parfantis hatten sich nicht gerührt. Dennoch hatten Hermann, Natz und Roland sie nicht aus den Augen gelassen. Alle drei starrten Jottweh mit nur mühsam unterdrücktem Hass an.

»Herr Jottweh«, sagte Natz, »darf ich Ihnen eine Frage stellen?«

»Frage Er«, ermunterte ihn Jottweh.

»Ist es richtig, dass es die Schatten waren, aus denen Rostow das Energit herstellte?«

Jottweh nickte. »Wenn die Menschen diese Welt verlassen, lassen sie ihre Lebensenergie in Form ihres Schattens hier zurück. Bebeh und seine Helfer haben sie seit vielen Jahrhunderten gesammelt. Zum einen, um sich dadurch die Macht zu verschaffen, um Uns zu stürzen. Und seit kurzer Zeit auch, um damit ihre Aktivitäten zu finanzieren. Sie haben einen Teil der Schattenenergie abgefüllt und als Energit verkauft.«

»So viel Energie in einem einfachen Schatten?«, wunderte sich Jos.

»Niemand hat eine solche Menge an Energie wie ein Mensch«, erwiderte Jottweh. »Die meisten von ihnen wissen es nur nicht. Sie schleppen sich durchs Leben wie Sklaven, obwohl sie doch Helden sein könnten.«

»Wie man sieht«, rief Hermann und schlug Jos auf die Schulter. »Wagt sich ohne zu zögern in andere Welten!«

»Ach, das waren doch keine Heldentaten«, wehrte Jos ab. Es war ihm peinlich, so betitelt zu werden.

»Wir müssen Ihm auch noch Unseren Dank aussprechen«, sagte Jottweh.

»Wofür?«, fragte Jos erstaunt.

»Nun, auch Bebeh muss sich an die Vorschriften halten«, erklärte Jottweh. »Er benötigte seine Akte, um die Einträge darin zu ändern. Dann brauchte er Unseren Siegelring, um sie zu beglaubigen. Und schließlich musste die Akte wieder zurück an ihren Standort, denn sie hat nur dann Gültigkeit, wenn sie in Unserem Archiv steht.« Er legte Jos die Hand auf die Schulter. »Fast wäre es ihm gelungen, wenn Er ihm nicht einen falschen Siegelring ausgehändigt hätte.«

Jos räusperte sich. Warum lobte ihn Jottweh, wenn er doch wusste, dass Jos Rostows Akte aus dem Archiv gestohlen hatte? Und das mit der Kopie des Rings war auch so eine Sache. Schließlich hätte er auch das Original entwenden können.

»Schon gut«, murmelte er und wechselte schnell das Thema. »Warum sind Sie eigentlich in unsere Welt gekommen?«

»Weil Wir Ihn bitten müssen, Uns Seine Akte wieder auszuhändigen.«

Die Akte! Jos hatte sie in der ganzen Aufregung völlig vergessen. Und er wunderte sich überhaupt nicht mehr darüber, dass Jottweh davon wusste.

Mit rotem Kopf zog er sie aus seiner Jackentasche hervor. »Darf ich wenigstens einen Blick hineinwerfen, bevor ich sie zurückgebe?«, fragte er.

Jottweh schüttelte den Kopf. »Das ist gegen das Gesetz.«

»Aber …«, begann Jos, denn er wollte Jottweh darauf hinweisen, dass er selbst vor wenigen Minuten noch das Gesetz gebrochen hatte, indem er den Schatten erlaubte, wieder zu ihren Besitzern zurückzukehren. Doch dann verkniff er sich seinen Protest. Tief in seinem Inneren spürte er, dass Jottweh recht hatte. Und weil er ahnte, was auf den wenigen Blättern verzeichnet war, war er froh, dass er gar nicht mehr daran gedacht hatte, dass er sie bei sich trug. Oder … war es gar nicht er, der die Akte vergessen hatte? War auch das vielleicht das Werk von Jottweh? Der Beamte besaß offenbar die Macht, die Dinge so erscheinen zu lassen, als seien sie ganz von selbst passiert oder einfach nur Zufall. Was, wenn es in Wirklichkeit ganz anders war?

Jos reichte Jottweh die Akte. »Eine Frage habe ich aber noch. Woher kommt der Spiegelschatten?«

»Es gibt keinen Spiegelschatten«, erwiderte Jottweh.

»Aber Sie haben doch gerade noch …« Er stoppte mitten im Satz. So langsam kam er dahinter, was Jottweh mit seinen scheinbar widersprüchlichen Aussagen bewirken wollte. Er wollte einen zum Nachdenken bringen. Aber hier gab es nichts zu denken. Hier gab es Tatsachen. Jos schob das Kinn vor. »Und was ist das, was Roland und ich haben?«

»Ein Schatten.«

So leicht kam ihm Jottweh nicht davon. »Klar. Aber sehen Sie mal …« Jos stellte sich so ins Licht der Jahrmarktbuden, dass sein Schatten vor ihm auf dem Boden lag. Dann hob er den rechten Arm.

Der Schatten tat es ihm nach.

Er streckte den linken Arm aus.

Der Schatten ebenfalls.

Roland trat neben ihn und versuchte es auch, mit demselben Ergebnis.

Die Spiegelschatten waren weg!

Sie hatten beide wieder ganz normale Schatten!

»Aber …«

Jottweh hob die Hand. »Keine Fragen mehr. Er hat doch einiges gelernt in den letzten Tagen, wollen Wir hoffen. Da kann Er doch Seine eigenen Schlüsse ziehen. Er hat ja noch ein ganzes Leben lang Zeit dafür.«

Er drehte sich zu Rostow und machte eine fast unmerkliche Bewegung mit der Hand. Der Geheimrat erwachte aus seiner Starre. Jos erwartete, dass er augenblicklich auf Jottweh losgehen würde, aber nichts dergleichen geschah.

»Jetzt müssen Wir gehen. Es wartet viel Arbeit auf Uns«, sagte Jottweh.

»Werde ich Sie wiedersehen?«, fragte Jos.

»Wir sehen uns alle wieder.« Jottweh machte eine kleine Kopfbewegung, und die Schatten, die immer noch an ihrer ursprünglichen Stelle kreisten, schwebten ins Zelt, gefolgt von Rostow und den Parfantis, als wären sie Marionetten, die einem unsichtbaren Puppenspieler gehorchten. Doch kurz vor dem Eingang schien Rostows Kampfgeist noch einmal zu erwachen. Er hielt an, drehte sich um und ballte die Faust.

»Freut euch nicht zu früh«, rief er. »Heute hat euch der Alte geholfen, aber morgen treffen wir uns ohne ihn wieder!«

»Ohne ihn«, rief Paolo (oder Pietro).

»Bohne hin«, kam das Echo von Pietro (oder Paolo).

»Ohnehin.«

»Krone drin.«

»Patrone …«

»Still, ihr Dummköpfe!«, donnerte Rostow. Und dann waren sie alle im Zelt verschwunden.

Nach dem Trubel der letzten Stunde war die plötzliche Stille ganz ungewohnt. Keiner rührte sich, so als wolle keiner diesen magischen Moment zerstören. Jos spürte, dass seine Freunde ebenso wie er wussten, dass sie Zeugen eines außerordentlichen Ereignisses geworden waren.

Und dann wurde die Zeltplane zur Seite geklappt.

Kam Jottweh zurück? Oder vielleicht Rostow?

Eine Gestalt tauchte aus dem Dunkel des Zeltes auf, hielt sich für einen Moment an der Plane fest und machte dann einen zaghaften Schritt auf sie zu.

Es war Lenas Vater.

»Jos?«, fragte er mit leiser Stimme.

Jos nickte. Der Mann sah zwar etwas kraftlos aus, aber nicht so verwahrlost, wie er ihn manchmal angetroffen hatte. Seine Kleidung war neu, er war rasiert, und als Jos an ihn herantrat, konnte er auch keine Alkoholfahne riechen.

Bernstein fiel Jos um den Hals. »Wie soll ich dir jemals dafür danken, mein Junge?«, sagte er mit tränenerstickter Stimme.

»Danken Sie Lena, nicht mir.« Jos schob ihn sanft von sich weg.

»Lena!« Es war, als fiele ihm jetzt erst wieder etwas ein, was er vergessen hatte. »Wo ist sie?«

Jos lächelte. »Sie schläft. Aber ich glaube, wir können sie jetzt wecken.«

Langsam setzte sich die kleine Gruppe in Bewegung.

Mit einem Schlag erloschen die Laternen, die den Jahrmarkt beleuchtet hatten. Über ihnen rissen die Wolken auf und ein silbriger Mond tauchte die Welt in ein kühles Licht.

Und wer genau hinhörte, konnte die leise Melodie eines Leierkastens hören, die ein sanfter Wind über den verlassenen Jahrmarkt trug.

Epilog

Das alles ist vor langer Zeit geschehen.

Nachdem unsere Lehrzeit bei Meister Bucher beendet war, zogen Lena und ich zusammen. Wir hatten vor, eine Familie zu gründen und viele Kinder zu bekommen, und wir waren fest davon überzeugt, bis ans Ende unserer Tage zusammenzubleiben.

Aber das Leben geht oft andere Wege, als es sich die Menschen in ihren Träumen ausmalen.

Zunächst einmal wollten Lena und ich studieren. Nach dem Abschluss unserer Lehrzeit arbeitete ich in verschiedenen Fabriken, um unseren Lebensunterhalt zu verdienen, während sie die Universität besuchte. Nachdem sie ihr Studium abgeschlossen hatte, eröffnete sie eine Praxis als Psychologin und ich begann mit meiner Ausbildung zum Ingenieur. Als ich schließlich mein Diplom in den Händen hielt, war unsere Liebe erloschen. Wann und warum das geschehen war, wusste keiner von uns zu sagen. Es flossen viele Tränen und wir trennten uns.

Ich zog in eine andere Stadt, wo ich als Ingenieur in einer großen Fabrik anfing. Dort erfüllte sich zumindest ein Teil meiner Träume, denn ich machte eine Reihe von Erfindungen, die heute aus dem Alltag nicht mehr wegzudenken sind. Darunter einen Treibstoff, der ergiebiger war als alle anderen und den ich auf den Namen Energit taufte.

Eine feste Beziehung zu einer Frau ging ich nicht mehr ein und wurde so das, was man einen ewigen Junggesellen nennt. Meiner Arbeit nachgehen zu können, war mir genug. Meine Gefühle hatte ich bei Lena gelassen, die, wie ich irgendwann erfuhr, einige Jahre nach unserer Trennung geheiratet hatte und Mutter von zwei Kindern geworden war.

Den Kontakt zu Natz habe ich gehalten. Jedes Jahr haben wir uns mindestens einmal besucht, bis er im Alter von achtzig Jahren gestorben ist.

Hermann kehrte in die Stadt zurück, aus der er gekommen war. Die Elefantions wurden wieder auf Dampfkraft umgestellt, denn es gab ja kein Energit mehr. Als ich an der Erfindung meines Treibstoffs arbeitete, holte ich ihn als Chefmechaniker in unsere Firma und er leistete mir wertvolle Dienste.

Von Roland habe ich nichts mehr gehört seit jenen Tagen. Ich bin auch nie wieder einem Menschen mit einem Spiegelschatten begegnet und habe darüber auch keinerlei Informationen gefunden.

Die Ereignisse, über die ich in diesem Buch berichtet habe, sind mir nie aus dem Kopf gegangen. Immer wieder musste ich über jenen alten Bürokraten Jottweh nachdenken und über das, was er, vor allem in unserem letzten Gespräch, gesagt hatte. Seit jener Zeit sehe ich unsere Welt mit anderen Augen.

Natürlich habe ich, wann immer ich konnte, Nachforschungen angestellt über die Personen, mit denen wir damals zu tun hatten. Zum Beispiel über Grandville. Dabei fand ich heraus, dass sein zweiter Vorname, Ramiel, zugleich der Name eines Erzengels ist, der in verschiedenen Schriften erwähnt wird, die von der Kirche allerdings nicht anerkannt werden.

Nachdem ich mich zur Ruhe gesetzt hatte, machte ich es mir zur Angewohnheit, täglich zwei Stunden spazieren zu gehen. Dabei erkundete ich auch Viertel der Stadt, in denen ich ansonsten nichts zu tun hatte.

Bei einem dieser Ausflüge geriet ich in eine Vorortstraße, in der das Leben stehen geblieben zu sein schien. Kleine Läden reihten sich aneinander, und ich begegnete sogar noch einem Pferdekarren, mit dem jemand Obst und Gemüse auslieferte.

Während ich an den Schaufenstern entlangstreifte, blieb mein Auge an einem Schild hängen: *Antoine R. Grandville* stand da, und darunter *Antiquariat*.

Ich hatte seit jenen Ereignissen damals aufgehört, an den Zufall zu glauben. Ohne zu zögern, betrat ich den kleinen Buchladen, der vollgestopft war mit alten Folianten, und war auch nicht überrascht, als wie aus dem Nichts Grandvilles Gestalt neben mir auftauchte. Er sah noch genauso aus wie vor vierzig Jahren.

»Ah, der kleine Jos, non?«, sagte er. »So sieht man sisch wieder.«

»Ramiel«, sagte ich.

Er lächelte. »Isch sehe, man ’at nachgeforscht.«

»So sind Sie doch noch bei uns gelandet«, bemerkte ich. »Sind Sie dabei durchs Archiv gekommen und haben *ihn* getroffen?«

Er nickte. »Oui. Er ist immer noch der alte.«

»Dokumentieren, verifizieren, archivieren?«

»Genau. Und er lässt disch grüßen.«

»Danke. Erwidern Sie den Gruß, wenn Sie ihn das nächste Mal sehen.« Ich griff in die Tasche. »Ich habe noch etwas, das Ihnen gehört.«

Grandville – oder Ramiel – nahm die Metallscheibe mit dem

Labyrinth und hielt sie mit zwei Fingern in die Höhe. »'at es dir Glück gebracht?«

»Es hat mir einmal das Leben gerettet«, sagte ich. »Aber das ist lange her.«

»Be'alte sie.« Er drückte mir die Scheibe in die Hand zurück. »Vielleischt wirst du sie noch einmal brauchen können.«

Ich verabschiedete mich von ihm, denn seine Augen begannen bereits wieder zu leuchten. Und ich verstand nicht, warum er wollte, dass ich das Labyrinth behielt. Denn Rostow und die Parfantis saßen mit Sicherheit noch da, wohin Jottweh sie verbannt hatte, und machten das Unglück ungeschehen, das sie angerichtet hatten.

Das dachte ich zumindest.

Bis gestern.

Auf einem Spaziergang durch mein Stadtviertel entdeckte ich ein Plakat an einem Bauzaun:

BESUCHEN SIE KONSUL KLOPSTOCKS WUNDERLAND!

Darunter waren die Attraktionen aufgezählt, die der Jahrmarkt zu bieten hatte. Als Höhepunkt wurden die Gebrüder Gemelli und ihre fantastischen Welten angekündigt.

Seitdem warte ich darauf, dass ich in der Nacht wieder das dumpfe Stampfen der Elefantions höre. Denn obwohl heute längst Lastenschlepper mit meinem Energit-Antrieb die Zugtiere von damals abgelöst haben, bin ich mir sicher, dass sie bei Rostow noch im Einsatz sind.

Danksagung

Dieses Buch ist, im Gegensatz zu meinen anderen Romanen, unter schwierigen persönlichen Umständen entstanden. Es wäre wohl nie fertig geworden, wenn mir nicht drei Menschen dabei geholfen hätten, die ich hier ausdrücklich erwähnen möchte.

Da ist zuerst meine Agentin Michaela Hanauer zu nennen, die mich in einer sehr frühen Phase, als ich schon aufgeben wollte, ermutigt und motiviert hat, den *Schattensammler* anzugehen.

Meine Lektorin bei Bloomoon, Ulrike Hübner, hat sich ins Zeug gelegt, um die Termine für Abgabe und Erscheinen so zu schieben, dass sie zu meiner eigenen Terminsituation passten.

Ein ganz besonderer Dank schließlich gebührt meiner Lektorin Sabine Franz, mit der ich bei diesem Roman zum ersten Mal zusammengearbeitet habe. Sie hat mich nicht nur auf eine Reihe dramaturgischer Mängel in meiner Originalgeschichte hingewiesen, sondern auch durch viele kleine inhaltliche Anregungen die Qualität meines Textes deutlich verbessert und so dazu beigetragen, dass der *Schattensammler* mit Leben gefüllt wurde. Wenn etwas in diesem Buch nicht rund ist, dann liegt es gewiss nicht an ihr.

bloomoon

...unendlich gut lesen

© Lutz Kampert, Dortmund

Gerd Ruebenstrunk wurde 1951 in Gelsenkirchen geboren. Die Liebe zu Büchern liegt ihm im Blut: Seit frühester Kindheit verschlingt er jeden Lesestoff, den er zwischen die Finger bekommt – von Abenteuergeschichten bis zu Krimis, von Sachbüchern über Hummeln bis zu Quantenphysik. Studiert hat Gerd Ruebenstrunk Lehramt, Psychologie und Pädagogik, gearbeitet hat er schon als Sprachlehrer und Kneipenwirt, Lektor, Discjockey, Tellerwäscher und Schaufensterpuppenverpacker. Heute lebt er mit seiner Familie in Duisburg und arbeitet als freier Werbetexter und PR-Autor.

Weitere Bücher von Gerd Ruebenstrunk:

978-3-7607-3628-0 **Arthur und die Vergessenen Bücher**
978-3-7607-5190-0 **Arthur und der Botschafter der Schatten**
978-3-7607-6453-5 **Arthur und die Stadt ohne Namen**
978-3-7607-8679-7 **Der letzte Zauberlehrling**
978-3-7607-8681-0 **Assassino**

bloomoon

…unendlich gut lesen

ISBN 978-3-8458-0794-2

Ein verhängnisvoller Fluch und die Macht der Liebe

Die Königstochter Elisa ist verzweifelt: Warum erkennt sie als Einzige, dass die neue Frau ihres Vaters eine böse Hexe ist? Sogar als die Stiefmutter ihre elf Brüder in Schwäne verwandelt, ahnt Elisas Vater nichts – denn die böse Hexe hat den König verzaubert und ihm die Erinnerung an seine Söhne genommen. Als Elisa herausfindet, dass nur sie allein ihre Brüder retten kann, macht sie sich an die schier unlösbare Aufgabe …

Das Märchen von Hans Christian Andersen lebendig und neu erzählt von Wolfgang und Heike Hohlbein.

Auch zu bestellen unter www.bloomoon-verlag.de